世界文學
經典名作

旋轉樓梯

THE CIRCULAR STAIRCASE

MARY ROBERTS RINEHART

瑪莉・羅伯茲・萊因哈特 著

本書簡介

美國推理小說天后的頂級傑作，帶給你希區考克式的懸疑！

在本部作品中萊茵哈特進行了豐富細緻的鋪陳渲染，看似毫無價值和聯繫的線索，在最後也成為揭開真相的關鍵性因素，每個細節都牽動著整個故事的發展走向。

——世界著名書評人〔美〕喬伊斯·麥克唐納

暗夜沉沉，樓梯上響起詭異的腳步聲，

鬼影憧憧，窗戶後藏著偷窺的面孔。

生命背負不起欲望和貪婪，

因為覬覦了不屬於你的東西，所以要拿命償還。

也許你可以預知案件的真相，但你永遠都無法逃脫恐怖的夢魇……

一個炎炎的夏日，厭倦都市喧囂生活的年過中年的老處女瑞秋，和侄子、姪女一道來到風景怡人的偏遠小鎮中的一座別墅「陽光居室」裡避暑，計劃度過一個涼爽的夏天。瑞秋在住進「陽光居室」的第二個夜晚，突然看到走廊落地窗後面一個人影向屋裡張望，等她走近時黑影卻倏忽消失了。從此平靜的小鎮再也不安寧，夜幕降臨，空蕩蕩的大廳裡響起奇怪的聲音，屋外的小狗發出淒慘的號叫，尖厲的槍聲劃破夜空了，死神的陰影從她踏進別墅的那一刻起，就未曾退去。

鬼魅黑影驚現別墅螺旋樓梯，神祕人物陸續登場，凶殺命案接二連三，五條人命相繼消失。整個案件撲朔迷離，險象環生，是陰謀還是巧合？幕後黑手死而復生，真相水落石出，凶手浮出水面……

瑪麗·羅伯茲·萊因哈特（Mary Roberts Rinehart）

美國偵探小說家，創作懸疑推理小說60餘部，作品暢銷全球，累計銷售千萬冊，並被譯成多國文字。《旋轉樓梯》（The Circular Staircase），是萊因哈特的處女作，也是她的成名之作，奠定了她在推理小說界的地位，她也因此被譽為「美國的阿嘉莎·克莉絲蒂」。

CONTENTS・目錄

結緣「陽光居室」

我的生活極為愜意，二十年來，一向如此。春天來臨的時候，我會緊閉門窗，將地毯捲好，把遮陽棚收起來，並用棕色的防塵亞麻布蓋好家具，為夏天的外出避暑做好準備。烈日炎炎的夏天一來，我就告別揮汗如雨的友人，前往寧靜的小鎮。那裡氣候宜人，郵差每天會來訪三次，非常方便與外界溝通，而且供水充足，完全不用擔心屋頂水塔容量有限的問題。

可是，自從去了「陽光居室」，我之後的生活變得有些混亂。每當回想起那幾個月的日子，我總覺得心有餘悸。說實在的，我覺得自己能夠毫髮無損、倖免於難，簡直是個奇蹟。不過，這些悲慘的經歷已經在我身上留下了後遺症：我的頭髮已經變成灰色。一直到昨天，我才發現這個轉變，是麗蒂提醒的我，她建議我在洗髮水中加一些烏髮水。

我討厭那些不愉快的事情，不想有人在我耳邊舊事重提。於是，我不留情面地厲聲喝道：「不要再說了！我對烏髮水或漿衣水之類的東西不感興趣，這輩子我都不會使用的！」

麗蒂告訴我，經歷了那個可怕的夏天，她被嚇破了膽。可是，在我看來，事實並非如此。也不知道是怎麼回事，每當她抱怨連天，不停在屋裡徘徊時，我只要用回到「陽光居室」作為威脅，她就會強壓住內心的不滿，裝出一副歡呼雀躍的樣子。不管怎麼說，從這一點也能看得出來，那個夏天的記憶並不美好。

這個故事曾經被新聞界大做文章，可這些報導大多只抓住事實的邊角，有捕風捉影之嫌。我的名字還在一家報紙裡出現過，只不過我的身分是事件發生時的房客。作為事件的親身經歷者，我認為，讓真相大白於天下是我的責任。雖然我不會因此得到詹姆斯警官的嘉許狀，但是，他曾說過，在案件偵破的過程中，我也是功不可沒！

事情已經過去很久了，如果要講的話，還得從十三年前說起。那一年我哥哥離開了人世，照顧兩個孩子的擔子就落在了我身上。那時候，哈爾斯十一歲，而葛奇爾德只有七歲。突然之間，我意識到我需要履行像母親一樣的責任。我需要填補孩子們多年以來已經習慣的愛，讓他們體會到完美無缺的關懷。我知道，要想做到這一點非常艱難，這種困難程度絕對不亞於一個男人將一頭公牛扛在肩頭上走路。可是，我盡其所能努力做好。

漸漸地，葛奇爾德到了綁髮帶的年紀，而哈爾斯也能夠穿長褲了。我送他們去接受良好的教育。此後，我減少了許多縫縫補補的工作，職責也轉變為頻繁地跟孩子們通信。在每年的三個月暑期長假裡，我會幫他們添購衣物，查看他們的交友名單，從各個方面展現一個養母對孩子們的關心。

跟孩子們一起度過的幾個夏天是相當愉快的，我至今還特別懷念。再過一段時間，他們就到了念寄宿學校和讀大學的年紀了。隨著時間的推移，我發現支票比我定期寫給他們的信件更受歡迎。不過，等兩個孩子都完成了電機課程和寄宿學校的學業回家之後，情況馬上有了改觀。

葛奇爾德是冬天回來的。她回來以後，我一刻也沒有閒著，時常深更半夜去她聚會的場所接她回家，次日還得抽時間帶她去置辦衣服。而且，我還需要找出一些理由，勸她離開一些不適當的交往對象。同時，我也從她那裡了解到許多東西。比如，「小可愛」指的是女人的內衣；「長禮服」和「套裝」就是衣服的另一種稱謂；而嘴上沒有鬍子的大二學生不是「小男生」，是「小男人」。

哈爾斯是個男孩子，我對他並沒有面授機宜。那年冬天，兩個孩子都獲得了母親的遺產，我對他們的職責就僅僅剩下道義層面。我沒有干涉哈爾斯買汽車，我也不再去查看車內的速度顯示儀，即使他開車撞到了狗，我也不再下車了解情況了。

我受到了許多再教育，終於變成了一個跟得上時代的單身姑姑。第二年春天，我已經能夠跟這兩個年輕人和諧相處，並深受他們的喜愛了。在外出度假的地點上，我們產生了分歧，哈爾斯想去阿第隆達克山脈露營，而葛奇爾德嚮往巴爾港，後來我們選擇相互妥協，前往鄉村別墅。那裡距離高爾夫球場很近，去鎮上也很方便，可以直接驅車前往。另外，也很容易找到醫生，只要打一個電話就能夠馬上聯繫上。

就這樣，我們和「陽光居室」結了緣。

這處房子的確名副其實，它的外觀非常令人愉悅，周圍環境也很怡人，看不出絲毫異樣。只是有一件事讓我覺得詫異。數天前，負責掌管這裡的管家突然搬離別墅去園丁小屋居住了。這小屋有些偏遠，假如別墅裡出現大火或者是盜竊，一定無法得到及時的處理。

「陽光居室」面積很大，房子的主體建造在山丘頂上，四周全是綠地，沿著坡地一直向下延伸，直到馬路邊才出現修剪過的樹枝，距離這個山谷幾英里的地方是綠林俱樂部。葛奇爾德和哈爾斯簡直被這個地方迷住了。

哈爾斯是這樣評價的：「那裡實在是太棒了！風景優美、空氣清新、水質甜美、道路完善，總之是應有盡有。那個屋子也很大，假如再擁有英國安妮王朝式的前院和瑪麗安妮王朝式的後院，它就像一個醫院那麼大。」

他的話聽起來有些荒謬，因為這座房子的樣式完全是伊麗莎白女王時代的。

當然，我們會選擇這個地方。那種雖然很舒適，但是大得離譜又不容易找到傭人的地方，我是不會考慮的。有一點我敢肯定：無論發生什麼事，我絕不會埋怨哈爾斯和葛奇爾德帶我去「陽光居室」。另外，我也明白了一點，即使「陽光居室」僅僅是發生一連串的災難，而沒有引起連帶反應，我也從中了解了一件事情——我身上有追蹤的本能。這種能力也許是從某一個身披獸皮，以追捕獵物謀生的祖先那裡遺傳來的。假如我是一個男性，在追捕罪犯方面，我很可能是個高手。如同身穿羊皮追捕野豬的祖先那樣，絕不輕易妥協和善罷甘休。由於性別的關係，再加上我是一位未婚女性，這是我第一次碰到犯罪事件，很有可能也是最後一次。那是一件大事，至今還讓人記憶猶新。

商人銀行的總裁——保羅・阿姆斯特朗是別墅的所有者。我們搬進「陽光居室」的時候，他帶著妻子、女兒和家庭醫生華克去了西部地區。哈爾斯跟他的女兒露易絲之前就認識，早在前一年冬天，他還對露易絲大獻殷勤。這個女孩子確實很迷人，不過哈爾斯是個容易動心的人，我就沒有特別在意這件事。我得知保羅・阿姆斯特朗先生的名字，是因為孩子們有一些錢存在他的銀行，還因為我聽到了有關他兒子的傳聞。據說他的兒子阿諾・阿姆斯特朗曾偽造他的簽名開出巨額支票，但我對這樣的消息不感興趣。

哈爾斯和葛奇爾德在我的強烈要求下去參加一個聚會，而我先於他們在五月一日前往「陽光居室」。通往那裡的路面很不好，不過，一路上綠樹成蔭，屋子周圍的鬱金香還在開花，堆積著厚厚枯葉的樹林裡不時地飄過來楊梅的芳香。車子從車站開出還不足一英里，就掉進泥沼裡。正在這時，我看到了一家銀行，外面的牆壁上星星點點的花朵都是小小的勿忘我。一些我不知道名字的小鳥在樹枝上鳴叫，呈現一派祥和的氣氛。黃昏時分，蟋蟀也開始噪鳴，這些小東西在搓動著後腿，抑或準備躍起，可是這些令一直在都市裡長大的麗蒂，有些意氣消沈。

我們在那裡度過的第一個夜晚很安詳。以後的每一個夜晚，我都有些恐慌，因為我不能確定自己還能不能繼續安穩地睡覺，也不知道自己的頭還能在肩膀上停留多久。

次日一早，麗蒂和我的管家瑞斯登太太產生了分歧。上午大約十一點的時候，瑞斯登太太搭乘一趟火車離開了。午飯過後，僕役長柏克也出現了狀況，他右腹劇烈疼痛。等到我得知這個情況時，他已經分外嚴重。於是，那天下午他也去了城裡。

當天晚上，我被告知廚娘妹妹的孩子出世了，廚娘見我不大相信，還跟我解釋說，生下的是一對雙胞胎。接下來操持家務的人開始陸陸續續地離開，到第三天中午時，只有麗蒂和我留在那裡。老天！這座房子一共二十二個房間和五個浴室！

見狀，麗蒂立刻產生了返回城裡的念頭。不過，送牛奶的男孩告訴我們，這座房子之前的黑人僕役長托馬斯．詹森可能願意回來，他正在綠林俱樂部當服務生。雖然我不太願意挖走別人家裡的傭人，可現在面對的是公共機關和業管機構，我沒有必要顧及太多。先前跟鐵路局和公共交通局有過節時，我們就不假思索地與之相對。於是，我打通了俱樂部的電話。晚上八點左右，我見到了托馬斯。唉，這個可憐的傢伙！

當晚，我們就達成了協議，我以高得離譜的工資當即雇用了托馬斯，另外還同意他入住園丁木屋。這間木屋從我們租下「陽光居室」時就沒人住了。托馬斯年紀很大，頭髮花白，背已經駝了，佝僂著身子，可是他的腦子裡卻滿是沒完沒了的個人尊嚴。他手握著門把，略帶遲疑地說：「瑞秋小姐，別怪我多嘴。前幾個月，這裡出現了幾件奇怪的事。也不是什麼大事。就是門窗時常莫名其妙地亂響，當人們去查看時，卻連半個人影也看不見。所以，我想住在別處。」

聽了托馬斯的一席話，麗蒂嚇得滿臉發青，尖叫起來。那天晚上，她一直跟在我身後，寸步不離。看來她真的被嚇到了，就連自己的影子都害怕。不過，我沒有那麼神經過敏。

我們告訴托馬斯屋子裡只有兩個女人，請求他住在主屋，可還是白費口舌。他禮貌地堅持自己的想法，但他許諾次日一大早就趕過來，還能順便帶來早餐。

我站在寬大的走廊上，眼睜睜地看著他走向屋子前面的陰暗車道，無奈極了，心裡像打翻了五味瓶一般。儘管我為托馬斯的膽小如鼠而氣惱，但是我也知道，在這個時候他能答應來幫忙，我應該心存感激。事實上，剛進屋時，我已經在大廳的門上掛了兩把鎖，我不覺得自己的做法有什麼丟臉的地方。

「麗蒂，去檢查一下主屋其他的門鎖好了沒有，檢查完了就趕緊去睡覺。你那樣直挺挺地站著，只會增加恐怖氣氛。這麼大年紀的人，連這點常識都沒有。」我很嚴肅地說。

一聽到年齡這個詞，麗蒂就神經緊張。她總說自己四十歲，那可不是事實。她母親是我祖父的廚娘，因此她的年紀應該和我差不多。但那個晚上，她沒有去計較這個。

她用顫抖的聲音對我說：「瑞秋小姐，這裡有這麼多門窗，光是會客室和撞球室那邊就不少，並且每一扇都正對著走廊。我聽瑪麗說，她昨晚去關廚房門的時候，看到馬房旁邊站了一個人。」

我決然回答：「瑪麗就是個笨蛋！你還不知道她的習慣，假如那邊真的有人，她早就邀請那人去廚房，並把剩下的東西拿出來給那個人吃了。別胡思亂想，趕緊把主屋的門窗鎖好，然後睡覺去。我還想看一會兒書呢！」

麗蒂依然站在原地，她嘴巴緊閉，一聲不吭。過了一會兒，她開口了：「我現在睡不著覺，我想去收拾行李，明天一早就離開這裡。」

「你不會留下我一個人的。你要是害怕，我可以和你一起去關門窗，只求你不要總躲在我後面。」我和麗蒂兩人經常這樣，總是有一方想提出離開，但是兩個人不會同時生出這個念頭。

「陽光居室」是一個典型的避暑建築，它的規模非常宏偉。房子一樓很少出現牆的設計，而以拱門和圓柱居多。這樣的設計，使得整個房子顯得清涼和寬敞，但毫無舒適之感。我們將一扇門窗上好鎖時，回聲從遠處傳了過來。在黑夜裡，這種聲響確實讓人難受。因為依靠村裡的電廠供電，所以不用擔心沒有燈光，可走廊裡擦得發亮的地板以及掛在角落裡的鏡子不時地反射出我和麗蒂的影子。我也被麗蒂那愚蠢的恐懼感染了。

主屋的輪廓是一個長方形，正門就設在長邊的正中央。樸素的大廳的入口處鋪滿紅磚。大廳的右側是寬大的起居室，中間僅僅用一排樑柱隔開，再往裡走是會客室，走廊盡頭是撞球室。從撞球室往外走，就能看見最右側的是一間棋牌室。這裡有一個面朝東廂房的小廳，東廂房裡有一道狹窄的螺旋樓梯。我還記得哈爾斯看到樓梯時，大手一揮說道：「瑞秋姑姑，你瞧這個房子的建築師設想得多麼周全！保羅・阿姆斯特朗可以跟他的朋友打上整整一夜的牌。等到牌局結束了，他自己從這個樓梯就可以回房間睡覺了，根本不用吵醒家人。」

我們一直走到棋牌室，並將所有的電燈打開。接著，我又檢查了一遍棋牌室通往走廊的側門，發現門窗也已經鎖好了。

確定一切都安全無誤後，麗蒂放鬆了許多，不像先前那麼緊張了。可正在她抱怨硬木地板滿是灰塵時，燈一下子全滅了。我們站在原地，一動不動。麗蒂大概被嚇傻了，要不然她一定會大聲尖叫的。我抓著她的手臂，領著她走向正對著走廊的落地窗。由於燈光突然由明轉暗，使得落地窗看起來分外醒目。藉著從窗戶外投射出來的灰色光影，我們隱隱約約看見不遠處站著一個人影，他正往屋子裡張望。等我們仔細去看時，那個影子越過走廊，在黑暗裡消失了。

鬼魅黑影

麗蒂被嚇得四肢癱軟，整個人都蔫了，悄無聲息地坐在地上。我也驚呆了，像一座石雕一般站在那裡，眼睛還直勾勾地看著落地窗。接著，麗蒂輕聲呻吟起來。我有些激動，蹲下身子，用手搖搖她的肩膀，在她耳邊說道：「不要發出這種怪叫，那是一個女人。很有可能是阿姆斯特朗家以前的女傭，趕快起來，我們需要找到門的位置。」

她沒有回答，又發出一聲呻吟。

「那好吧！你一個人待在這裡，我先走了。」

這句話果然奏效，她一聽到這個，馬上站起身來，緊緊抓住我的衣袖。於是，我們兩個人摸黑向前走，沿途不時地被屋內擺放的物件碰撞到。我們好不容易地走回撞球室，再回到了會客室。

就在這時，燈又亮了。那些還沒來得及關的落地窗看起來非常詭異，總讓人疑心每個窗子後面都藏著一張偷窺的面孔。實際上，因為以後發生的種種事實，我深信那個鬼影幢幢的晚上，我們一直在被人監視。
我們連忙把剩餘的門窗鎖好，然後以最快的速度來到樓上。我沒有關掉電燈的開關。屋子裡空蕩蕩的，我們走動的聲音在空曠的屋子裡回響，聽起來沈悶極了。麗蒂不停地往後扭頭，以至於第二天擰了脖子。整個晚上，她說什麼也不肯回自己的床上休息。她央求道：「瑞秋小姐，我不想一個人待著。讓我睡在你更衣室裡就行，你要是不答應，我就在門外的椅子上坐一夜。熟睡的時候不明不白就被人殺了，多冤啊！」
我反駁道：「真有人想殺你，才不管你是否睡著呢。到那時候，你做什麼都是徒勞。你也別睡長椅了，每次你只要睡椅子總會打呼嚕，還是去更衣室睡吧。」
她陷入了沈思，並沒有對我的話語提出異議。過了一段時間，她走到門口，探頭看了看我的房間。我床頭擺著一本戴拉蒙的《靈異世界》，這是我近段時間的睡前讀物。
麗蒂一面提著鞋子，一面對我說：「瑞秋小姐，剛才窗外的那個人不是女人，他是個穿長外套的男人。」
「管他男人女人，這些跟你有什麼關係？」我連頭也不抬一下，給她一瓢冷水。她悻悻地向長椅走去。
等我準備休息的時候，已是深夜十一點了。雖然盡力表現得毫不在意，但是我的舉動還是出賣了自己。我忍不住鎖上通向大廳的門。氣窗無法鎖住，我就借助椅子將一面小鏡子放在氣窗上。如此一來，只要有人碰氣窗一下，鏡子就會摔下來。安置了這個機關後，我這才安心地去睡覺。

可我沒有立刻睡著。我快要進入夢鄉時，麗蒂走進我的房間。她窺探我床底下的舉動吵醒了我。由於先前受到了一番痛斥，她不敢再開口講話，轉身走到門口，深嘆了一口氣。

樓下掛鐘每隔一刻鐘就會報時，時間一分一秒地過去，十一點半、十一點三刻，到十二點的時候，所有的燈光全都滅了。午夜時分，電力公司的員工也回家休息了。如果哪家舉辦宴會，需要延長照明時間，就應該依照慣例，額外給電力公司付錢。不過，那個晚上電燈沒有再亮。

不出我的意料，麗蒂很早就睡著了。她總是這樣的不可靠，在你需要安靜的時候，她會睜大眼睛，四處找人說話。等到你需要聊天的時候，她反倒見周公去了。我試探著叫了她兩聲，她睡得很熟，回應我的只是呼吸聲。於是，我只好自己下床，把臥室裡的蠟燭點燃。

我的臥室和更衣室正好位於起居室的上方。二樓的格局極其簡單，一條長廊縱貫其間，走廊兩側全是房間。每個房間前面都有一個小走廊跟長廊相連。我剛坐到床上，準備脫鞋上床時，東廂房裡一陣聲響傳了過來。儘管我的鞋子只脫掉了一半，我一動不動地停在那裡，側耳細聽。空無一人的廳堂裡迴蕩著金屬物相互碰撞的聲音，聽起來好像是鐵櫃之類的沈重物體，從通往棋牌室的樓梯上滾落了下來。那轟隆隆的響聲難聽極了，就像世界快要崩裂了一樣。

一陣聲響過後，屋子裡陷入死一般的寂靜。此時，麗蒂翻動了一下身子，又打起了呼嚕。看到這情形，我的肺都快被氣炸了。她先挑起話端，製造一種恐怖的氣氛，害我不敢睡覺。現在，我正需要她的時候，她卻睡得正香。於是，我快步走進更衣室把她叫醒。我確定她已經清醒了，沒好氣地說道：「要是不想被人謀殺，就快點起床！」

「怎麼了？發生了什麼事？」她一下子跳起來，衝我嚷道。

「有人闖進屋子了。快點起來，我們得打電話求助。」

「求你，瑞秋小姐！我們不要去外面的大廳！」她倒吸一口涼氣，那聲音分明是在乞求我。

她試圖拉我回去，可是她的體型根本不佔優勢。我就硬拉著她來到門前，麗蒂隨手抓起銅製的壁爐撥火棒。實際上，此時的她也僅能提起撥火棒，而沒有力氣做任何事情。我仔細地留意門外的聲響，但沒有聽到什麼動靜。我只好將門打開一個小縫，小心翼翼地窺望大廳。

黑總是讓人膽怯。大廳在燭光的映襯下，顯得更加陰暗。麗蒂嚇得開始啼哭，試圖拉我回屋。誰知，砰地一聲門關上了。先前我放置在氣窗上的鏡子掉了下來，不偏不倚正好落在她的頭上。這個突發狀況大大地挫傷了我們的銳氣。我費了好大的力氣才說服麗蒂相信事情的真相。儘管她看到碎了一地的鏡片後，明白並沒有人在偷襲自己，但她依然極度恐慌。

「瑞秋小姐，太可怕了。這裡會死人的，一定會有人在這裡死掉。」她哭著說。

「快安靜下來，要不然真有人會死掉！」我強壓著恐懼，冷靜地說。

接下來，我們靜靜地坐著，等待黎明。一方面我們擔心蠟燭無法維持到天亮，另一方面，我們盤算著搭乘哪幾班火車可以回到鎮上。那時候，我們真希望堅持原來的想法——在事情發生之前就離開那裡。

太陽終於露出頭來。透過窗戶，我看到屋外車道兩旁的大樹逐漸變得清晰起來，長長的樹影先變成了灰色，接下來又變成了綠色，不似黑暗中那般鬼魅了。偶爾還會有一兩隻知更鳥在枝杈間跳躍。此時，位於對面坡上的綠林俱樂部看起來就像一個白點。

過了一段時間，送牛奶的男孩出現了。我把通往大廳的門打開，並忐忑地四下張望。一切如常，跟我們昨晚離開的時候一樣，準備送往廚房的碎木片還原封不動地堆著。陽光從鑲有彩畫玻璃的窗框中投射進來，那紅黃相見的光芒像是在訴說喜悅。伴著送牛奶男孩的敲門聲，我們迎來了新的一天。

約摸六點半時，托馬斯沿著外面的車道緩慢走過來。這時候很安靜，我在樓上就能聽到他的腳步聲，接著是拉開百葉窗的聲音。麗蒂驚魂未定，她一直覺得自己樓上的房間有怪異的東西，所以我不得不陪她回到房間。可是，大白天鼓足勇氣來到樓上，是不會看到任何東西的，也許這會令她大失所望吧？

事實上，我們並沒有返回鎮上。

我和麗蒂在會客室裡發現了一幅從牆上掉下來的畫。看到這個足以讓我們相信，這就是昨晚聲響的來源。但根據我的判斷，事情不可能如此簡單。也許是我神經過敏，又或許因為夜晚太靜，細小的聲響也會被擴大，可我依然不能相信一幅畫的跌落能發出那樣的聲響。因為那聲響是一連串的。為了給自己的推測找到依據，我將拿在手中的畫框鬆開。一聲悶響後，畫框被摔碎了，沒有修好的可能。我為自己辯解道，這事情跟我沒有關係，怪只怪阿姆斯特朗家的人把畫掛在不穩固的地方，還要把鬧鬼的房子租出去，所以東西壞了，是他們自己的責任。

我囑咐麗蒂對昨晚發生的事情守口如瓶後，就打電話在鎮上雇用了打理家務的人。吃過早飯，我開始調查。當然，這頓早餐還多虧了托馬斯的好心腸。我略帶不安地來到了東廂房，因為聲音是從那裡發出的，我需要從那裡開始查看。最初，我沒有發現什麼異常。儘管我當時還是個生手，可我的觀察力也是從那時被培養起來的。那個棋牌室很小，似乎藏匿不了什麼不尋常的東西。從經驗來看，腳印和指紋這類線索有些華而不實，它們在小說中很容易大展拳腳，但在現實中卻不是特別受用。可是，我依然在搜尋腳印，因為我覺得這些是例行公事。最後，我真的在東廂房的樓梯上發現了一些蛛絲馬跡。

硬木樓梯的頂端放置了一個柳條編織的籃子，裡面裝滿了從鎮上買回來的亞麻布。因為樓梯的頂端放置了這些東西，去路幾乎全被堵上了。我還在下一層階梯上發現了一道很長的刮痕。很明顯，這個痕跡是剛剛留下的。接著，我又在下面的三個階梯上也看到了這樣的刮痕，只不過這些痕跡逐漸開始模糊，看起來好像是什麼東西從上面摔落了下來，之後相繼與每一個階梯劃擦了一下，而又從四個台階上跳過。從樓梯底部往上數的第五個台階處出現一個圓珠筆留下的凹痕。到此為止，我的調查小有收獲，只不過我還不敢確定這些痕跡，是否在先前一天就已經留下了。

調查結果表明，我對那些聲音的看法是正確的。那聲音的確是金屬物體從樓梯上摔落下來發出的碰撞聲。至於跳過四級台階這一點，我是這樣理解的：鐵條同樣可以產生這樣的效應。物體從上面摔落，劃擦過兩三級階梯後，就可以來個大翻轉，飛過幾級階梯重重地摔在地上。

不過，還有一點值得注意：鐵條不會自己從樓梯裡滾落。也許這和走廊裡的人影有關。可這樣理解的話，就更讓人納悶了。早上，我們看到門全部是鎖好的，窗戶也沒有人動過。而棋牌室通往外面的那扇門安裝的是密碼鎖，鑰匙一直在我身上，也不可能有人拿。

根據我的理解，這件事情最順理成章的解釋是：盜賊企圖夜闖空門，因為掉下來某些東西把我吵醒了，只好草草收手。不過，與此同時，還有兩件事情讓我不解。我無法想像闖入者是怎麼越過重重門鎖進屋的。因為只有僕役長拿有鑰匙，但他並沒有在屋子裡。此外，既然屋子裡沒有別人，來的人既然是準備盜竊，為什麼不把樓下的銀器帶走呢？

入住的第四天早上，我以需要多了解這個地方為由，要求托馬斯領我到處看了看。看過主屋和地窖之後，我一無所獲。每一個地方都井井有條。這棟房子在建造和配備家具時花費了許多金錢，因此便利的設備在屋子裡隨處可見。除去對這裡陰森森的夜晚心存畏懼，租下「陽光居室」，我沒有絲毫不滿。以後夜晚還會接連不斷地到來，不過，請警察局前來干涉，還為期過早吧。

中午時分，卡薩洛瓦鎮的計程車送來了一批前來接班的新傭人。司機給他們打了一個手勢，示意他們從傭人入口處進入。接著就將車子開到房屋前面。我站在那裡等他。

『司機說：「只收您兩個美金，夫人。整個夏天我一直在運送他們上山，理應給您優惠。他們一走下火車，我就知道這又是一批前往『陽光居室』的傭人。一連六年了，每一下夏天都會來好幾批傭人，但他們很少有做滿一個月的。也許，他們都無法忍受鄉下的寂寞吧。」

不管怎麼說，有了一大批傭人圍在身邊，我覺得勇氣倍增。

黃昏將近的時候，我得到了葛奇爾德捎來的好消息：當晚十一點左右，她和哈爾斯兩人就會從瑞斯菲爾德趕回「陽光居室」。至此，情形開始轉好。我看到那隻聰明的寵物貓布拉，在屋子附近尋找早生的薄茶草，這個小傢伙如癡如醉地在其間打滾的情形感染了我，就在那時，我決定讓一切恢復正常。

我正在換晚宴服時，麗蒂敲響了房門。她的情況看起來很不好，我想可能是打破鏡子的緣故吧。因為有一種迷信的說法，打破一個鏡子，要倒楣七年。她手裡拿著一個東西走進房間，之後又滿小心地將東西放在梳妝台上。

「我在放亞麻布的籃子裡找到了這個東西，它一定是哈爾斯先生的。可我怎麼也想不明白，它怎麼會在那裡出現？」

我仔細端詳那顆樣式獨特的袖釦，過了好一會兒，問道：「你發現它的時候，它在什麼地方？是在籃子底部嗎？」

「不是，就在最上層的亞麻布上。走這麼遠的路還沒丟，真是個奇蹟。」

麗蒂離開後，我再一次審視這顆釦子。我確定自己從沒有見過它，而且也相信這不是哈爾斯的。這顆釦子是意大利的手工製品，底面用珍珠製成的，上面還點綴著用馬毛穿起來的小顆珍珠。釦子的中央有一顆小小的紅寶石，雖然價值不高，但形狀十分奇特。我之所以對它感興趣，是因為它出現在東廂房，恰好還是在發出聲響的那個樓梯。

那天下午，阿姆斯特朗家的管家接替了以前瑞斯登太太的職務。我十分樂意留下她。她叫安妮．華生，是一個年輕漂亮的女人，下顎寬大，一雙黑色的大眼睛不時地眨動著，看起來精明能幹，十二個麗蒂也比不上她一個。當天晚上，我吃了一頓豐盛的晚餐。三天以來，我第一次吃到一頓像樣的晚飯。

螺旋樓梯旁的命案

我的晚餐是在早餐室裡吃的。也不知道是怎麼回事，這個寬敞的餐廳讓人不由得情緒低落。隨著太陽的西沈，一整天都十分愉悅的托馬斯也變得悶悶不樂起來，他盯著房間裡黑暗的角落出神。總之，吃晚飯的時候，大家的情緒都不高。

用過晚餐，我來到起居室。孩子們三個小時之後才會到達，因此我拿出毛線來織。來「陽光居室」之前，我準備了二十四雙各式尺碼的拖鞋底。每年的聖誕節，我都會給婦女老人之家送去親手編織的拖鞋。現在，我需要先理順毛線。與此同時，我決心把前一個晚上發生的事情拋在腦後。可是，我並沒有如願，還是不由自主地去想。就這樣過去半個小時，我才發現自己把圖案織錯了，那雙淡紫色的被我織上了一排藍色的海扇貝。於是，我趕緊將它拆掉。

我拿著釦子來到餐具室。此刻，托馬斯正在擦拭銀器。房間裡彌漫著濃烈的煙草味。我吸吸鼻子，向四周張望了一下，並沒有發現煙草的痕跡。

「托馬斯，你在吸煙嗎？」我問。

托馬斯一臉無辜地回答：「我沒有，夫人。可能是我外套上的味道。你也知道在俱樂部那邊，很多男士——」

托馬斯的話還沒有說完，一股燒焦布料的味道撲面而來。托馬斯動作麻利地抓起外套丟進水槽，並快速把一滿杯水倒進衣服右側的口袋。他非常難為情地低著頭擦拭地上的水漬。

此時，情況我已經了解八九分。於是，我直接把話挑明：「托馬斯，儘管我認為抽煙不僅很不衛生，而且很傷身體，是個不好的習慣。但是，你如果實在想抽，我也不會阻攔。只不過希望你以後不要將煙斗藏在口袋裡，那樣很危險的。身體是自己的，要是灼傷了自己，是你的責任。但是，房子是我租來的，我不想讓它出現什麼差池。好了，我們忘記這件不愉快的事吧。看看這顆釦子，你以前見過嗎？」

托馬斯的回答是否定的，可我分明看到他在用奇怪的眼神打量。

「哦，沒關係的，這是我在大廳裡撿到的。」我漫不經心地說。

這個老頭很機警，他低下頭，我只能看到他那雙濃密的眉毛。之後，他搖搖頭說道：「瑞秋小姐，最近總有一些怪事發生，肯定要出事了，大廳裡大鐘也停擺了，我想你還沒有注意到吧？」

「盡是胡說，鐘錶沒有上發條，停擺純屬正常。」我說。

「我已經上過發條了，但昨晚，指針在三點的位置停下了，」他一臉嚴肅地說，「還不止這些，事情絕對還沒完呢！我睡在這裡的前三個晚上，發現了一件可怕的事情，等到午夜時分，不論我怎麼擺弄剛添滿油的燈，就是點不著。就算是點著了，一下子又熄滅了。這些徵兆都代表著死亡。《聖經》裡有這麼一句話：『生命之光是閃耀的。等你的生命之光被一隻無形的手捻滅時，你的死期就到了。』」

這個老頭的話句句在理。我感覺自己的脊背一陣發涼。於是，我趕緊離開餐具室，留下他一個人在那裡咕噥。不一會兒，餐具室裡傳過來摔破東西的聲音。麗蒂說，正當托馬斯在收拾碗筷時，一身烏黑的小貓布拉突然從他面前躥了過去。托馬斯認為這是極凶的徵兆，嚇得將手中的盤子也摔了。

馬路上傳來汽車爬坡的引擎聲。當時，這個聲音是我最願意聽到的。沒過多長時間，葛奇爾德和哈爾斯就在我面前出現了。那一刻，彷彿所有的煩惱都消失了。葛奇爾德歪帶著帽子，臉上滿是笑意，肩膀上披散著凌亂的長髮。她是一個很漂亮的女孩子，不管頭髮怎麼梳理，她的美麗都絲毫不減。一個長相斯文的年輕人跟兩個孩子一同過來了。這個年輕人向我鞠躬行禮的時候，眼睛還一直盯著「楚楚」——這是葛奇爾德在學生時代的名字。

哈爾斯跟我介紹道：「瑞秋姑姑，這是我帶回來的客人，他是來跟我們一起度假的。希望你對他能像對待我們一樣疼愛。這位是傑克．貝利先生，你管他叫傑克吧，那樣親切一點。我太了解他了，不出半日，他會跟我們一樣，很樂意叫你『姑姑』。」

趁著握手的工夫，我仔細打量了一下這位貝利先生。他大概有三十歲，身材挺拔，還留著小鬍子。我當時有些納悶，他為什麼要留那麼一撇鬍子？事實上，他的嘴型很漂亮，笑的時候，牙齒也很好看。這些問題真的很難搞懂，就像很多人不能理解女人為什麼要忍受燙髮的酷刑一樣。要不然的話，他給人的感覺還是挺不錯的。他身材魁梧，皮膚黑得很健康，看人的時候，目光是直視的，這些都符合我的審美標準。我之所以對貝利先生這麼挑剔，是因為他在以後發生的事件中，扮演了非常重要的角色。

經歷了一天的奔波，葛奇爾德很累了。沒過一會兒，她就上樓休息了。我決定暫時將那件怪事擱置起來，等到第二天再提及。畢竟，事情都是一些片段，還沒有明顯的頭緒。至於托馬斯口中的不祥預兆，我寧願相信那是出自一個黑人的天性使然，據我所知，四分之一的黑人都非常迷信。

那個晚上是星期六，兩個男士拿著高腳酒杯去了撞球室。我上樓的時候，還聽見了他們的幾句對話。哈爾斯大概是在綠林俱樂部遇見貝利先生的，之後，他們沒費多大力氣就說服他來到這裡。這其中的原因，也許葛奇爾德知曉。之後，他們就得意揚揚地帶著他回來了。因為托馬斯居住的小屋距離這裡太遠了，我只好把麗蒂叫起來給這兩位男士準備吃的。我知道麗蒂對廚房充滿了恐懼，但此刻，我也顧不上理會。隨後，我就回臥室休息了。

就在我快要進入睡夢的時候，哈爾斯和貝利先生還在撞球室逗留。我記得臨睡前聽到一隻狗在主屋前嚎叫，那叫聲像是在哀鳴，而且聲音越來越淒慘。稍後，安靜了一小會兒，那隻狗就轉換了聲調，叫聲聽起來像是鬼哭狼嚎。

午夜三點，我被一聲槍響驚醒。那聲音很近，彷彿從我房門外傳過來的一樣。我靜坐了一段時間，葛奇爾德的房間開始有了響動。接著，她推開了我們兩個房間的隔門。

「瑞秋姑姑！是不是有人被殺了？還是——」她叫道，聲音顫巍巍的。

「是盜賊！謝天謝地，今天晚上有男士在！」我回答。

我穿好拖鞋，隨手抓起浴袍穿在身上。葛奇爾德在一旁用顫抖的雙手點亮蠟燭。接著，我們一起打開連接大廳的門。這時，女傭們聚集在樓梯平台上，每個人都嚇得面無血色，渾身直打哆嗦，還不停地向樓下張望。一看到我，她們發出一陣低聲尖叫，並紛紛向我發問。我竭力安慰她們，這時，葛奇爾德跌坐在一旁的椅子裡，整個人都癱軟了。

我立刻沿著大廳走向哈爾斯的房間。我敲了敲門，但是無人應答，就推門而入。哈爾斯不在屋內，床上看上去也沒有睡過人的跡象。

「他一定在貝利先生房裡。」我激動地說。

麗蒂尾隨著我來到貝利先生的房間。可依舊沒有看到人，床鋪上也沒有睡過。這一會兒，葛奇爾德能勉強站立了。但是，她還需要扶著門牌做為支撐。

「兩個人都被殺死了！」她緊張地直喘氣。接著，她抓住我手臂，將我往樓梯的方向拉，同時用那雙睜大的眼睛看著我，說了一句：「哦，不，也許他們是受傷了，我們需要趕緊去找。」

我已經記不清楚我們是怎樣下樓的，因為當時腦袋裡充滿了隨時可能遇害的恐慌。我們檢查了起居室和會客室，一切正常。也不知道是為什麼，我總覺得問題可能出在棋牌室外，或者那邊的樓梯上。此刻，我原本應該奮不顧身地往前衝才對，因為我懷疑哈爾斯已經身處險境了。可是，我的雙腿怎麼不聽使喚，像灌了鉛一般。

葛奇爾德走在前頭，走到棋牌室的時候，她突然停住了，把手中的燭火舉高，接著將目光停留在大廳的另一頭，只見一個人蜷縮在地板上，面部向下，兩臂前伸。

葛奇爾德撲上前去，帶著哭腔叫道：「傑克，傑克！」

見狀，麗蒂尖叫一聲，嚇得連忙跑開，現場只剩下我們兩個人。葛奇爾德把那個人的身軀翻轉過來，看清楚了那張已經慘白的面孔。她深深地吸了一口氣，一下子跌坐在地上。

這個男人我從來沒有見過。他身穿晚禮服，白色背心上沾滿了血跡。

疑團重重

葛奇爾德的表情看上去很驚恐，她盯著死者的面龐，接著茫然無措地伸出雙手，那副樣子看起來馬上就會昏倒。

「他居然殺了他！」她訥訥地說，她的聲音小極了，要是不仔細聽的話，根本聽不清楚。此刻，我已經不害怕了，至少哈爾斯沒事。我有力地搖了搖她的肩膀，關切地問道：「你這話是什麼意思？」

她的聲調裡透露出一種極大的悲哀，聽上去她已經對某種事實確信不已。這聲音比她的話語本身還讓人覺得糟糕。不過，有一點值得慶幸，我的舉動令她清醒不少，她恢復了鎮定，只是不願再開口說話。她起身站立，視線不肯離開那具死屍。就在這時，麗蒂又回來了，她大概是對自己單獨離開現場感到羞愧，同時又不敢孤身一人返回，所以她跟在三個如驚弓之鳥一般的女傭後面。這四個人走到會客廳外，在她們認為的安全區域裡停了下來。

葛奇爾德踏入會客廳以後，就昏倒在地。麗蒂堅持要用冷水澆醒她，而我堅決反對。所有的女傭們則站在一個角落裡，像受驚的羊群一樣，幫不上一點忙。也不知道過了多久，也許是幾個小時，一輛汽車匆忙地趕來。是華生太太開的門。三個男士走進屋來，他們是從綠林俱樂部趕來的，他們神色匆忙，身上的衣服一看就是順手取下來的。我認識其中的一位名叫賈維斯的先生，另外兩位則從未見過。

「究竟出了什麼事？」賈維斯先生問道。

我敢確信，我們這群人組成的畫面一定很奇怪。他看了看躺在那裡的葛奇爾德，又問道：「有人受傷嗎？」

「我想比受傷更嚴重。事實上，這裡發生了一起凶殺案。」

我的話說完以後，屋子裡靜得可怕。不一會兒，廚娘哭泣起來。華生太太則在椅子上暈倒了。三位男士的臉上也滿是驚訝。

賈維斯先生緩過神之後，立刻問道：「不是你家裡的人吧？」

「不是，那個人我從來沒見過。」

我示意讓麗蒂照料葛奇爾德。接著，我拿起一盞油燈，引領男士們走向棋牌室。首先入內的男士驚叫一聲，其他人便動作迅速地衝了進去。第二次來到現場，我感到頭暈眼花，待賈維斯先生從我手裡接過油燈後，我就閉上雙眼，在一旁等待。就在男士們簡略地將現場檢查一遍，賈維斯先生正準備引我坐在椅子上時，我睜開了眼睛。

他用堅定的語氣說：「現在，你必須得上樓，葛奇爾德小姐也需要跟你一起上樓。這件事情太讓人震驚了。他居然在自己家裡遇到如此可怕的事。」

我滿臉疑惑地盯著他看。我感覺自己的喉嚨像是被緊緊地勒住一般，費了很大力氣將問題說出口：「死者是誰？」

他用奇怪的眼神看看我，回答道：「他是阿諾．阿姆斯特朗。居然在自己家裡被謀殺了，實在是匪夷所思。」

我花費了很長時間平復自己的心緒，最後終於鼓足勇氣，在賈維斯先生的攙扶下回到了起居室。葛奇爾德已經被麗蒂攙扶到樓上了。俱樂部另外兩位我不認識的先生留在棋牌室那邊看守屍體。由於過度的驚嚇和慌張，我的精力快要被耗盡，整個人快要虛脫了……

「哈爾斯呢？」賈維斯先生問道。

「哈爾斯！」我快要潰散的身體機能被這一聲問話拉回，神經馬上又緊張起來。

我的腦海裡突然浮現出葛奇爾德受到打擊的表情，同時，我也記起了樓上那兩個空著的房間。到底哈爾斯去哪兒了呢？

賈維斯先生堅持問道：「他應該在這裡吧？他來這裡的途中去過俱樂部。」

「我也正在找他。」我有氣無力地回答。

這時，起居室裡進來了一位從俱樂部來的男士，他想借用電話。他的語氣聽起來很激動，言語中還提到了警察和檢察官。賈維斯先生彎下腰，和氣地說：「瑞秋小姐，你完全可以信任我。如果有需要我幫忙的地方，我願意效勞。可現在我需要知道實情。」

後來，我把事情一五一十地給他講了一遍。當我提到貝利先生也一同前來時，賈維斯先生長長地吹了一聲口哨。

他說：「但願他們兩個人都在這裡。無論他們因為什麼離開，都不如他們還停留在這裡好。尤其現在——」

「現在怎麼了？」

「貝利和小阿姆斯特朗交情不好已經人盡皆知。今年夏天，小阿姆斯特朗可把貝利害慘了，他在銀行惹了大麻煩。不僅如此，接下來——」

「接下來發生了什麼事？我需要知道這些。」

他含糊其辭地說：「瑞秋小姐，其實也沒什麼。現在，我應該確信一點，不管是鄉間的哪一處法庭，都不會認為殺死夜闖私宅者有罪。即使哈爾斯——」

「什麼？你認為哈爾斯是殺人兇手？」突然，我的內心覺得一陣噁心。

「不，我沒有這麼想。瑞秋小姐，瞧你的臉色！那麼蒼白！我攙扶你上樓吧，順便叫一個女傭來照顧你。看來，這件事讓你受到了很大的打擊。」他微笑著說，但是那表情怎麼看怎麼牽強。

上樓後，麗蒂趕緊把我扶到床上躺下。她發現我渾身冰涼，就在我的胸口和腳邊都放了暖水袋。時至破曉，樓下傳來嘈雜的聲音，也許賈維斯先生一行三人，正在庭院中搜尋線索吧。我依然躺在床上，神智清醒。哈爾斯到底在哪兒呢？他為什麼要離開，是什麼時候離開的？如果說他在命案發生之前就離開了，會有人相信嗎？如果他和貝利真的聽到有人闖入，而一槍把擅闖者打死，他們為什麼要倉皇出逃呢？這件事情實在太奇怪了，簡直是聞所未聞，荒誕至極，想起來就讓人心煩。

大約六點鐘，穿戴整齊的葛奇爾德出現在我房間。我看到她，滿臉緊張地坐起來。

「我可憐的瑞秋姑姑，經歷了一個可怕的夜晚，看把你折磨成什麼樣了！」她說著，走到床邊坐下。看樣子她整個人也快垮了。

「現在有新的發現嗎？」我急切地詢問道。

「還沒有。汽車不見了，可司機瓦拉還在小木屋裡，他什麼也不知道。」

「唉！這個哈爾斯！如果能逮他個正著，我一定先告訴他一些事情，再放他走。等這件事情過去了，我需要回城裡休養一段時間。假如再讓我遇到前兩天晚上的狀況，我一定會受不了了。現在，我再也不想聽到鄉村寧靜這一類的字眼。」

這時，我把前一夜的怪聲以及東廂房走廊的人影跟葛奇爾德和盤托出了。我思量了一番，決定把那個珍珠袖釦也拿出來給她看。

「我現在明白了，之前我們看到的人影應該都是小阿姆斯特朗。也許，他身上還有房門鑰匙。有一點我不太理解，他為什麼非要偷偷摸摸地來到他父親的屋子。他完全可以徵求我的同意，光明正大堂而皇之地回來。不管是不是他，我們發現了這個，這是闖入者留下來的紀念品。」

葛奇爾德打量了一下這顆袖釦，臉色一下子變白了。她雙手緊抓著床頭，目光呆滯地站在那裡。看到她的反應，我十分驚訝。

終於，她冷靜下來，費力地問道：「這是在哪裡找到的？」

她得知了情況後，站在一旁，眼睛看著窗外，神情耐人尋味。僵局被華生太太的敲門聲打破了，她送了一些茶和壽司。她告訴我們，廚娘被嚇壞了，現在還意志消沈地躺在床上。麗蒂趁著大白天，大膽地在主屋四下尋找腳印。因為警察和檢察官需要趕很遠路程，此時還沒有到達。華生太太看起來也病怏怏的，她嘴唇發白，手上還纏著繃帶。因為情緒不穩定，她在樓梯上摔傷了。不過，她產生這麼大的反應也很正常。她在阿姆斯特朗家當管家很多年了，對他們一家再熟悉不過。

趁著我跟華生太太說話說話的時候，葛奇爾德溜了出去。我換好衣服也下了樓。撞球室和棋牌室已經關閉了，等到警察抵達才能打開。俱樂部的三名男士已經回去了，他們需要更換正式的衣服。

走到餐具室門口，我就聽到了托馬斯的聲音。他說到小阿姆斯特朗先生的時候帶著哭腔。接著，又開始念叨他先前說過的可怕徵兆。此時置身於這棟房子，我感覺自己的脖子像是被一條無形的圍巾繞著，令我無法呼吸。於是，我走出屋子。就在我繞過東廂房的角落時，我看見了麗蒂。她的長裙被露水打濕了，膝蓋以下的部分濕漉漉的，頭髮也沒有整理，還糾纏在一起呢！

見狀，我劈頭蓋臉訓斥她一通：「看看你這副鬼樣子！趕緊回屋換衣服去，都一大把年紀的人了！」

她手裡拿著一根高爾夫球桿。那是她從草地上找到的。這原本是一件再平常不過的事情，可我的腦子裡忽然劃過一個念頭：棋牌室外的樓梯上留下的刮痕可能與這個球桿有關。

於是，我從她手中接過球桿，再一次催促她回屋換衣服。看到她在光天化日之下的勇氣和自傲，以及那種自得其樂的樣子，我憤怒莫名。她離開之後，我沿著整棟主屋繞行一圈，發現周圍的一切都很正常。在晨光的沐浴下，這處房子看起來平靜、祥和，跟我當初決定租下的時候一樣，絲毫看不出它內部的恐怖、暴力和可怕的死亡。

房屋後的園子裡是一片鬱金香花床，裡面停留著一隻早起的烏鴉，牠正專心致志地啄一件發光的物體。我輕手輕腳地接近牠，居然看見了一把左輪手槍！這把槍差不多被埋進了泥土裡，我用鞋尖將槍身上的泥土刮掉，然後小心地撿了起來，並快速裝進自己的口袋。我返回房間，把門上的兩道鎖全部鎖上以後，這才拿出槍支端詳起來。僅僅看上一眼，我就看出槍的主人是哈爾斯。因為前一天，我還拿過這把槍，並把它放在哈爾斯刮鬍子用的擱物架上。我不會弄錯的，槍柄的那塊小銀版上還刻有他的名字。

一張大網快罩在我侄兒身上了。可我相信哈爾斯，他不會做這種事的。其實，我非常害怕槍，但是因為裝著一肚子的疑惑，我壯著膽子繼續檢查那把槍支。我發現槍裡面還有兩發子彈。我真應該感謝老天，幸好我趕在刑警敏銳的搜尋之前，找到了這把手槍。

我決定先把自己找到的線索——袖釦、高爾夫球桿和左輪手槍，放置在一個安全的地方，等找到充分證據的時候再把它們拿出來。先前，我已經把袖釦放在浴室小架子上的手飾盒內。現在，我需要再確定一下。於是，我打開盒子，伸手準備去拿，誰知，可怕的事情又發生了！盒子空空如也，釦子居然不見了！

證詞

早上八點，三位男士搭乘卡薩洛瓦鎮的計程車來到「陽光居室」。他們主動介紹自己的身分，其中一位是郡內的檢察官，另兩位是城裡的刑警。檢察官到達後，馬上走向了已經被封鎖的廂房。一位刑警檢查完屍體，就去屋子外面查看了。充分了解過現場的情況，他們開始找我問話。

我們在起居室裡坐下，此時，我早已想好該怎麼說了。我告訴他們，因為來這兒避暑，我租下了這處房子，而據我所知阿姆斯特朗一家人正在加州。有關屋裡的怪聲，我按照托馬斯的描述，重述了一遍。接著，我提到前兩天夜裡東西摔落的聲音，並說出了我的看法：有人闖進屋子了。只是當時屋裡只有麗蒂和我兩個女人，就不敢貿然前去查看。我還告訴他們整棟房子都鎖好了，也沒有被撬開的痕跡。接著，我將前一晚槍響後的情形又描述了一番。並告訴他們，通過賈維斯先生之口，我才知道死者的身分。

聽完我的敘述，檢察官問道：「瑞秋小姐，你是否想過，這次謀殺其實就一場自衛，你的家人誤把小阿姆斯特朗先生當成盜匪，開槍打死了他。」

「我為什麼要這樣想？」

「那依你看來，小阿姆斯特朗先生是被人跟蹤了，那個人等他進了屋子之後，就製造了謀殺？」

「我沒作過任何推測。只是有一點令我困惑不已，我不明白小阿姆斯特朗先生為何要接連兩次像做賊似的溜進他父親的家裡，其實，只要他打一聲招呼就可以進來了。」

檢察官是一個少言寡語的人。問詢完畢，他看樣子還有什麼急事要辦，就把偵訊日期定在下個星期六，並向詹姆斯刑警交代了一些事。之後，他跟另一個刑警急匆匆地去趕下一趟駛往鎮上的火車。他臨走的時候，神情嚴肅地跟我握手道別，同時臉上還夾雜著一些遺憾。

我正準備鬆一口氣，一直站在窗邊的詹姆斯刑警轉身走了過來。他還很年輕，看上去也相當精明。

「瑞秋小姐，家裡只有你一個人在嗎？」

「不，我姪女也在這裡。」

「除去你們兩位女士，家裡還有其他人嗎？」

「我侄子也住在這裡。」我下意識地舔舔發乾的嘴唇。

「哦，是這樣。我想見見他。」

「真不湊巧，他這會兒不在。不過，他隨時可能回來。」我盡可能使自己看上去沈穩。

「昨天晚上他在這裡嗎？」

「沒有……哦，不，事實上他在。」

「他還帶來了一位客人，是一位男士，對吧？」

「是的，那位先生一起前來度假，他名叫貝利。」

「據我所知，這位先生是商人銀行的出納。」從他的話語裡，我聽出他們已經和綠林俱樂部的人見過面了。

「你能提供他們離開的具體時間嗎？」

「我只知道他們很早就走了，不知道時間。」

突然，他轉過身看著我問道：「我需要知道詳細的情況。你剛才說，昨晚你侄子和貝利就在屋裡，可為什麼發現屍體的時候，只有你們這些女士在場，那時候你侄子人呢？」

當時，我絕望極了，再也想不到什麼好的說辭。

於是，我有些生氣地回答：「我不清楚。不過，我敢肯定，哈爾斯壓根不知道發生了這事。你根本沒有十足的證據，不要隨便懷疑無辜的人。」

他推過來一把椅子說道：「好吧，我們坐下來說。我預備告訴你一些事情，但是，也希望你能把自己知道的全部說出來。我們權當作是交換。請相信我，真相遲早會大白於天下。

根據我的觀察，我發現了兩點有用的信息。第一、小阿姆斯特朗先生是被一個站在高處的人射殺的。從中彈的情況看，兇手開槍的距離很近，子彈從肩部射入，穿過心臟，從背部下方斜穿出來。如果我沒有猜錯的話，兇手是站在二樓向下開的槍。第二、在撞球室邊緣，我發現了半支燒剩的黑雪茄和只剩下尾巴的一截香煙。一看就知道是點燃之後任其燒盡的。這說明你侄子和貝利先生是中途丟下香煙，倉皇離開現場的。我們很容易想到他們在凌晨三點不叫醒司機就開車出去的原因。」

「我很難想像。不過，我相信只要哈爾斯回來，他一定會親自解釋這一切的。」

「我也希望如此，瑞秋小姐。也許貝利先生知道些什麼，你想過這種可能嗎？」

就在他說話的時候，葛奇爾德走下樓來。她像是突然被擊中了，站在那裡停止不前。

「他也不知道。他和我哥哥一樣，對這裡發生的事情一無所知。命案是三點發生的，他們兩點三刻就離開了。」葛奇爾德用異於往常的語調說道。

「你是怎麼知道的？還把時間說這麼準確。」詹姆斯疑惑地問。

「是的，我全知道。他們離開的時候，我就在現場。兩點三刻，我哥哥跟貝利是從屋子正門走出去的。」葛奇爾德口氣堅決地回答。

「葛奇爾德，你不是在做夢吧？我的老天，凌晨兩點三刻——」我激動地說。

「你們先聽我說。兩點的時候，我聽見樓下的電話響了。當時，我還沒有睡著，我聽到是哈爾斯去接的電話。沒過多久，他上樓敲我的房門。我們說了一會兒話，我就穿著睡袍和拖鞋跟隨他下樓了。當時，貝利先生還在撞球室，我們三個人又攀談了十幾分鐘。他們告訴我，他們必須要去處理一些事情。」

「你可以再說詳細一點嗎？他們需要去處理什麼事？」

她語氣平靜地回答：「我只是向你陳述一下發生了什麼事情，而不是去解釋事情是怎麼發生的。哈爾斯因為害怕吵醒大家，就沒有把車子開到屋前，而是直接從馬房那邊離開了。貝利先生去草地和馬路交會的地方跟他碰面。他從──」

「等等，你剛才說從哪裡出去的？」詹姆斯突然發問。

「正門。出門的時候，我知道確切時間，當時正好是兩點三刻。」

「瑞秋小姐，大廳的時鐘好像不走了。」詹姆斯的眼睛總是不會放過任何一個細節。

「他當時看的是自己的手錶。」

葛奇爾德回答的時候，我注意到詹姆斯眨了眨眼睛，看樣子像是發現了什麼玄機。至於我，只能在一旁靜靜地待著，整個談話令我越來越驚愕不已。

「你方便回答一個私人問題嗎？」儘管詹姆斯也是個年輕人，我能感覺到他提出這個問題的時候有些難為情。

「你和貝利先生是什麼關係？」他問。

葛奇爾德遲疑了一下，走近我並親昵地拉著我的手，說道：「我們訂婚了。」

儘管我也經歷了不少駭人聽聞的事，可這一次，我只有瞠目結舌的份兒。我感覺到葛奇爾德的雙手涼極了，像冰塊一樣寒冷。

「他們離開後，你直接回屋休息了嗎？」詹姆斯繼續問。

葛奇爾德又是一陣遲疑，接著回答道：「沒有。我並不介意在夜間走動。我把所有的燈關上以後，突然想起自己把一件東西忘在撞球室外面了。於是，就摸黑回去取了。」

「能告訴我，你去取什麼東西了嗎？」

「不好意思，這個不方便透露。不過，我可以告訴你一點，我沒有立刻走出撞球室，還在那裡停留了一段時間。」她緩慢地回答。

「這是為什麼？我需要知道原因。你應該清楚這件事的嚴重性，小姐！」詹姆斯刑警的口氣顯得很強硬。

葛奇爾德低聲回答：「當時，我坐在那裡哭泣。我聽到起居室外面的法式大鐘響了三聲，就起身準備離開。就在這時，一陣腳步聲從棋牌室東側門那邊傳過來。接著，我聽見鑰匙擰開門鎖的聲音。我以為是哈爾斯。起初我們租下這處房子的時候，他把這道門戲稱為自己的專用門。所以，他隨身帶有那扇門的鑰匙。門打開以後，我正準備詢問他把什麼東西忘了時，門口出現了一道閃光，同時還響起了一聲槍響。接著，便傳來了身體落地的一聲重重的悶響。我當時只顧害怕，完全喪失了理智，就什麼也不管了，以最快的速度從起居室上樓去了。我都不知道自己是怎麼上樓的。」

「也就是說，你沒有去看那具屍體？」

「是的，沒有。」

她回答完問題，一下子跌坐在椅子上。我原本以為詹姆斯就此罷休了，沒想到他又開口說話了：「葛奇爾德小姐，你的做法很令人讚賞。這些證詞對澄清你哥哥和貝利先生的嫌疑，是很有幫助的。因為之前，你哥哥跟小阿姆斯特朗先生曾發生過激烈的爭執。」

我插話進去，「這怎麼可能？詹姆斯先生，現在的情況還不夠混亂嗎？不要再編造一些不存在的事情了，這只能惹人反感。葛奇爾德，我沒說錯吧？哈爾斯和那位死去年輕人根本就不認識。」

但是，詹姆斯神情篤定，很有把握地說：「葛奇爾德小姐，那一次的爭執是因為你，對吧？小阿姆斯特朗先生一直纏著你，並對你頻獻殷勤，而你不勝其煩。」

老天！居然有這種事情，而我卻一無所知。

看到葛奇爾德點頭默認時，我意識到事情並不像我想像的那麼簡單。假如葛奇爾德對死者的厭惡屬實，年輕的阿姆斯特朗還一直糾纏她的話，那麼，葛奇爾德承認案發的時候，自己就在撞球室現場，無疑給自己帶來了麻煩。阿姆斯特朗的家世非常顯赫，他們一定不會容忍自己的家人無辜慘死，必定會盡快找出殺人兇手。倘若我們還在這裡遮遮掩掩，含糊其辭，無疑會給自己招致非議。

最後，詹姆斯終於合上筆記本，起身向我們道謝。

突然，他又冷笑一聲說：「不管怎樣，我相信這裡鬼魂應該被制伏了。那個黑人口中的那種奇怪的聲響，以後不會再出現了。阿姆斯特朗一家去西部後，這所房子裡彌漫了三個月的恐怖氣息，也該消失了。」

通過這番話語，我明白了他對整個事件的了解程度。事實上，屋裡的鬼魂沒有被降伏，阿諾·阿姆斯特朗的這場命案只是一個開端，鬼魂變得越來越張狂。

詹姆斯離開後，葛奇爾德立刻上樓去了。也許是害怕我詢問什麼。現在，我也顧不上這些。我坐下來，靜靜地回想剛才的談話。儘管她的訂婚大大出乎我的意料，但她之後的那番話語，更是要命。假如案發前哈爾斯和貝利果真離開了，那哈爾斯的左輪手槍出現在鬱金香花床裡又該怎麼解釋？什麼事情那麼重要，會讓他們深更半夜趕去處理？葛奇爾德返回撞球室到底想拿什麼呢？還有，那顆釦子究竟有什麼重要意義，為什麼會突然消失呢？

我能獨自靜坐的時間並不多。當天早上又來了許多警察，他們一直在忙著搜查和拍照，屋子裡嘈雜一片，到處都能看到人。屍體被抬走以後，我們得到了片刻的安寧。葛奇爾德一個人待在房間裡，怎麼也不願意出來。至於麗蒂，真應該把她送進精神病醫院。

警方挪走屍體之前，叫我前去查看。不管小阿姆斯特朗活著的時候有多麼放蕩不羈，那些已經成為過去了，他那種浪蕩的神情隨著生命的完結，永遠消失了。可他畢竟還那麼年輕，而且算得上相貌堂堂，想想也真令人惋惜。

嫌疑人

詹姆斯離開之後，我要求屋子裡的所有人暫時不要向外宣揚這件事。綠林俱樂部的人也同意了我的請求。因為這個地方沒有週日午報，所以這起案子最早在星期一才會見報。不過，警方事先通知了阿姆斯特朗家的律師。當天下午，那位律師就前來拜訪了。

律師先生名叫哈頓，個子不高且身材瘦小，看起來對自己的這項工作不太熱中。我們友好地打過招呼，他直截了當地說：「瑞秋小姐，發生這種事實在是太不幸了，這件事還極其神祕。因為死者的父母還在西部，所以一切事宜將由我代理。我想你也明白，這項職責並不令人愉快。」

我茫然地回答：「是的，可以想像。哈頓先生，我想向你詢問幾個問題，希望你能坦誠相告。我想，這些疑問我有權得到回答。現在，我和我的家人處境很不好。」

我不清楚他能否領會我的意思。只見他取下眼鏡，並拿出一塊布來回擦拭。

「非常樂意。當然，我也是知之甚少。」他很有禮貌地說，說話的時候一字一頓。

「太謝謝你了，哈頓先生。首先『陽光居室』已經租出去這件事，小阿姆斯特朗先生知情嗎？」

「哦——這件事他知道。他還是從我這裡聽說的。」

「他也知道承租人是誰？」

「是的，我跟他說了。」

「據我所知，他從家裡搬出去很多年了。」

「是的。說起來真叫人難受。他們父子不和。兩年前，他搬到鎮上住了。」

「也就是說，昨天晚上，他不是回來取東西？」

「應該不是。跟你說實話吧，瑞秋小姐，我也想不出他半夜出現的原因。我聽賈維斯說，之前的一整個星期，他都在山谷對面的俱樂部裡。不過，這也不是理由。」

當時，哈頓先生的心情亂極了。接下來，他沒有多說什麼，只是喃喃自語說「父債子償」。我想了很久，也想不明白是怎麼回事。

後來，哈頓先生提出想去案發現場看看。我們快要到的時候，在棋牌室門口看見了華生太太。他們兩人認識，哈頓先生還主動跟她說話。

「你還好吧，華生太太？發生這樣的事情，真讓人遺憾。」

華生太太沒有說話，她只搖了搖頭就從我們身旁離開了。哈頓先生認真地觀察原先停放屍體的地方，不發一言。地毯上的血跡已經被人清理乾淨了。走過棋牌室，我繞過螺旋樓梯，走向樓梯旁邊的側門。我打開了門，四下張望了一下。如果我能在此刻看到哈爾斯多好！只要能看到他邁著輕快的步子走回來，或者聽到汽車引擎的聲音，我所有的煩惱馬上就會煙消雲散了。

但我什麼也沒有看見。

鄉間的午後，安寧而又平靜，到處呈現出一派晴朗、靜謐的景象。我在長長的車道的另一端看到了詹姆斯，他正漫步其間。他時不時地彎下身子，看樣子是在檢查路面。我轉身的時候，發現哈頓又在擦拭鏡片，動作有點鬼鬼祟祟地。

「在很小的時候，我就認識他了。不管他這個人怎樣，落得如此下場實在可憐。」

哈頓先生離開前，我又從他口中得知了一些阿諾・阿姆斯特朗的家世。他的父親名叫保羅，有過兩次婚姻。小阿姆斯特朗是前妻的孩子。現在的保羅夫人以前是個寡婦，還帶了一個小女兒過來。這個女孩過來以後，就跟隨繼父的姓氏，名叫露易絲。她現在已經長大成人了，年歲大約在二十左右。如今，她也身在加州。

最後，哈頓先生向我宣布了一個不好的消息：「他們一家人也許會馬上回來。我今天來這裡，還有一項任務就是徵求你的意見，看看能不能解除租賃合約。」

「這個問題等他們確定要回來的時候再談吧。現在，我實在沒法同意。因為我城裡的房子正在重新裝修。」

說到這裡時，他將話題岔開了。後來，才又舊調重彈。

到了晚上六點，家裡總算平靜了許多。這頓晚飯我們提前到七點半，因為吃過晚飯，哈頓還要往回趕。葛奇爾德一直在樓上待著，哈爾斯也沒有一點消息。詹姆斯大概去附近的村子裡休息了，自從下午見到他一回，他後來再沒有出現過。誰知，大約晚上九點的時候，他按響了門鈴，並在傭人的帶領下來到起居室。

「請坐。詹姆斯先生。找到證明我犯罪的證據了嗎？」我用冷淡的語氣說。

出人意料的是，他的臉上竟露出不安的神情。

「沒有，瑞秋女士。倘若你是殺人兇手，憑藉你的聰明才智，一定不會留下一丁點線索的。」他笑著說了句。

接下來，我們之間的氣氛融洽了許多。我繼續編織我手中的織物，而他不停地擺弄著口袋裡的物品。過了一段時間，他掏出兩張紙片說：「這是我在俱樂部找到的。多虧借用了小阿姆斯特朗先生的影響力。這其中的一張很值得玩味，另一張又實在讓人費解。」

其中的一張紙條是俱樂部的便箋，上面出現了許多哈爾斯的名字，看樣子像是哈爾斯草草而就的簽名，只是落筆沒有哈爾斯本人從容。相比之下，最下面的那幾個簽名就進步不少。至少已經掌握要領了。

「他經常使用這種伎倆。如果說這一張還算有趣，那下一張可就有些讓人頭疼了。」詹姆斯對我報之一笑，說道。

下一張紙條實際上是從信紙上裁下來的。它被人折了很多層，變成很小的一塊。紙張上的字跡非常模糊，下面的部分顯然不是用打字機打出來的，而是手寫而成的，那字跡讓人很難看懂。

上面的內容大概是想更改房間的構造。我看完之後，抬頭看著他，不以為然地說：「這又能說明什麼呢？所有人都有改變自己房間格局的自由，沒必要因為這個就懷疑人吧？」

他搖搖頭說道：「紙片上的內容並不多，如果沒有什麼特殊的意義，小阿姆斯特朗何必要將它隨身攜帶呢？據我們所知，他不曾建造過房屋，假如紙條上所指的房屋是這處房子的話，他恐怕有什麼圖謀，也許他想經過一間密室——」

「通往臨時修建的浴室。」我用輕蔑的語氣打斷他，接著又反問道：「你該不會找到許多指紋吧？」

「是的，確實如此。另外，我還在鬱金香花床上發現了一些腳印，還有一些別的線索。但是，這些線索讓我感到奇怪，因為我發現這些指紋和腳印都是一個人的，那就是你，瑞秋小姐！」

說完，他在一旁幸災樂禍地笑起來。也多虧他這個舉動，要不然，我真想立刻找個地洞鑽進去。同時，我的內心也開始警覺起來，心不在焉地把一個完美的貝殼編花也拆掉了。沈默了好一會兒，我問道：「我為什麼要去鬱金香花床那邊？」

「你在那裡撿到了一樣東西。我想，也許過一會兒，你就會告訴我答案了。」他和顏悅色地說。

「是這樣嗎？請把你的高見告訴我，也許我可以找回自己的汽車，畢竟它是我花了四千元買來的。」我很有禮貌地回答。

「噢，我正準備跟你說呢。你的汽車停在三十英里以外的汽修廠，修理人員正忙著維修它呢！」

我把手中的編織工作停下，看著他，很艱難地擠出一句話：「哈爾斯哪兒去了？」

「現在，我們可以交換一下情報，我告訴你哈爾斯的情況，不過，你得跟我說明你在花床撿到什麼了。」

就這樣，我們相互看著對方，但這目光並沒有敵意，我們都在盤算對方手裡的籌碼。僵持了一段時間，他咧嘴一笑說道：「我請求再檢查一遍棋牌室和樓梯間。你可以趁著這段時間，再仔細思考一下。」

穿過會客室，他一直向前走。等到他的腳步聲漸漸遠去時，我停下了手中的編織工作。

此刻已經不需要用它來作掩護了。我倚靠在椅背上，開始回想這兩天的事情。我——瑞秋，得益於美國革命時期老傑克孫女的身分，成為美國愛國婦人委員會的一員，儘管是一個老處女，但是衣食無憂，是英屬殖民地的貴婦人。如今卻跟一個平民百姓和一樁可惡的罪行糾纏不清，還不得不上下欺瞞。幸運的是，我算是有驚無險地順利過關了。

我的思緒被詹姆斯先生慌張的腳步聲打斷，不一會兒，他站在門口，喘著氣說道：「瑞秋小姐，我需要你的幫助。請你幫忙打開那邊大廳的電燈。有個人被我鎖在棋牌室頂上的小房間裡了。」

我激動地跳起來，迫不及待地詢問：「他是兇手嗎？」

「很可能就是。」他用平靜的語調回答。

同時，我們急匆匆地走上樓梯。

「我正準備返回的時候，發現樓梯裡躲著一個人。那人一聽到我的問話，撒腿就跑。我連忙追了上去。那人跑到頂樓轉角的地方，就衝進了一間屋子，並順手把門鎖上了。我一看鑰匙在我這一邊，趕緊把門反鎖。那間房子像是壁櫥。」

來到樓上大廳時，詹姆斯先生說：「瑞秋小姐，你告訴我電燈開關的位置就好，你回自己房間等消息吧。」

儘管我已經緊張得渾身顫抖，可我仍想目睹門後面的狀況。我自己也不明白到底因為什麼而害怕，發生了這麼多可怕的事情，真希望早一點得知結果。於是，我說：「沒有關係，我很冷靜，就讓我在一旁看著吧。」

突然，一串燈光在走廊那頭亮起，整個房間亮堂極了，像白晝一樣。大小走廊相連的地方是一段螺旋樓梯，樓梯盤旋而上，這個設計看樣子花費了建築師不少心血。詹姆斯提到的那扇門正好位於小走廊的轉角。因為我還不太熟悉這處房子，之前並不記得有這扇門的存在。我的心怦怦亂跳，但我點了點頭示意他繼續前行。他打開門的時候，我站在八英寸遠的地方。他手裡應該拿著槍。

「別躲了，出來吧！」他用沈穩的聲音喊道。

裡面沒有一絲動靜。

「你跑不掉了，還是出來吧。」他又喊了一次。

接著，他一個箭步，推門而入。

我站立的位置看不到門後面的情況。可我注意到詹姆斯的臉色變了，還在嘴裡念叨著什麼。他敏捷地一步跨上三個台階，向樓上衝去。我的膝蓋一直在打顫，等到它停止抖動的時候，我緩慢地向前挪步，神色緊張地查看屋裡的動靜。這個看起來像是壁櫥的房間裡空空的，連個人影也沒有。隨後，我走進屋子並觀察四周，竟然發現了令人毛骨悚然的一幕——一塊地板上出現了一個漆黑的空洞，裡面發出難聞的霉味，像地窖裡東西壞掉的味道。

其實，這個地方是存放待洗衣物的滑道。我彎下腰查看洞口，彷彿聽到了一聲呻吟，也許，那聲音說明不了什麼，只不過是一陣風聲。

滑道

我有些驚慌，快步來到走廊上。有一點讓我深信不疑，那個擅闖屋子的神祕人，那個兇手我們已經找到了，他現在被困在滑道的底部，就算是沒有生命危險，那種處境也夠他受的。此刻，已經容不得我多想，我下了樓，穿過廚房，徑直走向通往地下室的樓梯。詹姆斯跟了上來，並走在我前面。麗蒂正在廚房裡站著，她手裡拿著煎鍋，看樣子是準備當武器來使用的。

她見我朝地下室樓梯的方向走去，緊張地大喊起來：「不要下去！瑞秋小姐，下面太危險了，千萬別去！詹姆斯一個人下去就行了。抓鬼可不是一件好事，鬼魂會把人引向無底洞，或者是一些雜亂的地方。我求你了，瑞秋小姐。」

我任由她在那裡大喊，對她的勸告充耳不聞，並從她身邊走過去。

就在這時詹姆斯再度出現了，麗蒂的嘮叨戛然而止。詹姆斯兩步並作一步，以很快的速度爬上樓梯，他滿臉通紅，臉上寫滿憤怒。

「怎麼回事？屋子裡全上了鎖！洗衣間鑰匙呢？」他說話的時候，簡直有些氣急敗壞。

麗蒂立即回答說：「就插在鑰匙孔裡，另一頭的地窖全都上鎖了，根本無法過來拿衣服。所以我們乾脆將鑰匙留在那裡。這樣就方便多了，除非有些刑警眼睛不太好，看不清楚。」

我插話進去：「麗蒂，趕快跟我們一起去地下室！打開所有的電燈！」

跟以往一樣，她藉口無能為力，當即推托。我硬是拉著她的手臂不放，最終她拗不過我，就跟我們一起下去了。待所有的燈打開後，她指了指前面的一扇門，快快不快地說：

「就是那裡，鑰匙在上面插著。」

可現在，鑰匙已經不翼而飛了。詹姆斯先生上前用力地搖門，可是毫不奏效，門看起來就很沈，還鎖得很嚴實。於是，他掏出一支鉛筆用筆尖搗弄鎖孔。過了一會兒，他臉上露出喜悅的神情。

「這裡面一定有人！門是從裡面鎖上的。」他低聲說道。

「老天！太可怕了！」麗蒂發出一聲驚呼，連忙轉身離開。

我看著她的背影喊道：「麗蒂，你走可以，不過，你得去主屋看看誰在屋裡，讓人去小木屋叫司機瓦拉，我們需要他的幫助，讓他過來幫忙撞門。托馬斯太老了，沒有力氣。」

「這是個不錯的主意。」詹姆斯表示贊同。他想了想又說：「不過，這裡面應該會有窗戶，裡面的人可以越窗逃走。」

「好吧。我先上去找人。我總有一種預感，這棟房子的謎底快要揭開了。」語畢，我從地下室小跑著回到一樓，接著，又朝外面的車道跑去。由於太過匆忙，在轉角的地方，我撞到了一個人。

顯然，被撞的人也被嚇到了。向後倒退了一步，我發現撞到的人居然是葛奇爾德，於此同時，她也認出了我。

「是不是發生什麼事情了，瑞秋姑姑？」

我喘著氣，回答說：「一個人被我們鎖進洗衣間了。對了，你有沒有看到可疑的人從草地上經過，或者發現誰的行為怪異？」

她滿臉厭惡地說：「大家腦子裡都裝了一大堆神祕事件。我什麼人也沒有看到，只是覺得老托馬斯有些奇怪，他看起來一副做賊心虛的樣子。誰被關進洗衣間了？」

「現在沒時間跟你解釋，我需要去小木屋找瓦拉幫忙。你要是想出來散心透氣，最好換雙輕便的鞋子。」

我正準備離開，突然發現葛奇爾德的腿有點兒瘸，儘管不太明顯，可看得出來，她行走的時候很艱難，而且相當痛苦。

「你怎麼受傷了？」我脫口問道。

「哦，剛剛我不小心扭傷了腳。我在路上等哈爾斯。這個時候他應該回來了，真不知道他是怎麼回事。」

接著，我繼續在車道上奔跑。小木屋和主屋之間的距離很遠，位於車道和外圈馬路交接的樹林裡，兩根用來做標記的石柱在入口處樹立著。入口處還有一道鐵門，這扇門，原來是由木屋看守員負責管理和關閉的，現在卻落得如此衰敗——大門永遠都是打開的。時代確實變了，別看「陽光居室」的小木屋只是一個備用的傭人房，居住在這裡跟主屋一樣便利，並且很容易照應。

去往小木屋的路上，我的腦子在不停地思考。詹姆斯發現的那個行跡可疑的人到底是誰？門撞開後，那個人會不會已經死了，或者是受了重傷？也許都不是！因為那人從地窖裡跳上去後，還能從裡面將洗衣間鎖上了。假如這個人是外來的，他是從哪裡進屋的呢？假如是屋子裡的某一個人，那又會是誰呢？我感覺害怕極了，因為我想起了葛奇爾德，想起她扭傷的腳。老天！真不知道是怎麼回事！我以為她一直在床上躺著，誰知，她卻跛著腳……從車道那邊走回來了！

我竭力想遏制自己的一個念頭，可是怎麼也不能奏效。如果今晚出現在螺旋樓梯上的人是葛奇爾德，她為什麼要在詹姆斯面前逃跑呢？即便那個人不是她，不管是誰，從他逃跑的跡象來看，他對屋裡的情形並不熟悉，對存放待洗衣物的滑道位置也是一無所知。現在，這個神祕的事件更令人捉摸不透。天知道，這兩個孩子跟這場凶殺案有什麼關係？無論我怎麼去想，總覺得他們逃脫不了關係。小木屋位於車道的盡頭，馬路從小木屋旁邊繞過去，彎曲的形狀像一個傾斜的馬蹄鐵。道路兩旁的街燈都在亮著，燈光灑在樹梢上。小木屋的二樓是亮著的，不過，看起來像是有人持著燈火在走動。因為我穿的是拖鞋，走路的時候不會發出一點聲響。誰知，我又撞上了人，這一次，我撞到了一位穿長外套的男士。他在車道旁邊的陰影裡站著，只能看見他的背影，他一直盯著那個發出亮光的窗子看。

「真他媽的，見鬼了！」

突然，他憤怒地大吼一聲，轉過身來。可是，當他看到我的時候，不等我開口，就馬上消失了。真的，我沒有撒謊！他立刻就消失了。甚至我還沒來得及看見他的面孔，他就不見蹤影了，完全消失在這夜色裡。根據我迷糊的印象，這個身影我並不熟悉，他帶著鴨舌帽，一轉眼就沒影兒了。

走到小木屋前，我用力地敲響房門。一連敲了好幾聲，托馬斯才跑過來應門。而且，他只把門打開一道一英寸左右的小縫。

「瓦拉人呢？」

「他應該睡著了，夫人。」

「快叫他起來。你在磨蹭什麼，托馬斯！把門打開，我進去等他。」

「夫人，這裡面有些擁擠。也許你可以來玄關坐一下。」他必恭必敬地回答，看起來倒是冷靜泰然。

看得出來，托馬斯不願意讓我走進木屋。於是，我識趣地向玄關走去。

「我有要緊的事情找瓦拉，請他動作快一點。」

我囑咐完畢，就拐進小客廳。接下來，我聽到托馬斯叫醒瓦拉的聲音，還有瓦拉匆匆忙忙穿上衣服的雜亂的腳步聲。就在這時，我的注意力被樓下的房間吸引了。

我看見一個打開的豬皮旅行袋在桌子中央擺放著，袋子裡裝滿了金色瓶蓋的瓶子，這些東西都是女人使用的奢侈品。我正在納悶這個旅行袋來歷的時候，瓦拉從樓梯上下來，走進房間裡。因為匆忙的緣故，他的衣服穿得很不整齊，一張娃娃臉也脹得紅撲撲的。他是一個很坦率的鄉下男孩，很值得信賴。他受過教育，也非常聰明，對機械很感興趣，特別是對汽車的維修和護理。他是個很有前途的年輕人。

「瑞秋小姐，發生了什麼事？」他急切地問道。

「一個可疑人被我們鎖在洗衣間了。詹姆斯先生需要你的幫助，你們一起把門撞開。對了瓦拉，這是誰的旅行袋？」

他裝作沒有聽見，徑直走向門口。

「瓦拉。你過來一下，這是誰的旅行袋？」我叫住他，又問了一遍。

他沒有轉身，只是停下了腳步，有點吞吞吐吐地回答了一句，「哦——那個，應該是托馬斯的。」

說完，他快步跑向車道。

這真是一件怪事！據我所知，托馬斯甚至不知道怎麼使用鏡子和化妝品。不過，我也只能先把這件事情放一放。它連同那一連串荒謬且奇怪的事情，一起留在我的記憶裡了。

我們回到主屋的時候，麗蒂正在廚房，通往地下室的樓梯門上被她加了好幾道大鎖，她甚至還用一張桌子把門頂上。她身旁還放著一張桌子，大部分的廚房用具都在上面擺放著。

此刻，我對這一大堆燉鍋、擀麵棍和牧場上送來的小肥豬已經不感興趣，我只關心屋子裡誰不見了。

麗蒂回答道：「蘿茜不在。華生太太去她房裡的時候，發現她連帽子都沒帶就走了。」

麗蒂一開始就不喜歡這個打掃客廳的女傭，接著，她又陰陽怪氣地說：「有些人就是奇怪，放著城裡的房子不住，偏要住在一棟怪房子裡，還雇用一些根本沒見過面的傭人。哪一天自己被謀殺了，都不知道自己是怎麼死的……」

麗蒂發了一通牢騷後，依舊一臉陰鬱。瓦拉手裡拿著許多小工具走進來了，詹姆斯跟在他後面走進地下室。這時候，我並沒有感到不安，這一點確實很奇怪。我心裡一直想著哈爾斯，可已經不害怕了。走到門前，詹姆斯認為瓦拉手中的工具派不上用場，堅持讓他放下。

接著，詹姆斯看了看門，用手轉動了一下門把手。誰知，毫不費力地把門打開了。門後的乾衣室裡黑乎乎的。

「該死！這倒輕鬆，我早該想到的！」詹姆斯厭惡地罵道。

我們將所有的燈都打開，逐一查看了地下室這一側的三個房間。房間裡一片寂靜，全都空蕩蕩的。因為滑道下端正好擺放了一個洗衣籃，被困之人正好落在堆滿衣服的籃子上，所以才安然無恙、毫髮無傷。現在，這個洗衣籃倒在一旁。

詹姆斯仔細地檢查了一遍窗戶，發現其中的一扇並未上鎖，很方便逃脫。可那個人是從什麼地方逃到外面的院子呢？是房門，還是窗戶？房門的可能性比較大，這也正是我所希望的。我實在不願意把窮追不捨的對象跟葛奇爾德聯繫起來，可是，我確實在距離房門不遠的地方，看到了這個可憐的孩子。

後來，我垂頭喪氣地回到樓上。廚房裡，華生太太和麗蒂正忙著準備茶水。對有的人而言，喝茶是一條妙方，它可以讓疲勞、煩惱或不適全部消失。他們甚至還要求臨死的人喝茶，還將茶水加在嬰兒的奶瓶裡。華生太太上來送水的時候，還額外準備了一些茶點。從她口中我得知蘿茜不見的事情屬實。

「瑞秋小姐，她確實不在房間。不過，我覺得這說明不了什麼。蘿茜是年輕女孩，長得也很漂亮，也許這附近有她的朋友。要是那樣的話，也沒有壞處，因為有熟人做伴，她可能願意多做一段時間工。」

葛奇爾德早早地回到自己房間。而我正在喝著熱茶時，詹姆斯走到我跟前。

他又提起了剛才的事情：「我可以斷定，半個小時前，從洗衣間裡逃走的是一位女人。她的腳大小適中，弧度優美。她逃脫的時候，沒有穿鞋，不過，右腳上穿有絲襪。最讓人想不通的是，她不從沒有上鎖的房門逃走，而是跳窗跑掉。」

他的話，令我再一次想起了葛奇爾德。我可以肯定一點，我撞到這個孩子的時候，她腳上穿的是拖鞋。可我依然非常不安，她在這時候扭傷腳，實在不合時宜。

袖釦

詹姆斯的問話開始了：「瑞秋小姐，只有你和女僕在家的那個晚上，你怎麼看待東廂房那邊出現的人影？」

「那是女人。」我斬釘截鐵地回答。

「你的女傭卻一口咬定那是個男人。」

「她根本就是信口開河。當時，她嚇得不敢睜眼，這是她的一貫做風。」我解釋道。

「你有沒有想過這樣一種可能：第二次闖進屋子的人可能也是個女的，而且她跟在走廊上出現的人影，是同一個人。」

「我認為那一次是個男人。」我正在回答問題時，忽然想起那顆珍珠袖釦。

「好了，我們總算抓住問題的實質了。你有什麼理由嗎？」他咧嘴一笑，問道。

見我面露猶豫之色，他臉上的笑容消失了。

「我需要聲明一點，假如你有證據能證明第一次的午夜造訪者是小阿姆斯特朗先生，次日夜晚他又第二次擅自闖入的話，請務必如實相告。我們不能僅僅依靠想像去判斷案情。想想看，如果把鐵棒弄到地上，還在樓梯裡留上劃痕的人是個女人，那麼，我們完全可以想到，第二天她還會再來，並且在螺旋樓梯那邊看到了小阿姆斯特朗先生，由於受到驚嚇，或者是別的什麼狀況，就開槍射擊了。」

「闖入者是個男人。」我又一次闡明自己的觀點。因為實在說不出有力的證詞，我不得不將珍珠袖釦的事情跟他講了。顯然，他對此很有興趣。

我的話音剛落，他迫切地問：「能把袖釦交給我嗎？哪怕是給我看一眼也好。或者這顆釦子能給我們提供一條非常關鍵的線索。」

「這樣吧，我仔細地跟你描述。」

「最好能讓我親眼看一下。」他說著，用充滿狐疑的目光看著我。

「哎，說起來就惹你見笑了。我原本把它放在梳妝台的盒子裡，誰知，再去找的時候，居然不見了。」我盡可能用平穩的語氣說道。

對於我的這番說辭，他未作任何評價。不過，我知道，他的內心一定存在疑問。我按照他的要求，盡可能詳細地描述袖釦的樣子。就在我進行敘述的時候，他順手從口袋裡取出一張明細單，並匆匆地掃了一眼。

「這上面只有一組壓花袖釦，一組鑽石袖釦，一組平面晚宴袖釦，上面鑲有小珍珠，還有一組造型獨特的袖釦，是用翡翠鑲成女人頭型的，唯獨沒有你描述的這種類型。不過，假如你的說法屬實，那天晚上，小阿姆斯特朗先生很有可能一隻袖子上用的是一種釦子，而另一隻上面使用的是不配對的袖釦。」

我沒有想過他口中所講的可能性。假如闖入屋裡的並不是死者，那前一夜進屋的人，又是誰呢？

詹姆斯繼續自己的談話：「這個案件牽扯了許多不尋常的事情。那天葛奇爾德小姐說，案發當晚，她聽到有人把鑰匙插在鎖孔裡，並打開了門。與此同時，槍聲也隨之響起。可這正是蹊蹺所在。根據我們的了解，當晚小阿姆斯特朗先生身上並沒帶鑰匙，同時我們在房門和地板上也沒有找到鑰匙。也就是說，小阿姆斯特朗先生之所以能夠進屋，很有可能是屋內有人接應。」

聽到這話，我忍不住插話進去：「怎麼可能？詹姆斯先生，這種推測可不能隨便說。現在你的矛頭明顯指向了葛奇爾德，你認為是這個孩子讓那個先生進入屋子的。」

他微微一笑，語氣友善地說：「瑞秋小姐，事情不是你想的那樣。實際上，我可以肯定地說，這件事不是她做的。可是，你們兩個人在講述事實的時候，都有所保留，不肯將事實的真相和盤托出。你無論如何也不願意說明在鬱金香花床上撿到了什麼；葛奇爾德小姐也不肯告訴我，她去撞球室到底拿什麼東西。現在，我又得知你發現了可疑的袖釦，還企圖故意隱瞞不說。事已至此，我索性直說吧。我認為，深夜造訪的小阿姆斯特朗並沒有被那個弄掉的高爾夫球桿嚇到，他能夠進屋一定是屋子裡有內應。只是我還不清楚那個人是誰，會是麗蒂嗎？」

我用力地攪動杯內的茶，憤憤地說：「人們常說，快樂的年輕男子充其量只能作為主事者的助手。由此可見，一個男人的幽默感與他所處的職業地位是反比例關係。」

他毫不隱諱地回答：「對於一個男人而言，有時候這種幽默感是殘酷的，也是野蠻的。而對於女性，這種幽默就像被熊緊緊地擁抱過一樣，身上會被抓傷，留下疼痛不已的傷痕。這兩者之間，哪一個會更悲慘一些，我也說不上來。」

說著，他突然抬起頭叫道：「托馬斯！你怎麼了，進來吧！」

滿臉憂鬱的托馬斯站在門口，他看起來有些局促不安。看到他這副樣子，我立刻想起了那個放在小木屋裡的豬皮旅行袋。他抬腳踏進屋內，站在房門旁邊，他的一雙眼睛盯著詹姆斯，濃密灰色的眉毛幾乎快把眼睛遮住了。

「別緊張，托馬斯，」詹姆斯和氣地說，「叫你過來，就是想從你這裡了解一些情況。小阿姆斯特朗先生死去的前一天，你在俱樂部裡跟山姆都聊了什麼？讓我想想，星期五晚上你和瑞秋小姐見的面，星期六一早，你才正式來這裡工作，我沒說錯吧？」

不知道是什麼原因，托馬斯突然變得輕鬆了起來。

「先生，一點沒錯。老阿姆斯特朗先生帶著一家人去西部度假了，就留下我跟華生太太在這裡看守屋子。華生太太膽子可真不小，可能是在主屋時間久了，她一直睡在主屋。這裡一直怪事連連。這些事情，我跟瑞秋小姐提過。我沒膽量在主屋住，就在小木屋休息。有一天，華生太太也撐不住了，她找到我說，她自己也被那棟房子弄得神經錯亂，沒法在主屋待下去了，要求跟我換換。想想看，她都不敢繼續住下去了，我更是不敢。最後，華生太太晚上就待在小木屋裡，而我去了俱樂部，在那裡另找了一份工作。」

「是什麼事把華生太太嚇成這樣的？」

「她沒有提起這個，先生。她只說自己特別害怕。不過，來見瑞秋小姐的那天晚上，我遇到了一件事情。我從俱樂部穿過山谷來到這裡時，險些在谷底的小河邊撞到一個男人。他背對小路站著，還在手裡擺弄一個小東西，看起來像是一個小電燈，具體是什麼，我也說不上來。那個怪東西應該是壞了，亮了一下，馬上又熄滅了。我從他旁邊經過時，瞥見了他的上衣和領帶，儘管沒有看到他的長相，可我敢肯定那個人不是阿諾·阿姆斯特朗先生，他身材比阿姆斯特朗先生高大。另外，我從這裡返回俱樂部時，看見小阿姆斯特朗先生正興致勃勃地玩著紙牌遊戲呢，他一玩起這個來，就很難停手。」

「第二天一早，你是從同一條路來這裡的嗎？」詹姆斯追問道，他一向喜歡打破砂鍋問到底。

「是的，先生。我第二天原路返回。在前一晚上看到那個男人的地方，我還發現了一樣東西。」

托馬斯拿出那個東西，小心翼翼地放在詹姆斯手中。這位刑警將東西攤在手掌上，移動到我的視線之下。那是另一顆珍珠袖釦，跟我丟掉的正好能配成一對！

然而，詹姆斯對托馬斯的問話還沒有結束。

「於是，你拿釦子給俱樂部的山姆看，詢問他是否知道釦子的主人。山姆就把答案告訴了你，現在，你可以把答案說出來嗎？」

「當然。山姆說，他曾在貝利先生的襯衫上看到過這種袖釦。」

「托馬斯，我需要這個袖釦。好了，今天咱們的談話讓我收獲不小，時間不早了，祝你晚安！」

「你瞧，瑞秋小姐，」等托馬斯緩慢地離開後，詹姆斯用銳利地目光打量著我說，「貝利先生的處境可不容樂觀，他注定逃脫不了關係。假如上星期五貝利先生想見阿諾·阿姆斯特朗，而沒有見著的話，當然，我這也是一種假設。第二天晚上，他看到小阿姆斯特朗擅自闖入房間，會不會執行了原來的計畫，將小阿姆斯特朗殺死呢？」

「但是，殺人動機呢？總得有個原因吧。」我激動地說，說話的時候幾乎在發喘。

「這個動機並不難找。我們不要忘記一點，貝利先生在商人銀行擔任出納，他曾經險些被小阿姆斯特朗害得坐牢，從此兩個人的關係一直很僵。還有一點，這兩個人都在追求你的姪女。此外，貝利現在不知所蹤。」

「那麼，在你看來，哈爾斯幫助他逃脫了？」

「你的看法呢？我們不妨來模擬一下當晚的狀況：貝利和阿諾．阿姆斯特朗在俱樂部大吵一架——這件事情，是我今天剛剛聽說的——之後，你的姪女把他帶到這裡。而那時的小阿姆斯特朗因為妒火中燒，有些惱羞成怒，他從小路跟隨他們兩人也來到這裡。也許，他敲響了撞球室一側的廂房房門，你侄子就開門請他入內，誰知，就在這時，一個站在螺旋樓梯上的人開槍射殺了他。一看闖了大禍，你侄子和貝利迅速離開主屋，準備開著汽車離開。為了避免讓人聽到馬達聲，他們從地勢低平的路上開出汽車。等到你聽到聲響下樓查看的時候，樓底下已經風平浪靜了。」

「這與葛奇爾德的證詞不符。」我反駁道。

他點燃一支煙後，緩緩地說：「瑞秋小姐，坦白地說，我並不相信葛奇爾德小姐的說辭，她這些證詞是第二天早上才提出的，我寧願相信她這番說辭是出於對愛人的袒護。」

「那今天晚上發生在洗衣間滑道裡的事情，又該怎麼解釋？」

「我對整個案情的看法確實被這件事情擾亂了，現在，蓋棺定論還為期尚早。我們可以先說說出現在玄關那邊的人影。假如你透過窗戶看到的那個人影是個女人，我們就需要從別的角度分析。也許，等到哈爾斯回來時，我們可以從他的說辭裡找到新線索。也許，他誤把小阿姆斯特朗當成盜賊，開槍殺死了他，因為一時間無法接受這個事實，就逃走了。」

他停頓了一下，接著分析道：「無論情況是怎樣的，我敢肯定，他離開屋子的時候，小阿姆斯特朗已經被殺死了。那晚，死者離開俱樂部的時候大約是十一點半，說是要在月光下散步，俱樂部距離這座房子並不遠，他一定在凌晨三點之前就來到這裡了。」

我一言不發地靠在椅背上，滿肚子疑問。事情太複雜了，這期間發生的每一件事情裡面都可能有大文章，真相到底是怎樣的呢？那個被困在洗衣間滑道裡的人，真的是葛奇爾德嗎？假如是那樣，出現在小木屋車道附近的人又是誰呢？那個豬皮旅行袋又是誰的呢？

時值深夜，詹姆斯終於起身告辭了。我把他送到門口，我們兩個人不約而同地看了看下面的山谷。山谷中整齊地排列著一些舊式的房屋，房屋周圍生長著茂密的樹木，整幅圖景看起來非常靜謐。山谷那邊的綠林俱樂部還是燈火閃耀，道路兩旁錯綜排列的路燈還依稀可見，這時候，我的腦海裡突然浮現出俱樂部裡的一些傳言。

這間俱樂部是由城裡的一群有錢人開的。這些人，把大部分時間都花在喝酒賭博上，偶爾打打高爾夫，只不過是掩人耳目罷了。一年以前，有人曾在俱樂部裡自殺。

不一會兒，詹姆斯從一條通往鎮上的小路離開。我佇立在原地，四周一片靜寂，只能聽見從身後樓梯上傳來的鐘錶滴答聲，那聲音單調地重複著，更顯出深夜十一點的安靜。之後，我發現一個人正從車道上朝主屋跑來。轉眼之間，一個女人從大門外衝進來，她看到我像是看到了救星，連忙抓住我的手臂。我這才看清了她，居然是蘿茜！她像是受了什麼驚嚇，情緒已經失去了控制，一隻手裡還抓著一個瓷盤和一隻銀匙，那是我的東西，不過，此時這些已經不是重點。

她的手牢牢地抓著盤子，還不時地回頭張望。我引領她走進屋子，取走她手裡的盤子。她順勢蹲在門邊，全身不停地顫抖。

「發生了什麼事？你不是和男友一起享受大餐去了嗎？」我低頭看著她，問道。

她的情緒依然很亂，根本說不出話來。一雙眼睛直直地盯著手中握著的湯匙，彷彿不認識那是什麼東西了。過了一會兒，她把目光停留在我身上。

「到底發生了什麼事？你把這些美好的東西送給他，他應該要高興才對。不過，我建議你下一次拿法國瓷器，這種餐具不僅物美價廉，而且即便丟失，也很容易找到樣式相同的代替品。」

「不，瑞秋小姐。我的男友根本不在這裡，剛才有人在後面追我。」她總算緩過神來，跌坐在椅子裡面。

「你跑向屋子時，他也想跟進來嗎？」

聽到這聲問話，她嚎啕大哭起來。真受不了她那副歇斯底里的樣子，我搖搖她的肩膀，嚴肅地說：「看你成什麼樣子了！怎麼連最基本的常識都不懂？趕快坐起來，告訴我到底出了什麼事？」

「我正準備從車道上回來——」她把身子坐直，抽著鼻子說。

「等等，」我插話進去，「你從頭說起，從拿著盤子和銀器離開屋子開始說。」一聽到這個，她又緊張起來，我只好妥協了。「這樣吧，你接著往下說，還從車道上走來說起。」

「當時，我提著一籃子銀器和盤子往回走。為了避免把放在最上面的盤子打碎，我乾脆把它拿在手裡。路過那片小樹林時，突然走出來一個男人，他伸開手臂將我的去路攔住，說道：『小姑娘，別著急走。你的籃子裝有什麼好東西，給我看看。』」

她說話的時候，有些激動，站起身來一把抓住我的手臂。

「當時就是這樣的，瑞秋小姐。他還在念念有詞，說什麼就是你。我趁著他說話的時候，低頭從他的臂彎裡鑽出去。他一把抓住籃子，我只好放下籃子，撒腿就跑。他就從後面追上來，看到一片樹林子，他停下了腳步。我敢保證，那個人一定是殺人兇手！」

「真是天真！他要真是兇手老早就逃命去了，怎麼會一直逗留在案發地點附近？」

可惜以她現在的樣子，看樣子是問不出什麼所以然來了。她的全身還在發抖，像籃子掉在什麼地方，裡面究竟放置了什麼，她外出的原因等等之類的問題，我只能暫時擱置一旁，甚至，我懷疑她根本聽不進我所說的每一句話。

「你上樓休息吧！這件事情不要對別人提起，否則的話，所有打碎的盤子會從你的薪水裡扣。」

我目送她走上樓梯，聽見她走進房間，鎖上房門的聲音，才在椅子上坐下來。這些瓷盤和銀匙是我親自去鎮上挑選的，到時候，能完整帶回城裡的家，一定是少之又少。儘管我可以因為此事嘲笑蘿茜，可是，從蘿茜的口中再一次證明：車道上確實出現了一個身分不明的男子。

我突然想起了麗蒂，如果讓她知道我們帶來的瓷器被弄丟了，她一定當場抓狂。起初雇用蘿茜的時候，她就極力反對。現在，她的預言得到了證實，她厭惡的人製造了一件不愉快的事情，她一定會在我耳邊嘮叨個沒完。因此，讓她發現散落在路上的瓷器碎片，絕對不亞於一場災難。於是，我決定了一件事。打開房門闖進夜幕時，我有些後悔，可還是硬著頭皮繼續前行。

之前我說過，我不是那種疑神疑鬼的人。一兩分鐘過後，我的眼睛適應了黑暗，隱隱約約能夠分辨出東西來。就在這時，我的寵物貓——布拉突然蹭到我的腳邊，我的確被嚇到了。接著，我帶著布拉，沿著車道走去。

我並沒有在車道上發現瓷器碎片，不過，我在樹叢裡，看到了一隻銀匙。看來，蘿茜沒有說謊。我的內心一陣矛盾，我不確定這次深夜尋訪是否正確，是否有些魯莽。後來，我在不遠處發現了一個閃光的東西，走進一看，原來是個茶杯的手柄。我又往前走了兩步，看到地上有一塊V字形的盤子碎片。不過，最令人驚訝的還在後面——籃子好端端地被放在路邊，裡面還整齊地擺放著剩下的陶瓷片，一些小銀器、湯匙和叉子之類的東西，也全部被放在裡面。

看著這些東西，我一下子怔住了。蘿茜的說辭得到了證實。可她預備把籃子往哪裡提呢？假如蘿茜在半路碰到的那個男人是賊，他把掉在路上的陶瓷碎片撿起，並放進搶到的籃子裡又是何用意呢？我越想越緊張，幾乎快要崩潰了。

這時候，一陣熟悉的汽車聲穿了過來。當車子接近我的時候，我發現那輛汽車是我的！謝天謝地！是哈爾斯回來了！

在哈爾斯眼中，我當時的形象一定很詭異：午夜時分，為了防露水，我肩上披著一條胡亂抓起的絲質灰色長裙，一隻手提著紅綠相間的籃子，另一手抱著一隻黑貓。一看到哈爾斯，我感覺如釋重負，喜不自勝，淚水止不住往下流。我連忙把臉埋在布拉身後，趁勢擦去眼角的淚痕。

難道是她？

「天哪！瑞秋姑姑，怎麼是你！你在這裡做什麼？」站在汽車後面的哈爾斯驚奇地問。

「散步呀！」我盡可能使自己的聲音聽起來輕鬆而又鎮靜——我當時的那個藉口實在太荒謬了！只不過，我們都來不及多想。

「這兩天你到哪裡去了？我們快擔心死了！」

「快上車吧，我們趕緊回去！」哈爾斯擋在我前面，從我手中奪過布拉和籃子。

此時，汽車裡的情況，我看得一清二楚。開車的人是瓦拉，他身穿寬鬆的長款大衣，儘管帶著腰帶看起來依然很隨意，腳上穿著一雙拖鞋。貝利先生沒有一同回來。等我上了車，車子緩緩地向主屋駛去。

我們一路靜默。因為我們準備提及的事情非常嚴重，在車裡不適合說。另外，通往主屋的最後一斷路地勢陡峭。沒有一些能耐，要想把車子順利開上去可不容易，車上的汽油快要耗盡了。我們關好前門，在大廳裡相互對望，哈爾斯用年輕有力的手臂抱住我，我轉身面向燈光。

「可憐的瑞秋姑姑！」他用輕柔的語調說。

我差一點又落淚了。

「好了，我得上去看看葛奇爾德，我有許多事情要跟她說。」

哈爾斯剛說完，葛奇爾德恰好準備下樓。很顯然，她一直沒有上床休息。她身上還穿著白色家常服，走路的時候，腳還是有些跛。她緩慢走下樓的情形，我盡收眼底。同時，我特意觀察到她扭傷的是右腳。因為之前詹姆斯說過，從洗衣間滑道裡逃脫的女人，沒有穿鞋的那一隻腳正好是右腳。

此刻，大廳的氣氛有些凝重，但是，兄妹二人並沒有淚灑當場。哈爾斯親吻了一下妹妹的面頰，兩個人的臉上都充滿緊張和焦慮。

「這幾天還好吧？」

「是的，非常好。」

看得出來，哈爾斯臉上的笑容很勉強。

我把起居室的燈打開，三個人一起進來坐下。半小時前，詹姆斯還坐在這裡公然指控這兩個孩子呢。他認為他們兄妹二人故意隱瞞阿諾·阿姆斯特朗被殺的真相。現在，哈爾斯人就在這裡，我心裡的謎團馬上就能夠解開了。

「我是從報紙上得知這個案件的。當時，我幾乎不敢相信自己的眼睛。一屋子全是女人，卻遇到了這種事情！到底是怎麼回事，兇手會是誰呢？」

「我們也不清楚誰是兇手。不過，情況對你和貝利很不利，差不多在你們離開的時候，凶殺案恰好發生了。警方認為，我們大家，當然也包括你，對這個案件多少有所了解，負責此案的刑警也是這種觀點。」葛奇爾德拉長面無血色的臉，回答說。

「見鬼！他們知道什麼？」哈爾斯激動極了，一雙眼睛快要瞪出來，「瑞秋姑姑，對不起，那幫警察簡直瘋了！」

我用冰冷的語氣說：「接下來就要看你的態度了。如果你把星期六夜裡，也可以說是凌晨的事情解釋清楚，說明你匆忙離開的原因，事情也不見得那麼糟糕。真不知道這段日子我們是怎麼熬過來的。」

站在原處，他注視了我一會兒，有些遲疑，也有些驚慌。

靜默了一會，他開口了：「瑞秋姑姑，這個問題我暫時還不能夠回答。過不了多久，你就明白我離開的原因了。不過，請你放心，我確實在凶殺案發生之前就離開了，葛奇爾德可以證明。」

「可是，詹姆斯先生不大相信我。哈爾斯，我看你還是作好最壞的準備。萬一，我是說萬一，你被逮捕的話，一定要把事情說出來，你可一定要說。」葛奇爾德憂心忡忡地說。

「我不會跟任何人說的，時機還未到呢！」他的語氣非常堅決。接著他看著我說：「瑞秋姑姑，那天晚上，我和貝利有不得已的苦衷，我們必須離開。這件事情很重要，請原諒我不能說出原因。至於我們去了哪裡，即使必須說出去才能證明我們的清白，我也不會說的。事情實在是荒謬，我們沒必要把一件捏造的罪名當真。」

「那總可以告訴我貝利回城裡去了，還是去了俱樂部吧？」我質問道。

「這個也不能說！因為我也不確定他人在哪裡。」他依然頑固地拒絕。

我側身向前，滿臉嚴肅地問：「你也不想想，誰最可能遭到警方的懷疑。現在警方認為，死者是經過允許才進入屋子的，並且是被一個站在螺旋樓梯上的人殺死的。」

「放心吧！兇手不是我，也不是貝利。」他篤定地說。

儘管他一副信誓旦旦的樣子，可是我看到葛奇爾德的臉上迅速掠過一抹警告之意。

隨後，我平靜地敘述了我和麗蒂獨守空屋的情形，發現屍體的整個過程，以及當天晚上蘿茜被人追趕的離奇經歷。桌上放置的籃子為這個神祕事件做了無聲的證明。

最後，我猶豫再三之後，又透露了一件事，「哈爾斯。這件事情，我甚至跟葛奇爾德都沒有提，發生命案的第二天清晨，我在屋外的花園裡發現一把左輪手槍，那是你的手槍，哈爾斯。」

他的眼睛直直地盯著我，好一會兒，一臉迷惑地轉向葛奇爾德。

「貝利不是把我的槍拿走了嗎？」

她沒有回答，而是起身點燃一根香煙，這個舉動著實讓我驚訝。當時，我就在她旁邊站著，她夾著香煙的手在不停地顫抖。

「就算他帶走了槍，你也不要說出來。要不然的話，詹姆斯一定會認定貝利折返回去並殺了人。他現在就懷疑你們兩個。」我用鋒利的言辭說道。

「不，他沒有繞回來。」哈爾斯的說辭依然堅定。「對了，葛奇爾德，那晚你遞給貝利的手槍到底是誰的，不是我的那一把嗎？」

葛奇爾德終於緩過神，回答道：「不是你的。你的槍裡面裝有子彈。貝利當時的情況很令人擔憂，我就把自己用過一兩年的手槍拿給了他，因為裡面沒裝子彈。」

哈爾斯高舉雙臂，做出投降的姿勢。

「虧你想得出來，這正是女孩子慣用的伎倆。為什麼不依照我的話做呢？瞧你做的好事！把沒裝子彈的手槍給了貝利，還把我的手槍藏在後面的花園裡。我的手槍是點三八口徑，這與小阿姆斯特朗身上的傷口完全吻合，到時候，警方就會一致認為子彈是從我的槍口發出的。我簡直是百口莫辯！真是活見鬼！」

「沒那麼嚴重！槍還在我這裡呢，別人不知道槍的事情。」我插嘴說。

「真讓人受不了！那槍分明不是我丟的！我以為是你自己埋進去的！」

兄妹兩個隔著書桌怒目相向，兩個人的眼睛裡都投射出猜疑的目光。後來，葛奇爾德先停止了爭辯，她的話語時斷時續：「現在，不是爭吵的時候，哈爾斯。我們時刻面臨著危險。說起來真是可笑，我們明明知道對方是清白的。哈爾斯，給我一個肯定的回答吧！」

他開始一個勁地安慰她，兩個人的爭吵就這樣收場了。不過，我上樓休息的時候，哈爾斯一個人坐在起居室裡。我想，他此刻正在重新分析這個案件的內容吧。他知道一些事實，但是不肯明說。他們兄妹兩個都知道案發當晚貝利一起離開的原因，知道貝利沒有一同回來的原因。可是，這兩個孩子要是對我不是足夠信任的話，我永遠別指望了解真相。

就在我準備上床睡覺時，哈爾斯敲響我的房門。我穿好家常服——葛奇爾德稱它為室內服，我就跟著她一起這麼叫了——就請他進屋了。奇怪的是，這個孩子居然捧腹笑起來。我一言不發地坐在床邊，等待他的下文。他這一下笑得更誇張了，抓著我的手臂，把我拉到鏡子跟前。

「下面，我們請看瑞秋小姐的美容經驗。」

經他這麼一說，我連忙看看鏡中的自己。原來，我忘記擦掉臉上塗著的除皺霜了。這副樣子應該很奇怪吧。我一直堅信一點，照顧好自己的容貌是每個女人的職責。這種行為，儘管在有時候顯得自欺欺人，可女人們還是不願意被別人看到。我微笑著將這件事情敷衍過去。之後，哈爾斯的臉色又變得凝重起來，我留心他說出的每一句話。

「瑞秋姑姑，說實在的，」他用我的象牙梳子背面把香煙捻滅後，說道，「我並不是故意隱瞞事情的真相，可是，最初的幾天我實在沒法去說。不過，我可以告訴你一件事，無論如何，我都不會去殺小阿姆斯特朗的。如果換在以前，那傢伙把我激怒了，恰好我手中還拿有槍，我一定不會輕饒他。可是現在情況不同了，瑞秋，我對露易絲是真心的，我想娶她，處於這樣的情況，我無論如何也不會殺死她的哥哥的。」

「是她的繼兄。」我糾正道，「你當然不會，哈爾斯。不過，你應該早點把這些事情告訴我。」

「瑞秋姑姑，」他慢條斯理地回答，「我不告訴你是有原因的，其一、你已經替我選中了一個女孩——」

「這是藉口，我只是覺得她還不錯，就介紹你們認識罷了。」我連忙解釋，頓時臉紅了起來。

可他並不理會，接著上面的話又說：「其二、阿姆斯特朗家族並不歡迎我。」

「什麼？他們憑什麼？老阿姆斯特朗還一文不名，駕著篷車翻山越嶺的時候，你的祖父已經當上內戰時期的州長了。」

「現在提這些幹嗎？那位州長已經不在人世了。目前，我在這場婚姻裡並不佔優勢，」哈爾斯打斷我的話，「我作為瑞秋家族的男士，認為自己配不上露易絲，不過——」

「你說得雖然是實話，可是沒必要自貶身價。這不是瑞秋家族的做風。」他的話，讓我失望透頂，我還是耐著性子安慰道。

他微笑著回應我，那笑容跟個孩子似的。「是的，你說的沒錯。幸運的是，露易絲並不像她的家人那樣，她不在乎我是否是戰時州長的子孫。但是，她很愛自己的母親，跟繼父的關係不是很好。假如她媽媽同意，我們的事情就有希望。現在，你理解我的處境了吧？可是，又攤上這個案件，真是讓我苦不堪言！」

「可是整個案子本來就很荒唐，再說，葛奇爾德完全可以為你作證，證明你在小阿姆斯特朗到達之前就離開了，這是你擺脫罪名的有力證詞。」我爭辯道。

哈爾斯起身站立，不停地在房間裡踱步。此時，他臉上的愉悅神情已經消失殆盡。

過了許久，他總算又開口了：「她不能出面作證。雖然，葛奇爾德的說辭完全屬實。可問題是，她對事實有所保留。那晚兩點半，阿諾．阿姆斯特朗就進屋了。他還在撞球室逗留了五分鐘，當時，我們都在裡面。他帶來了一樣東西。」

「哈爾斯，快把真相告訴我！每一次我想幫你脫罪時，你自己卻把路口堵上。他到底帶什麼來了？」

「是一封發給貝利的電報，這封電報是鎮上派專人送到的。因為貝利跟我們來這裡了，送電報的人也回城裡去了，俱樂部的服務生沒辦法，只好把電報交給了小阿姆斯特朗。當時，他正好要來附近走動，而且來到這裡的時候，已經喝了一整天的酒。」

「他送來電報以後，就離開了嗎？」

「是的。」

「那電報上是什麼內容？」

「等一些事情時機成熟，我會第一個告訴你。現在還需要一些時間。」他說著，臉上寫滿了抑鬱。

「葛奇爾德的說辭裡，還提到了電話。」

「真是個傻姑娘，她絕對稱得上忠貞不二。實話跟你講，瑞秋姑姑，壓根沒有電話這回事。但願那個刑警已經明白這一點，不要把她的話太當真。」

「那就是說，她返回的時候，是取你們忘在那裡的電報。你們忘記把它拿走了。」

「也許是這樣！當時，我們太激動了，簡直被沖昏了頭。她就害怕我們忘記帶走電報。瑞秋姑姑，你經過認真思考之後，會發現情況對我們三個很不利，不是嗎？不過，我向你發誓，我們沒有殺他，儘管他確實很討厭，可他也是一個可憐蟲。」

我瞥了一眼房間的隔門，門的另一邊就是葛奇爾德的更衣室。接著，用很低的聲音說道：「哈爾斯，我腦子一直存在著一個可怕的念頭——我懷疑葛奇爾德在那晚動過你的槍。我猜想，你和貝利離開後，那個惡魔又跑回來了，她迫於無奈，就——」

我實在不忍心說下去。哈爾斯靜靜地站在原地，嘴唇緊緊地抿在一起。我做了個深呼吸，繼續說道：「我想，她聽到門響動的聲音，誤以為是你和貝利又回來，就跑過去開門。等她發現自己弄錯了以後，就慌慌張張地向樓上跑去。可是，她實在太畏懼他了，就失手扳動了手槍。」

「不會的！別自己嚇自己了！這只是你的推測！」他激動地反駁。

「那槍的事情該怎麼解釋？你的槍就埋在花床裡。而且她還扭傷了腳踝，你能給解釋一下，她是怎麼扭傷的嗎？」

「這有什麼可解釋的？女孩子扭傷腳是再正常不過了，因為她們總喜歡穿高跟鞋。」

不過，我依然決定把一件事告訴他，就算他認為我已經神經失常，我也非說不可。

我的聲音低沈極了，像是在自言自語。而他聽完後反應更令我沮喪，我感覺他那副樣子，就好像剛剛從我手裡領了一份死亡證明。

銀行危機

哈爾斯回來以後，次日就是星期二。這一天將為死去的阿諾·阿姆斯特朗舉行追悼會，而偵訊這一案件的日期被推遲到這個禮拜的週六。不過，小阿姆斯特朗的葬禮具體事宜恐怕要等到他的家人從加州趕回來以後確定。我認為，小阿姆斯特朗的死亡不會讓任何人感到遺憾，可他的死亡方式確實惹人同情，同時也讓人質疑。他的葬禮事宜是他們的一個親戚費茲太太負責安排的，我可以肯定這場葬禮非常簡單倉促。考慮到托馬斯和華生太太跟阿姆斯特朗一家的關係，我准許他們去鎮上為死者致哀，但是，他們看起來不太樂意前往。

這一天，哈爾斯大部分時間都跟詹姆斯刑警在一起。可他一直保持沈默，對發生的事情隻字不提。他一整天都顯得局促不安。傍晚臨近時，他和葛奇爾德進行了一次長談。

當天晚上，每個人都很安靜。不過，我知道，異乎尋常的寧靜是暴風雨來臨之前的徵兆。葛奇爾德和哈爾斯兩個孩子的臉上盡顯陰沈苦惱之色。瓷器被打破的事情，還是讓麗蒂發現了！看來，要想隱瞞傭人這種事情，真的不太容易。因此我的心情也好不起來。晚上七點，瓦拉送來了午間到達的郵件和晚報。此時，我對報紙上的報導充滿好奇。新聞報導的標題很長，我讀了兩次才理解了裡面的大意。

哈爾斯把《紀事報》翻開以後，不眨眼地看著報紙。

順著哈爾斯的目光，我看到了報紙上的標題——**商人銀行關門停業**。

「之前，你知道這件事嗎？」我看著坐在桌子對面的哈爾斯，問道。

「這是遲早的事。不過，這也太快了，實在是出乎意料。」

「你也知道？」我轉向葛奇爾德問道。

「從貝利那裡了解過一些情況。」葛奇爾德怯生生地說。接著，她緊張地向哈爾斯發問：「他的處境很不好，是嗎？」

我用輕蔑的語氣說：「貝利！又是貝利！是你們幫助他逃脫的！你們的做法和你們的母親太像了，瑞秋家族可不會做出這種糊塗事！我的兩個寶貝，你們別忘了自己的全部財產都寄存在這家銀行裡呢！」

葛奇爾德正想開口，哈爾斯就把她打斷了，他用平靜的語氣說道：「更糟的事情還在後面呢，貝利已經被抓了。」

「什麼？被抓到了？」葛奇爾德從椅子上跳起來，一把抓過哥哥手裡的報紙，迅速瞥了一眼報紙上的標題後，把報紙揉搓成紙團，又絕望地將其拋擲在地面上。之後，便把臉埋在臂彎裡，趴在桌子上放聲大哭起來。

哈爾斯也是臉色慘白，滿是苦惱地撿起皺成一團的報紙，仔細地閱讀起來。

曾經，我特意保留了一份新聞剪報。現在，我只能回憶起最主要的情節——

本週一下午，大約兩三點鐘的時候，商人銀行正處於打烊之前的高峰期。就在這時，珍珠釀造公司的總裁——特拉特曼先生也來到了銀行，他準備來銀行清理一筆貸款。鑒於安全角度考慮，這位先生曾把三百張船運公司債券存進銀行，總價值三十萬美元。這位總裁先生走到辦理貸款的櫃台前，所有手續都完成後，銀行職員去保險庫取債券。

特拉特曼先生體格龐大、神采奕奕，是一位和藹的猶太商人，很有紳士風度。他吹著口哨不慌不忙地在一旁等待。誰知，那個銀行職員一直沒有出來。又過了好一會兒，那位職員找到助理出納，隨後，兩個人神色匆匆地向保險庫走去。十分鐘之後，助理出納員走出保險庫，向特拉特曼先生走去，他面無血色，全身顫抖地告訴特拉特曼先生一個壞消息：銀行把債券放錯了地方，一時之間無法找到。次日一早，他才能前來領取債券，到那時，一切都會安排妥當。

不過，特拉特曼先生這個商人很機靈，他不會滿足於銀行職員給出的似是而非的答案。很顯然，他會一直等到銀行給他一個滿意的結果才離開。接著，他在半小時內分別跟商人銀行三位董事通了電話。下午三點半，商人銀行董事會召開緊急會議，經過一場激烈的討論後，國家銀行的一名檢察官來銀行取走了帳冊。至此，商人銀行宣布自星期二停業。

此外，新聞裡還有如下報導——

上週六，銀行上午的營業時間一結束，出納員傑克．貝利先生就離開了。當天下午，他給董事葉朗先生打電話請假。因為貝利先生在銀行很受重視，葉朗先生儘管很是遺憾，還是批准了。從那時起，貝利先生一直行跡不明，直到週一晚上被警察逮捕。據悉，週六下午一點左右，這位先生曾在西部聯合營業廳發了兩份電報。週六晚上，他出現在綠林鄉村俱樂部，行跡可疑。至於出走期間的行蹤，他沒有作出過多說明。據有關人士透露，貝利先生有望於本週二以重金被保釋出獄。

之後，報導裡指出，在檢察官看完帳冊之前，銀行方面的官員不願妄加評論。據調查，商人銀行一共遺失一百二十五萬張有價債券。最後，報導對這一事件進行了嚴厲的譴責，銀行方面的管理和政府監管政策均受到了猛烈的抨擊。

這則報導的言外之意是，即便銀行出納員被逮捕也不見得能讓事實真相大白天下。在此事之前，銀行的次要員工為高層職員背黑鍋的現象比比皆是。在將來的銀行業界上，傑克．貝利恐怕是很難有翻身的機會。他被警方逮捕後，只說過一句話——「馬上去找阿姆斯特朗先生。」這話立即被拍成電報，發到到正在西部度假的商人銀行總裁那裡。隨後，阿姆斯特朗家族同行的年輕醫生華克發過來一封回電，回電聲稱保羅．阿姆斯特朗重病在身，無法長途跋涉。

以上就是週二晚餐前的全部事件進程。商人銀行的現金兌付已經全部停止了，而傑克·貝利以破壞銀行的正常運轉的罪名被逮捕。遠在加州的保羅·阿姆斯特朗身染重病，他唯一的兒子也在兩天之前遭人槍殺。

頓時，我陷入迷惑，腦子裡混亂極了。兩個孩子的財產全都打水漂了！儘管我手裡的財產足夠讓他們分享了，可是，他們的錢平白無故就這樣沒有了，確實讓人傷心。葛奇爾德更是可憐，我真不知道怎麼去安慰她。她愛的人背負了挪用巨額公款的罪名，甚至還可能扯上更嚴重的罪行。在那一刻，我彷彿看到傑克·貝利因謀殺小阿姆斯特朗的罪名，正坐在電椅上呢！

終於，葛奇爾德把頭抬了起來，她看著桌子對面的哥哥問道：「他怎麼能這麼做？」看樣子，她已經絕望，喃喃地說：「哈爾斯，你也不阻止他，他現在回頭，跟自掘墳墓有什麼分別？」

哈爾斯目光堅定地看著窗外。他顯然對這一切都視而不見。

許久以後，他開口說道：「葛奇爾德，他只能那麼做！瑞秋姑姑，我上週六在綠林俱樂部遇到貝利的時候，他顯得有些驚慌失措。現在沒有貝利的允許，我無法說出原因。不過，我可以保證，他是清白的。事實上，葛奇爾德和我一直想給他幫忙，可總是力不從心。如果他確實犯了案，是不會再跑回來的。」

說實話，我非常懷疑他話語的真實性。於是，我反問道：「起初，他為什麼要離開呢？假如真是清白的，為何要在凌晨三點倉皇出逃？就算他現在回來了，也可能是逃不掉了，不是嗎？」

「這樣說他不公平！你一點情況都不了解，卻認定他有罪！」葛奇爾德氣沖沖地站起來說道。

「我至少知道一點，我們大家將損失一大筆錢。貝利先生如果真是無辜的，他應該站出來為自己證明。你們知道真相，還故意隱瞞，還能讓我怎麼想？」

「瑞秋，你應該相信我們，貝利不會拿不義之財的，一毛錢都會拿。不出一兩天時間，你就全明白了。」哈爾斯拍拍我的手背說。

「在事情還沒得到證實之前，我是不會相信任何人的。瑞秋家族，並沒有輕易相信別人的傳統。」

葛奇爾德站在距離窗戶很遠地方，突然，她轉過身來。

「哈爾斯，我們好像忘記了一點，只要債券在市面上出售，抓到盜賊不是很容易嗎？」

「沒有這麼簡單。債券被人從保險庫裡取出以後，很可能就被拿到其他銀行做貸款抵押了。那些債券大約可以換取百分之八十的現金。」哈爾斯笑了，那表情看上去有些自傲。

「可這樣做，照樣會被人發現的。」

「是的，一點沒錯。實話告訴你們，我敢肯定這件事情是保羅・阿姆斯特朗自己幹的，他故意要弄垮自己的銀行。我猜想他從中獲利不少於一百萬美元，他大概再也不會回來了。如今，我沒有任何收入，比貧民還可憐。我再不敢奢望露易絲能嫁給我，也不忍心讓她陪我忍受這種屈辱。我一想到自己的狀況，簡直快要瘋了！」

這個晚上，所有的事情都變得神祕莫測，即便是最普通的生活瑣事似乎也存在玄機。傭人來餐廳請哈爾斯接電話時，我放下碗筷，不再假裝吃晚餐。接完電話，他的臉色變了。

托馬斯走出晚餐室後，哈爾斯一臉凝重，鄭重其事地說：「今天早上，保羅・阿姆斯特朗在加州去世了。不管他以前做過什麼，都不用承擔任何法律責任了。」

葛奇爾德的臉幾乎變成青色，她絕望地說：「那就是說，唯一一個可以證明貝利清白的人不在了！」

「還有一點，保羅・阿姆斯特朗先生再無法給自己辯解了，」我冷靜地說，「到時候，你的傑克只要把你二十萬美元的損失拿回來，放在我面前，我一定承認他的清白。」

哈爾斯把手裡的香煙扔掉，轉身看著我說：「瑞秋，你怎麼又說這些！假如那些錢真是他拿的，他自然會如數奉還；可他若是清白的，恐怕把他的全部資產加起來也抵不上那筆錢的十分之一，你要他拿什麼還？只有女人才會做那種事情。」

從我們的談話開始起，葛奇爾德的臉色不停在改變，談話開始是蒼白而絕望，現在因為憤怒而脹得通紅。她從椅子上站起來，把高挑的身軀挺得筆直，並以居高臨下的姿態向下打量著坐在椅子上的我，眼神裡帶著年輕人慣用的輕蔑。

她的話語字字句句像是在聲討。「瑞秋，你是我們世界上唯一的親人，就像母親一樣疼愛我們，信賴我們。現在，是我最需要幫助的時候，你作為我們唯一的親人，居然置身事外。讓我告訴你，傑克．貝利並不像你口中所說的那樣，他品德高尚，是個為人誠實的君子。你還冤枉他！你——你——」

「不要再說了！葛奇爾德！」哈爾斯把她的話打斷了。

她一下子在桌邊跌坐下來，趴在餐桌上不管不顧地大哭起來。

她絲毫不去講什麼形象，一邊哭、一邊傾訴：「我真的很愛他！事情怎麼發展成今天的樣子了？我快支撐不下去了！」

哈爾斯和我站在一旁眼睜睜地看著她哭，絲毫幫不上忙。我原本應該過去安慰她的，可她剛才的言語實在讓我傷心，而且我也看得出她的哀痛裡夾雜著某種疏遠和陌生的情愫。過了一會兒，她大概是哭累了，聳著肩低聲抽泣起來。

接下來，這孩子低著頭，伸出雙手向前摸索，喃喃地喊了一聲：「瑞秋姑姑！」我馬上在她身旁跪坐下來。這個可憐的孩子用雙臂抱著我的脖子，腦袋埋在我的肩頭。

「你們別這樣，這情景真叫我難受。」哈爾斯說完，用雙臂把我們兩個抱住。

這次談話過後，葛奇爾德的情緒好轉了許多，很快又和往常一樣了。儘管已經雨過天晴，可在這件事情上，我依然堅持原來的看法。只有許多事情被澄清後，我才可能對傑克·貝利這個人作出新的評價。關於這一點，哈爾斯和葛奇爾德這兩個孩子很了解，他們也很清楚我的性格。

樓上的腳步聲

晚上八點半左右，我們離開餐廳。我和哈爾斯依然對銀行停業以及一些相關的報導充滿興趣。我們兩個人到屋外面散步。沒過一會兒，葛奇爾德也從屋子裡出來了。當時的場景跟大文學家莎士比亞的一段描述十分契合——夜色更深了，樹蛙和蟋蟀扯開喉嚨大聲嘶鳴，生怕浪費了短暫的生命。

鄉村的景色雖美，卻不免讓人生出落寞之感。一時間，我有些懷念城市的生活，城市的夜晚、水泥路上的車馬聲、通明的燈火、吵鬧的人聲以及孩童的嬉戲聲，這些在我眼裡倍感親切。鄉村的夜晚讓我覺得壓抑。城市裡因為燈光太亮，很難看到星光，在鄉下可不一樣，這裡星星非常明亮，且光彩奪目。我抬起頭，下意識地尋找自己知道名字的那幾顆。這種行為有些可笑，不過，讓人覺得新奇。可浩瀚的無邊的夜晚，總使我聯想到自身的渺小，這種體驗實在叫人不痛快。

很快，葛奇爾德加入了我們。於是，我們三個人只是散步，而不再談論凶殺案件的問題。不過，我很難忘記剛才的對話，我相信哈爾斯也跟我一樣。正當我們三人在車道上漫步時，詹姆斯刑警從旁邊的樹林裡走過來，他的出現委實讓我們意外。

「晚上好，各位。」他很有禮貌地打招呼。

葛奇爾德對他一向反感，此刻，也僅僅是態度冷淡地點頭致意。哈爾斯的態度則很真誠，不過，當時的氣氛讓人覺得尷尬。之後，哈爾斯和妹妹在前面走，詹姆斯和我走在後面。看到兄妹二人走遠後，詹姆斯轉身對我說道：「瑞秋小姐，坦白地說，我現在很為難。因為對這個案件了解得越深，越覺得蹊蹺。對於葛奇爾德小姐，我只能表示同情。因為我發現，她花費了很多心思拼命想解救貝利。只怕無論她怎樣勇敢抗爭，都無法改變貝利有罪的事實。」

我抬眼看看遠方，葛奇爾德穿著淡色禮服的身影在樹林裡一晃而過。這個可憐的傻孩子！之前，她確實費盡心機極力抗爭。不管她被愛情沖昏了頭後做過什麼，我都深表同情。她應該早點把事情真相對我和盤托出才對！

詹姆斯繼續說道：「瑞秋小姐，最近一兩天，這附近有可疑之人出現嗎？比方說，一個女人？」

「沒有，」我搖搖頭，回答說，「家裡的女傭整天都有一大堆家務要忙，沒聽說誰發現了陌生的女子。何況麗蒂是個遠視眼，她要是看見了，肯定會告訴我的。」

詹姆斯沈思了一會兒，緩緩地說：「這件事情也許沒有意義。在這附近，要想找到對案情有幫助的線索可不容易。村子裡的每個人都承認自己曾看見過兇手，只不過有的在案發前，有的在案發期間。並且，更令人頭疼的是，半數以上的人都認為自己能夠提供有利於案情的事實，可他們口中的這些事實根本就是牽強附會。不過，村子裡有個計程車司機的話，倒是值得注意。」

「我想，這類事情我之前聽過。就像昨天一個女傭說的那樣，屋頂上躲著一個鬼影，正準備擰斷自己的手臂？或者送牛奶的男孩在橋下的小溪邊看見一個流浪漢，那人正在洗滌一件沾滿血跡的襯衫？」

他咧嘴一笑，露出兩排潔白的牙齒。

「都不是。是一個名叫馬休的計程車司機。他一再堅持自己在上週六晚上九點半的時候，遇到了一位身穿黑衣、頭戴黑色厚面紗的女人，這個女人像是正在服喪——」

「果然有戴面紗的女人出現。」我插嘴說。

「那個帶著面紗的女人很年輕，長得非常漂亮，坐上馬休的計程車後，要求司機把她載到『陽光居室』。到大門口的時候，她就下車了。當時天色已晚，司機好心送她到主屋前面，她執意自己步行。司機等她付了車費後，就離開了。瑞秋小姐，看樣子你沒有見過這個訪客？」

「沒有。」我簡潔地回答。

「當時，馬休以為那個女子是你的另一位家人，或是新雇用的人，因為那天正好有一大批女傭前來報到。可是那個女子在大門口就下了車，著實讓他百思不解。好了，截至目前，我們發現兩樁有關女人的事情，一個是蒙著面紗的神祕女郎；另一個是週五晚上神不知鬼不覺闖入屋子的人。這兩起事件究竟是怎麼回事呢？真是讓我無從查起。」

「這件事雖然蹊蹺，卻還能解釋得通。因為小木屋的大門附近正好有一條路，這條路是由俱樂部通往村子，並且與馬路相連接的。也許，那個女人想去俱樂部又怕被人撞見，就選擇了這條路。在俱樂部裡看見女人可不稀奇。」

他大概覺得我的話有幾分道理，沒過一會兒就離開了。不過，我卻不能讓自己滿意。我決定自己把心中的疑點調查清楚。至於詹姆斯，他最好搞清楚，哪些事情他需要知曉，而哪些不需要。

我回到屋子時，兩個孩子已經回來了。跟哈爾斯交談以後，葛奇爾德看起來平靜了許多。她靜靜地坐在起居室的書桌前寫信，而哈爾斯在東廂房裡來回踱步。不一會兒，我走到哈爾斯身邊，跟他說起了發現屍體時的細節。

此時，整個東廂房光線非常暗淡，因此我們把撞球室一側的壁燈打開了。也許是夜色深沈，加之我們談論的話題比較特殊，我們兩個人不由自主地壓低聲音。當我提起我和麗蒂兩人在棋牌室的走廊上看到人影時，哈爾斯踱步走向了房間一個陰暗的角落，接著，我們停下腳步站在那裡，這時的情景跟我和麗蒂獨處那個夜晚很相似。

像那晚一樣，黑暗中的窗戶呈現出灰色的長方形影子。小阿姆斯特朗的屍體正是在距離大廳不遠的地方被發現的。想起這些，我感到害怕，就緊緊扯住了哈爾斯的衣袖。

突然，一陣細碎的腳步聲從我們頭頂的樓梯上傳下來。剛開始，我疑心自己聽錯了，可是哈爾斯神情告訴我，那聲音確實存在。他很仔細地側耳傾聽。腳步聲越來越近了，那聲音聽起來緩慢而又謹慎。哈爾斯試圖鬆開我的手，而我已經被這突如其來的聲響嚇傻了。

只見一個人影扶著彎曲的扶手一步一步地走下台階，我們甚至連衣服的摩擦聲也聽得真切。這個不明身分的人已經走到樓梯出口，我們在撞球室門口瞥見了他略為僵硬的側影。見狀，哈爾斯迅速甩開我的手，向前跨出一大步，大聲喊道：「什麼人？出來！」

他立刻快步走向樓梯口，接著，我聽到他在嘴裡自言自語說些什麼。後來，東西跌下樓梯的聲音和關門的聲音先後傳了過來。我想，自己當時一定發出了尖叫聲，儘管我已經記不起來了。我只記得自己打開電燈的時候，正好看見哈爾斯被氣得發白的臉，他正試圖把纏在自己身上的那團鬆軟的東西扯開。他的額頭還被樓梯最底端的台階碰傷了，傷口處在不停地流血。他迅速把一團白色的東西扔給我，拉開側門，衝進屋子外面的黑暗裡。

聽到聲音，葛奇爾德急匆匆地趕過來。我們兩個不約而同地看著這條由絲綢羊毛混紡而成的上等毯子，之後又相視無語。這條毯子帶著淡紫色的花邊，上面還散發微微的清香，怎麼看也跟鬼魅一類的東西扯不上邊。

葛奇爾德打破了沈默，問道：「發生了什麼事？這東西是誰的？」

「哈爾斯本來正準備上樓去攔住那個人，不過卻從樓地上跌倒了。不知道是誰的，我從來沒見過。」

葛奇爾德拿起毯子，仔細端詳了一番，隨後走到通向走廊的側門前，順手把門拉開。藉著投射過來的燈光，我認出了不遠處的兩個身影：一個是哈爾斯，一個是管家華生太太。

小木屋裡的祕密

假如我們去深究一些細節，我們甚至可以從最平凡的小事中得出意想不到的答案。就拿華生太太和毯子的事來說，她放著前面的樓梯不走，偏要從東廂房把毯子拿下樓，每一步還走得非常小心謹慎，生怕發出一點聲響。被人發現之後，又迅速把毯子丟在哈爾斯頭上，轉身就狂奔出去。當然，「狂奔」這個詞語是哈爾斯的說辭，儘管有些誇張，不過很傳神。如此說來，這件事情就需要引起我們的重視了。

他們兩個人步履緩慢地穿過草坪，拾級而上。哈爾斯已經恢復了平靜，不知道他正在對華生太太說著什麼，只看見華生太太溫順地在一旁聽著。截至目前，華生太太在我眼中是一個很有自尊的女性，也很講究辦事效率——當然，即使這樣，麗蒂夠膽的話，仍舊能挑出毛病——可此刻，我在這位稱職管家的臉上讀出了不一般的神情。也許，在她必恭必敬的外表下，還隱藏著一顆抗拒的心，而且，我從她身上發現了受到驚嚇的跡象。

「華生太太，你還是把這件不同尋常的事情解釋一下吧！」我嚴厲地說。

「瑞秋小姐，我沒覺得有什麼異常。這毯子是準備拿給托馬斯的，他感覺不太舒服。因為從這邊走離木屋近一些，誰知道，我正準備從螺旋樓梯下去的時候，哈爾斯先生大喊了一聲，又突然衝了過來。我確實被嚇到了，一時著急就把毯子丟到他身上了。」她用低沈而又清晰的聲音回答道，同時，那聲音還有些發顫。

哈爾斯站在牆邊的一面鏡子前，他正檢查自己額前的傷口。雖然傷口不大，可一直不停地流血，那樣子看起來真讓人擔心。

突然，他別過頭問道：「托馬斯怎麼了？奇怪了，就在你迅速衝出側門，向走廊跑去的時候，我還在外面瞧見他了呢。」

我知道，哈爾斯表面上是在檢查傷口，實際上在鏡子裡偷偷觀察華生太太的反應。

我將毯子拿到燈下看了一眼，指著華麗的褶層問道：「華生太太，這可不是給傭人用的毯子吧？」

「東西都被鎖起來了，我只找到了這個。」

誠然，她的回答確實屬實。我租下這棟房子的時候，並不包括這些寢具。

哈爾斯接著開始發難：「假如托馬斯身體確實不舒服，你應該告訴我，或者別的家人，我們有義務去探望他，我可以親自給他送去毯子。不應該勞煩你跑腿的。」

華生太太看起來有些不以為然。起先，她像是要據理力爭，可她停頓了一下，快速把身子站直後，又一言不發地站在原地。她用手理了理墨黑色衣衫，整張臉蠟白蠟白的。

後來，她大概是心裡有了主意，反駁道：「先生，那樣的話，當然最好不過了。你願意親自去一趟，真是難得。我的職責已經盡到了。」

語畢，她轉身走向螺旋樓梯，我從她那徐徐慢行的步履中，看到了不容忽視的尊嚴。樓下，只剩下我們姑侄三人，我們滿是疑惑地看著突然冒出來的白色毯子，面面相覷。

哈爾斯開口了，「我說，這個地方還真夠神祕莫測的。我感覺，我們租下這棟房子真是像中了大獎，一天到晚怪事連連。在這個該死的鬼屋子裡待著，我們只能眼睜睜地等著事情發生，卻毫無應對之策。」

「你覺得這毯子真是要送給托馬斯嗎？」葛奇爾德一臉狐疑地問。

「我出去追華生太太的時候，剛好在木蘭樹底下看到了托馬斯。瑞秋姑姑，我想，這件事情與之前蘿茜遇到的事情結合起來，我們能得出一個結論：小木屋裡藏有一個人。這個人也許是躲在那裡，也許是被藏在那裡，可不管怎樣，我需要親自去小木屋看個究竟。」

葛奇爾德提出一同前往，可看到她滿臉憔悴的樣子，我拒絕了她的要求，堅持讓她回房裡休息，並讓麗蒂服侍她上床。之後，我和哈爾斯出門，向小木屋走去。

這時候，草地上的露水很重，但這是通向木屋的捷徑。哈爾斯大膽地從中穿行過去。走到半途，他突然停下了腳步，轉身對我說：「我們還是走車道吧。這哪裡還是草坪，根本就是一片荒原嘛！遍地都是野草！真不知道管理這裡的園丁哪兒去了？」

「我們沒有請園丁。依照目前這形勢，有人給我們準備一日三餐，還幫我們整理床鋪該知足了。以前在這裡工作的園丁，都去俱樂部了。」我和顏悅色地回答。

哈爾斯說了一句，「原來如此，明天記得提醒我一下，我去鎮上請人幫忙。我認識幾個擅長整理庭院的人。」

事後，我將這段對話記錄了下來，因為這件事跟後面發生的事情有所關聯：次日，哈爾斯找來的園丁，在接連幾週的事件裡扮演了不可或缺的角色。不過，那天晚上，我的心思全放在防止雙腳被露水打濕上面，對這件事情沒太在意，或者可以說根本沒有注意。

走了一段路程，我用手指著路邊說道：「你瞧，哈爾斯，我就是在那裡找到被蘿茜丟在路上的籃子。當時，籃子裡堆滿了瓷器碎片。」

也許哈爾斯覺得這件事情非常可疑，至少他的表情向我傳達了這樣的信息。

可當我話音剛落，他立即說道：「那個人很可能是瓦拉。也許，他只是想跟蘿茜開個玩笑，誰知道玩笑開大了，碎片散了一路，他不得不把路上的碎片逐一撿起，因為它們會扎破汽車輪胎。」

我從他的解釋中得到一個結論：一個人認為自己與真理非常接近時，最後卻輸個徹底。

小木屋四周一片靜寂。樓下客廳的燈還亮著，二樓的一個房間裡也投射出罩燈微弱的光芒。哈爾斯停下了腳步，他上下打量了一遍小木屋，同時留心查看周圍的環境。

接著，他用充滿憂慮的語氣對我說道：「瑞秋姑姑，也許不應該讓你一起過來。處理這種事情，女人不適合出面。假如我和裡面的人動手了，你要盡快『撤退』。」

從哈爾斯使用的這個專業術語中，我看出了他對我的誠摯關心。

「不，我應該留下來。」我說著，拐進一條旁邊種植著冬青樹的小走廊，置身其中，一股香味撲鼻而來。走到木屋門前，我抓起門環，用力地敲著門板。

前來開門的正是托馬斯，他衣衫整齊，看不出絲毫病態。

見狀，我舉起搭在手臂上的毯子說道：「托馬斯，我聽說你病得很嚴重，特意給你拿了毯子過來。」

托馬斯滿臉疑惑地站在門口，看看我，又看看我手裡的毯子。他那副樣子滑稽極了，要是平常被我看到的話，一定會忍不住笑起來。

「托馬斯，看起來你並沒有生病啊！你是假裝有病，對嗎？」站在門前台階上的哈爾斯說道。

這個老傢伙思考了一陣，邁出房門，順手輕輕掩上身後的房門。

「瑞秋小姐，也許你應該親自進屋看看。事情到了這種程度，我真不知道怎麼辦才好，你早晚會發現的。」他說話的時候陪著小心，同時臉上寫滿困惑。

說完，他又推開房門，我跟在他身後進入房間。哈爾斯最後進屋，他順手把門關上。

走到客廳的時候，老托馬突然轉向哈爾斯，一臉嚴肅地說：「先生，你過去不太方便。裡面住著一位女士。」

事情完全出乎哈爾斯的預料，他把雙手插進褲兜，在大桌子跟前坐了下來，目送我和托馬斯爬上狹窄的樓梯。

此時，一個女人站立在樓梯頂端。我細細地打量了一番，認出了她，居然是蘿茜！她見到我向後微微退縮了一下，我沒有同她說話，而是順著托馬斯的手勢，走向那扇半開半閉的門。我毫不遲疑地推門而入。

樓上有三間臥室，家具擺設一應俱全。亮燈的房間是一間面積最大、通風最好的臥室。藉著夜用燈的燈光，我看到房間裡放置了一張純白的金屬床。有個女孩在床上躺著，也許她已經昏迷了，因為她不時地喃喃自語。蘿茜怯生生地走進房間，並隨手打開了房間的大燈。這時，我終於明白了事實真相！

儘管女孩因為發燒滿臉通紅，可這並不妨礙我的判斷，她就是露易絲·阿姆斯特朗！我震驚極了，直挺挺地站在那裡，半天沒有言語。露易絲居然不在西部，而是一個人躲在小木屋裡，還生了病，這到底是怎麼回事？

蘿茜上前撫平白色的床罩，又將電燈關上。見我目瞪口呆的樣子，她大膽地開口提醒道：「瑞秋小姐，今晚她的病情恐怕還會加重。」

我拿手背試了試露易絲額頭的溫度，那燙手的溫度使我意識到事情的嚴重。於是，我去走廊叫住了在那裡徘徊不停的托馬斯。

「你應該早點把真相告訴我！為什麼不早說呢？」我氣憤地質問他。

托馬斯有些誠惶誠恐，之後他用急切的語氣說道：「我確實準備說，只是露易絲小姐不允許。她回來的那天晚上就生病了，要是那時候請醫生就好了，可她執意不肯。瑞秋小姐，她現在的情況是不是糟糕透了？」

「是夠糟糕的！你去叫哈爾斯先生上來！」我冷淡地說。

哈爾斯一副興味盎然的樣子。剛來到房間時，因為光線昏暗，他看不清任何東西。等站定以後，他打量了一下蘿茜和我，就把目光停留在床上那個輾轉反側的人身上。他大概還沒有仔細端詳就已經猜出了她的身分，因為他看到那個身影之後，幾乎是衝過去的。

「露易絲？」

他用輕柔的聲音試探著叫了一聲，她沒有回答，也沒有認出他。

哈爾斯太年輕了，他對生病的情形毫不了解。他慢慢地直起身子，目光依然沒有從她身上移開。接著，他激動地抓住我的手臂，用沙啞的聲音問道：「瑞秋姑姑，她是不是快死了？為什麼連我都不認識了？」

「別瞎說！她不會死的！請不要掐我，如果你找不到事情做，你去掐托馬斯的喉嚨吧！」我就是這樣的人，只要什麼事情引起我的關切和同情，總會變得急躁，愛發脾氣。

就在那時，處於昏迷中的露易絲突然咳嗽起來，一聲接著一聲。蘿茜不斷地輕拍她的背部。她咳了一會兒，終於暫時止住了。這時，她認出了我們。哈爾斯異常興奮，在他眼裡，恢復意識跟康復是一個概念。他在露易絲的床邊跪下，說了一堆不搭調的話，說什麼她已經沒事了，我們會讓她馬上好起來，她看起來依然很美……很顯然，他一見到露易絲就無法自控了，完全搞不清楚狀況了。

幸運的是，我的神智已經恢復清醒，立刻把他叫到門外。

我見他一直遲疑著不肯離開，只好加重語氣說道：「趕快出去！哈爾斯！我需要蘿茜進來幫忙！」

他坐在樓梯頂端不肯走遠，僅僅在給醫生打電話的時候離開了一會兒。接下來，他想幫我們請醫生，誰知越幫越忙，經常擋住我們的去路。我沒有辦法，只好把他從屋子裡推出去，要求他卸掉汽車後座，把車子弄成救護車的樣子，以便我們挪動病人。

他回來的時候把葛奇爾德也帶到小木屋，同時還攜帶了許多離譜的東西，比如，一大堆長絨毛巾和——箱子芥茉敷泥。因為葛奇爾德跟露易絲先前就認識，所以露易絲看到她出現時，眼睛亮了一下，很開心的樣子。

因為卡薩洛瓦鎮的醫生不在，我們就從別的鎮上請來醫生。在醫生還沒有到達「陽光居室」前，我與托馬斯進行了一次長談。我從他口中得知了如下事實──

上週六晚上，大約十點左右，托馬斯正在小木屋的客廳裡看書。有人突然在外面敲門，因為屋子裡只有他一人，他有些猶豫，不知道是否應該開門。經過一番掙扎，他還是把門打開了，發現敲門人居然是露易絲！現任的阿姆斯特朗太太很小的時候，托馬斯就是她家的長工了，露易絲也是他看著長大的。露易絲的突然來訪，讓他大吃一驚。

他把興奮而疲勞的露易絲領進客廳坐下，之後就去主屋找華生太太，三個人交談了很久，直到深夜才結束。當時，露易絲像是遭遇了什麼麻煩，看起來一副驚魂甫定的樣子。

華生太太給她泡了點茶，她喝過之後，請求兩人不要對外透露自己的行蹤。她回來以前對「陽光居室」被租出去的事情，一無所知。

不過可以肯定一點，無論她的麻煩是什麼，「陽光居室」的出租把情況變得更糟糕了。她困惑極了，但她並沒有講明自己中途回來的原因，僅僅承認繼父和母親仍然留在加州。

托馬斯一時間不知道怎麼辦好，他忽然想起小阿姆斯特朗正在附近的綠林俱樂部。於是，他於午夜時分，前往俱樂部找小阿姆斯特朗。誰知，在半途中就遇到了他，還將他帶回了小木屋。

因為情況特殊，托馬斯和華生太太一致認為把露易絲暫時安頓在小木屋比較好。她哥哥到達木屋時，華生太太去主屋拿床單了。接下來，小阿姆斯特朗和露易絲又談論了很長時間。當時不知道是什麼原因，這位先生還發了很大的脾氣。大約在凌晨兩點，他就離開小木屋，朝主屋方向走去。三點左右，就在螺旋樓梯底下被人開槍打死了。

次日一早，露易絲就生病了。她執意要見哥哥。他們沒有把小阿姆斯特朗的死訊告訴她，只是藉口他從鎮上離開了。她怎麼也不肯讓醫生前來看病，也不想讓家人知道自己住在這裡。華生太太和托馬斯都特別忙，他們照顧不過來，只好請蘿茜過來幫忙，由她負責把食物給露易絲送去，並幫著保守祕密。

最後，托馬斯坦言，對於隱瞞露易絲行跡一事，他自始至終都感到不安。小阿姆斯特朗被殺當晚，他們都見過他，並且對這位先生沒有好感。至於露易絲為什麼要逃離加州，為什麼逃離之後，既不去費茲太太家裡，也不去鎮上的其他親友那裡，他也不知道答案。

因為露易絲繼父的死亡，阿姆斯特朗一家迅速從加州趕回來的機率很小。事已至此，我終於可以鬆一口氣了，我想，托馬斯跟我的想法一樣。不過，露易絲還不知道家中已經有兩個人不在了。

我們繞了一大圈，從一個謎團掉進了另一個謎團裡。

現在，我已經得知蘿茜提走一籃盤子的原因，但還不清楚是誰在車道上攔住她，並跟她說話。就算我已經知道躲在小木屋的人是露易絲，可我並不知道她堅持躲在那裡的原因。就算我還知道在阿諾・阿姆斯特朗被殺當晚曾經來小木屋見過露易絲，可是依舊無法得出有利於命案偵破的線索。

此外，把我和麗蒂嚇得夠嗆的那個午夜訪客是誰？從洗衣間滑道裡逃走的人又是誰？傑克・貝利究竟是個惡人，還是無辜的？時間將會為這些疑問一一解答，但是我們需要等待一些時日。真希望早一天能夠真相大白！

銀行家猝死

沒過多久，外鎮的醫生就趕到了。我引領他上樓看病人，哈爾斯負責把毯子和枕頭一類的床上用品拿到車上。而葛奇爾德去了主屋，她先把露易絲的房間打開，使其通風換氣。露易絲的房間位於東廂房盡頭，距離螺旋樓梯很近。房間裡面的私人客廳、臥室和更衣室仍保持原來的樣子，我們以前從未打開過。

露易絲的病情很重，我們把她挪動到主屋時，她全然不知。醫生是個和藹可親的人，他自己也有幾個女兒。我們通過他的幫助，把露易絲安頓在主屋的房間裡。她因為發著高燒，一直昏迷不醒，這位名叫史都華的醫生在這裡幾乎守了一夜。他親自給露易絲餵藥，時刻注意觀察她的病情。之後，我從這位醫生口中得知，露易絲險些感染肺炎。能夠及時退燒，實在是萬幸，因為發燒可能會把腦袋燒壞，還很容易引起一系列併發症。

醫生用過早點後就離開了。在離開之前，他叮囑我們，儘管危險期已經過去，但是病人仍需要靜養一段時間。「我想，家裡接連發生的兩起死亡事件，一定把她嚇壞了。她也是因為這個原因才得病的吧？」

聽到這話，我立即澄清事實：「醫生，實際上，她對這兩件事情一無所知。千萬不要在她面前提及。」

他臉上寫滿驚訝，說道：「真不明白這家人是怎麼了？之前，一直是卡薩洛瓦的華克醫生為他們出診，聽說他就要跟這位小姐結婚了。」他邊說、邊走向汽車。

「你一定弄錯了吧？阿姆斯特朗小姐將要嫁給我侄子。」我用有些僵硬的語氣說道。

他微微一笑：「是這樣啊。現在的年輕人變化真快，我以為她跟華克醫生很快會舉行婚禮呢！今天下午，我再過來一趟。記住，一定不能讓她著涼了，讓她安心靜養。」

說完，他就開著車子離開了。我目送他離開。這是一個舊派醫生，他從事的家庭醫生行當正在日漸衰落，可我不得不承認一點，他是一位忠誠而高貴的紳士。對於病人而言，他不僅是個醫生，也是一位值得信任的顧問。我記得自己在很小的時候，無論是出了麻疹，還是遠在西部的阿姨去世，都會請這種醫生前來幫忙。他們在切除多餘的扁桃腺和處理接生問題上，都很有自信，這種自信通常是令人歡欣鼓舞的。

我記得嬰兒哭鬧的時候，老溫賴特醫生就會給他們拿薄荷糖，並在他們的耳朵裡滴上一兩滴溫溫的甜油，並信心百倍地得出一個結論：這些孩子不是腹痛就是耳痛。一年之後，我父親會在街上叫住他，準備從他手裡拿帳單，支付給他醫藥費。這時候，他才會回家粗略地估算一下他出診的總費用，然後再用這個數字除以二（在我看來，他根本沒有記帳的習慣）。之後，他把這些帳目謄寫在裁剪整齊的白紙上，交到父親手裡。他在我們當地很受歡迎，人們不管舉辦婚禮、洗禮，還是葬禮，他都會竭盡所能提供幫助，人們甚至把他看做再生父母。

我知道，我再把溫賴特醫生和卡薩洛瓦的華克醫生進行比較，一定會招來非議，那樣的話，話題似乎扯得更遠了。

星期三，臨近中午的時候，我接到了費茲太太打來的電話。我僅僅通過以下的一些事實，對她略微有所了解。她是婦女老人之家的管理委員，假期的時候，她很喜歡送些家庭冰淇淋和蛋糕過去，結果老人們吃了那些食物後，就覺得消化不良。此外，她在牌藝界的名聲也很不好，事實上，她是橋牌社裡最糟糕的社員之一。除去這兩件事，我對此人知之甚少。不過，之前因為她負責了小阿姆斯特朗的葬禮，所以我不敢怠慢她的電話。

我一拿到電話，她就開始喋喋不休：「瑞秋小姐，我剛剛接到了表姐范妮，那就是阿姆斯特朗太太的一封電報。這真是一個天大的消息，他的丈夫昨天在加州去世了。哦，等等，我拿電報讀給你聽。」

雖然她還沒有明說，接下來的事情我也猜出了八九分，並且作出了決定。假如露易絲小姐能夠對單獨回家，可是在回來後沒有立刻聯繫費茲太太的行為作出合理解釋的話，我應該尊重她的選擇。這件事情，她確實應該親自向家人解釋。我不想為自己辯駁什麼，只不過此刻我跟阿姆斯特朗家族的關係非比尋常。因為他們，我被捲進了一宗讓人最難以接受的殺人命案中，我的侄子和姪女也因此受到牽連，境況堪憂。

費茲太太一字一句念著電報裡的內容：「昨天，保羅死於心臟病猝發。如果看到露易絲，請立即與我聯繫。」她接著說道：「瑞秋小姐，由此來看，露易絲已經從西部回來了。她的母親很擔心她。」

「是的，一點沒錯。」我說。

「不過，我沒有看到露易絲，她沒到我這裡。她鎮上的幾個朋友也沒有她的消息。因為她並不知道『陽光居室』出租的事情，很可能回來之後就直接去你那裡了。我打電話就是想詢問一下。」費茲太太說。

「真的很不好意思，我也沒有她的消息。」

我剛把話說出口就後悔了，因為我突然意識到，假如露易絲的病情再次惡化，屆時我將無法交代，我無法繼續充當上帝的角色。再說，她的母親有權知道自己女兒的狀況。因此，我打斷了費茲太太客套十足的抱歉之辭，據實相告：「費茲太太，我想說露易絲確實在我這裡，我剛才有意幫她隱瞞行蹤，不過，現在我改變主意了。」

電話那頭立即傳來大呼小叫的聲音。

接著，我鎮靜地說道：「她現在生病了，而且病情相當嚴重，不宜外出走動，不方便見任何人。勞煩你告訴她母親一聲，就說她在我這裡，請她不要擔心。不過，我也不知道她為什麼獨自從西部回來。」

「瑞秋小姐，可是——」

沒等她把話說完，我就毫不猶豫地把她打斷了：「等到她能夠見你的時候，我會第一時間打電話通知你。她現在並沒有性命之憂，不過，醫生建議她必須靜養。」

電話掛斷後，我開始整理整件事情的頭緒。按說露易絲從西部離開，獨自一人回到這裡的做法，並沒有什麼新奇之處。但是，她這種做法的理由是什麼呢？難道因為華克醫生？他一直糾纏她，讓她不勝其煩？可據我所知，露易絲是個敢作敢為、熱情開朗的女孩子，如果真遇到這種糾纏，她會用激烈的方式趕走糾纏者，落荒而逃可不像她的作風啊！

我思考了半個小時，腦袋裡依舊是一團亂麻。於是，我拿起早報，試圖從中獲取一些線索。報上顯示：因保羅·阿姆斯特朗離開人世，商人銀行收取的不法利益、利率開始暴漲；銀行檢察官仍在盤查該銀行的帳目，但至今沒有對外發表任何評論；傑克·貝利已交保釋金被釋放出獄；本週日，保羅·阿姆斯特朗的遺體將從加州運送回來，屆時將在鎮上舉行葬禮。此外，報上還刊登了這麼一則傳言——死者的資產已所剩無幾。

新聞報導在最後一段切入了實質問題。報導聲稱，海事銀行的瓦特發行了很多美國機用債券，並把這些債券作為向商人銀行借貸十六萬美元的抵押。在去加州之前，保羅・阿姆斯特朗親自簽訂了這個貸款協議，這些債券也在這次商人銀行失蹤債券之列。該段報導還表明，此事件與該銀行的前總裁亦有關聯。看到這裡，我突然意識到，貝利先生作為該銀行的出納員恐怕也脫不了關係。

下午兩點的時候，哈爾斯請來的園丁到了。他是從車站一路走上山頂的，我對他的印象不錯。他的保證人——布瑞先生也讓我頗有好感，他說他一直雇用這個園丁，直到他們前往歐洲為止。這個年輕的園丁看起來很有力氣，他要求我給他配備一個助手，我欣然接受了。我很喜歡這樣簡單明瞭地處理問題。他的名字叫亞歷山大，我簡稱他為亞歷斯。儘管這個年輕人衣著寒磣，但很樂觀，臉上經常掛著笑容。因為在後來的事件中，這個黑頭髮藍眼睛的年輕人扮演的角色很重要，所以我特意對他進行了一番描述。

週三下午，通過露易絲的描述，我對已經去世的商人銀行總裁有了新的認識。那天下午，她叫人請我過去，我當即答應前往。其實，這種做法是很不明智的，因為露易絲的身體很虛弱，許多事情需要暫時對她隱瞞，這種見面讓我害怕。還好，實際情況要比我預想的情形簡單多了，她沒有向我問詢任何問題。

由於葛奇爾德幾乎一夜沒有合眼，她回房休息了。哈爾斯又跑得無影無蹤了。後來的日子，哈爾斯經常無故失蹤，而且這種情形越來越頻繁。六月十日晚上，事情發展到了高潮的那一部分。

露易絲由麗蒂負責照料。因為沒有太多事情要做，麗蒂不停地用手撫平床罩上的褶皺。她把病人身上的被子打理得很平整，還在靠近胸口的位置把被子折成一個三角形。這件事她做得很用心，露易絲每次翻身後，她都重新把褶皺的角度調整好。

聽到我的腳步聲，麗蒂像遇到救星一樣，馬上跑了出來。她似乎有些精神錯亂，臉上總是出現一種驚恐的表情，而且跟我說話的時候總是看著我的身後，好像真有什麼東西出現一樣。這個時候，我也會沿著她目光回頭張望，可每次什麼都沒看到，此事讓我大為惱火。

「露易絲小姐醒了，她總是說夢話，說什麼死人和棺材一類的話，聽起來挺嚇人的。」她說著，同時心神不寧地打量我身後的螺旋樓梯。

「麗蒂，你沒把這裡發生的怪事告訴她吧？」我一臉嚴肅地問。

她從洗衣間的房門那邊收回目光，轉而看著露易絲的房間。

「我什麼也沒說，只是詢問她一兩個小問題，她跟我說，這裡壓根兒沒有鬼。」

對麗蒂，我簡直無話可說。我氣憤地瞪了她一眼，順手把露易絲更衣室的門關上，走向位於另一端的臥室。

不管保羅·阿姆斯特朗為人如何，我必需承認他對露易絲出手很大方。我自認為葛奇爾德的房間已經很漂亮了，可依舊無法跟露易絲的房間相比。這裡的裝飾都非常昂貴，牆壁、地毯、家具和浴缸都奢華至極。

我進去的時候，露易絲正在等我。她的病情好轉了許多，面部因發燒而導致的紅熱現象也已經消失，呼吸也平穩了許多，不似昨晚那般急促，咳嗽也基本止住了。

她一見到我，無助地伸出雙手，我上前輕輕地握住她的手。

「我這樣就跑回來了，真不知道該怎麼跟你解釋，瑞秋小姐。」她語調緩慢地說。

看到她那副樣子，我原以為她馬上要落淚了，可她強忍著，並沒有哭出來。

「別想太多，趕快讓自己好起來。等你完全康復了，我可要狠狠地訓斥你一頓。瞧你這孩子，你回來都不知道直接來我這裡。別忘了，這裡可是你的家啊！況且，我是哈爾斯的姑媽，理應好好招待你的。」我輕拍她的手，安慰道。

她勉強擠出一個微笑，我看得出來，那笑容裡包含著憂傷。

「瑞秋小姐，許多事情並不像你想的那樣。事實上，我不應該再和哈爾斯見面的。承蒙你如此悉心地照料，我覺得很愧疚，覺得自己現在騙取了你的同情。我知道，遲早有一天你會嫌棄我的。」

「你胡說些什麼！想想看，假如我那麼做的話，哈爾斯一定跟我鬧翻天不可。我現在可不敢招惹他，要不然準會被他扔出窗戶不可。這個傻小子一定會這麼幹的！」我開玩笑說。

看樣子，她壓根沒留意我的言語。她的一雙眼睛是棕色的，原本應該炯炯有神的，此刻因為無盡的煩惱變得暗淡無光。

「瑞秋小姐，哈爾斯好可憐！我不能跟他結婚，又不敢把實情告訴他。我是個膽小鬼，對嗎？」她用輕柔的語氣說。

我走到她床邊坐下，看著她一副虛弱無力的樣子，真不忍心再說什麼。生病的人往往容易胡思亂想。

「你好好休息，等養好身體，我們再談論這個問題也不遲。」我拍拍她的肩膀說。

「我應該告訴你一些事情的真相。」她堅持道。「我想，你一定對我之前的行為感到好奇吧？回來以後，堅持躲在小木屋裡，確實難為了托馬斯。當時，我不知道『陽光居室』出租了。其實，我母親很早就有把房子租出去的念頭，只是不太容易瞞過繼父的眼睛。不過，我離開之後，她肯定得知這個消息了。因為很想一個人待著，我就先於他們從西部回來了。誰知，途中在火車上著涼了。」

「你回來時還穿著適合加州天氣的衣服。你們年輕女孩都這樣，為了好看漂亮，不願多加一件衣服。」

她又走神了，我的話，再一次變成了耳邊風。

「瑞秋小姐，我哥哥阿諾．阿姆斯特朗離開這裡了嗎？」

一聽到這個名字，我有些緊張，問道：「你怎麼問起他了？」

當然，露易絲不知道事實真相，她解釋道：「那天晚上，他從小木屋出去之後，再沒有回來。我有要緊的事情跟他說。」

我含糊其辭道：「我想，他肯定離開了。是什麼事情？或許我們能幫得上忙。」

她搖搖頭，用低沈的語調說：「這件事恐怕需要我親自出面。我猜『陽光居室』租出去的事情，我繼父應該毫不知情，我母親一定還瞞著他。事實上，我和母親的處境不像表面看起來那麼光鮮。雖然住在豪華的大房子裡，可我們極其貧窮。我們不敢大大方方地花錢，每一筆開銷都要經過繼父的批准，然後由他為我們支付帳單。生活過到這個份上，真讓人痛苦！這種生活太折磨人了，我總有一天會被逼瘋。我寧願自己生活在貧困之家，至少那樣的生活是真實的。」

「這太容易了！你跟哈爾斯結婚後，馬上就能過上你嚮往的生活——貧窮而又真實。」我的話讓她大為困惑。我還沒來得及解釋，哈爾斯在門口出現了，他在跟麗蒂說話，一聽就知道，他又在用巧言搪塞那個無知女人的問話了。

「叫他進來嗎？」我徵求露易絲的意見，這個時候，我的確不好擅作主張。

一聽到哈爾斯的聲音，露易絲下意識地將身子往後縮，倚靠在床頭。作為哈爾斯的姑媽，我看到她這個舉動，略微有些生氣。

哈爾斯是一個坦率、誠實的孩子，他願意為自己心愛的女人犧牲一切，這種品格在年輕人中間不多見了。二十多年前，我曾經也遇到過這樣的一位男子。儘管他已經過世很久了，我時常還會拿出他的照片緬懷他。最近幾年，我一拿起他這張拄著手杖、頭戴禮帽的照片，就覺得非常難過，而且這種感受一次比一次強烈。因為他永遠那麼年輕，而我卻在日漸衰老。假如人可以控制自己思想的話，我寧願自己不再想念他。

也許受這陳年舊事的影響，我突然大聲喊道：「進來吧！哈爾斯！」

接著，我收拾起需要編織的東西，很有禮貌地走向位於臥室旁邊的更衣間。儘管我無意偷聽他們的對話，可因為房門是敞開的，他們所說的一字一句，我都聽得十分真切。很顯然，哈爾斯走到心上人的床邊，並溫柔地吻了她一下。之後的一段時間，兩個人陷入靜默，此刻，也許再動聽的語言也顯得多餘。

「親愛的，我快被折磨瘋了。你為什麼不肯相信我，也不願意見到我呢？」哈爾斯說。

「我不知道該不該相信自己。我感覺自己虛弱極了，渾身沒有力氣。我怎麼會不想見你呢？」她聲音低沈地說。

接下來的談話內容我沒有聽清楚。之後，又是哈爾斯的聲音。

「要不然，我們離開這裡吧！這是我們兩個人的事情，和別人無關！我只希望跟你永遠在一起，心手相連，相依相偎。親愛的，別再說什麼不可能，求你了！」

「哈爾斯，事情並沒有那麼簡單。我們不要再見面了。只要有可能的話，我會離開這裡。你們待我太好了，我覺得很羞愧。不管你將聽到什麼有關我的傳聞，請相信——我並不像別人口中所說的那麼不堪。我將嫁給別人了，請你不要因此而怨恨我。」

外面傳來哈爾斯走向窗邊的腳步聲。他停頓了一會兒，又走回床前。我快要忍不住了，真想衝出去給那個小丫頭一個巴掌。我才不管她是否身體虛弱呢，她是個惹人生氣的笨蛋！

哈爾斯深深吸了一口氣，急促的呼吸平緩了許多。

「也就是說，我們結束了，我們一切的努力都白費了，我們曾經的計畫和期望就此不算數了，對嗎？那好吧，只要你告訴我，你愛的人是他，我馬上放棄！我保證不跟你哭鬧。」

「我不愛他，可是，我馬上就要和他結婚了。」

「甜心！讓他見鬼吧！只要你還愛我，要我怎麼做都行。我就知道，你是在乎我的。」

哈爾斯說完，發出了一陣揚揚得意的笑聲。

就在這時，兩個房間的隔門由於風力作用，砰地一聲被關上了。我把椅子向前移近一些，發現房間只剩下露易絲一個人，她仰臉盯著天花板上的天使畫像出神。她看起來已經心力交瘁，我不忍心再去叨擾她。

惹人生疑的女人

我們在小木屋發現露易絲的時間是星期二晚上，而我與她的談話是在次日，也就是星期三。接下來的兩天倒是平安無事，我也趁著這段時間好好鍛鍊自己的耐心。

自始至終，葛奇爾德幾乎跟露易絲形影不離。時間一長，兩個女孩子成了最要好的朋友。不過，一些惱人的事情也將要逼近。星期六，檢察官將針對小阿姆斯特朗的死因進行偵訊。露易絲繼父的遺體也將在這一天被運送回來。她壓根還不知道這兩個人的死訊呢！

另外，哈爾斯和葛奇爾德這兩個孩子也讓人擔心。他們從母親那裡繼承的遺產，因為商人銀行的停業而化為烏有。他們的愛情也正經受著巨大的挑戰。這時候，麗蒂沒有忘記給我多製造一些麻煩，她因為給露易絲做牛肉濃湯的事情和廚娘大吵一架。結果，廚娘非常生氣地離開了。

在我看來，華生太太非常樂意讓我們照顧露易絲。老托馬斯則一直保持對自己的雇主的尊重，堅持早晚兩次去樓上問候他的小姐。他依然保持著老一代黑人的舊觀念——把雇主的利益當成了自己的利益。到現在，我依舊能想起這位老人叼著煙斗、點頭哈腰的樣子，儘管他不能讓我太過信賴，但我仍非常懷念這位和藹仁慈的老僕役長。

週四，我接到了阿姆斯特朗家的律師——哈頓先生從鎮上打來電話。他告訴我，阿姆斯特朗太太將於下週一帶著她丈夫的遺體回到東部。之後，他又非常為難地提到了雇主的指示——跟我中止與「陽光居室」的租約。因為阿姆斯特朗太太馬上就回到東部了，她希望一回來就住進「陽光居室」。

聽到這個消息，我吃驚不小，激動地說道：「什麼？讓我們離開？哈頓先生，你不是在開玩笑吧？前幾天發生了這麼多事，我原以為她不會再回來了。」

「我沒必要撒謊，她的確急著回來。她還告訴我，讓我用盡一切辦法騰出『陽光居室』，因為她想馬上搬回來。」

我氣惱地說：「哈頓先生，實話跟你說吧，我是絕不會離開的。他們一家人真讓我受夠了。我給了他們一大筆租金，大老遠跑來避暑，正好也趁著這段時間，把城裡的房子重新裝修一下。誰知，搬來一星期了，也沒有睡過一晚上的安穩覺。所以，我至少會等到體力恢復的時候才離開。另外，據我所知，保羅．阿姆斯特朗先生在去世時已經破產了，能夠擺脫這一大筆昂貴的費用，他的太太應該感到高興才對。」

哈頓律師清清嗓子，說道：「瑞秋小姐，聽到你的決定，我感覺很遺憾。聽費茲太太說，露易絲小姐住在你這裡。」

「是的。」我承認道。

「那家裡發生的兩件喪事，她知道嗎？」

「她不知道。她之前生病了，很嚴重。也許，我今晚會告訴她。」

「唉！真是太不幸了！我這裡，有一封發給她的電報，我現在給她送過去合適嗎？」

「我想，你還是把電報拆開，把電報的內容念出來比較好。若是什麼要緊的事情，也不至於耽誤時間。」

停頓了好一陣之後，哈頓先生才念了起來，「小心妮娜．卡林東。星期一到家。署名是F. L. W.。」他的語調很緩慢，像是法庭裡慣用的調子。

我在嘴裡把電報內容重複一遍，接著對著話筒說了一句，「哈頓先生，不管誰是妮娜，我都會把電報上內容準確地傳達給她。不過，露易絲現在身體很虛弱，恐怕她沒有精力來提防別人。」

「好吧，瑞秋小姐，我們以後再談吧。假如，我是說假如你願意中止租約的話，請馬上聯繫我。」

「這種事情是不會發生的！」我生氣地掛掉電話，我想，從我掛電話的方式上，他一定能想像出我那副氣急敗壞的樣子。

因為害怕自己的記憶力出錯，我將電報內容一字不漏地寫在紙上。之後，我決定從史都華醫生那裡徵求意見，詢問他什麼時候才能把這些殘酷的事實告訴露易絲。至於商人銀行關門停業的事，我認為她沒有知道的必要。不過，應該讓她及早知道繼父和繼兄的死訊，要不然，真無法想像在毫無防備之下，她該怎樣承受如此巨大的打擊。

下午四點左右，史都華醫生拎著一個皮袋子過來了。他小心翼翼地將袋子拿進屋子，並在樓梯口打開帶子，請我觀看十二個夾雜在瓶瓶罐罐之中的大黃蛋。

他帶著驕傲的神情說：「可別小看這些蛋，它們的營養價值特別高，絕對是真材實料，你用手摸一摸，許多還有溫度呢。一會兒，我用這個給露易絲做蛋酒。」

他看上去滿臉歡喜、得意揚揚，離開之前執意要去餐具室親自製作蛋酒。就在他開始著手準備的時候，我突然想起了城裡精神專科的威勒比醫生。我很想知道，他曾經是否也開過這樣的藥方，普通但很美味。史都華醫生一邊忙著做蛋酒，一邊說道：「前天回家後，我跟太太懺悔自己把華克和露易絲的事情告訴你，你不會嫌我多嘴多舌吧？」因為他正在用力，他的臉色顯得格外紅潤。

「怎麼會呢？」我笑著說。

很顯然，他還在為自己辯解：「實際上，我也是從傭人口中聽說這件事的。華克醫生比我更能趕得上時勢，他雇了司機，不管去鄉間的什麼地方都坐著大汽車。他的司機來探望我家女傭的時候，就跟她提起了這件事。當時，我覺得這種可能性是存在的，因為華克經常來這裡，而且他的司機還說，他的雇主將在這座房子的山腳下新建一處產業。哦，蛋酒裡需要糖，麻煩拿給我。」

接著，他將酒一滴一滴放在蛋液裡開始攪拌，最後完成一個步驟——將混合液體放進合成器裡搖均。這樣一來，黃白相間的蛋酒就做好了。

醫生把鼻子湊到跟前聞了聞，說道：「瞧，用真正的蛋液製成酒，才能散發出牛奶的香氣和純正的波旁酒的味道。」

之後，醫生堅持要自己送蛋酒上樓，他在樓梯口停留了一下，說道：「華克的司機說，那棟房子的結構圖已經畫好了，還說圖紙是鎮上的建築師休斯敦繪製的，我看他說得言之鑿鑿，就信以為真了。」

我在樓下等著醫生。

他下來以後，我問道：「醫生，你知道一個名叫卡林東的人嗎？妮娜・卡林東。」

看他一臉疑惑，我重複了一遍：「我要問的是卡林東。」

可這個問題依然沒有答案。

那天下午，葛奇爾德和哈爾斯出去散步了，過了很久才回來。露易絲在房間裡休息。此刻，我真不知道做什麼事情來打發這一大把的時間，在百無聊賴之中，我受慣性支配，坐下來把事情好好理順。經過一番深思熟慮，我對那個尚未謀面，又被別人認為是露易絲未婚夫的人產生了一種深深的厭惡之情，於是，我走到話機跟前，並拿起了電話。

在年輕的時候，我就認識建築師休斯敦了，並跟他相熟。甚至，在他結婚之前，我們的交情更深。因此，我毫無顧忌地就把電話打給了他。電話被他公司的接線生轉給了一位機關職員，正當職員把電話轉給他的老闆時，我突然不知道如何開口了。

接著，休斯敦爽朗的聲音從電話那頭傳了過來。「瑞秋，你還好嗎？是不是準備在岩丘上蓋房子了？」

二十年前，他經常開這個玩笑。

「我想也快了。現在，我有一件事要問你，這事與我無關。」

「都二十五年了，我看你是一點沒變。好吧，你問吧，只要不打聽我的家務事，我什麼都可以告訴你。」他要笑道。

「你嚴肅一點。我想知道，你最近是不是幫卡薩洛瓦的華克醫生設計房子？」

「沒錯，確有其事，你怎麼問起這個？」

「那他準備在什麼地方建房？我需要知道答案。」

「哦，好吧。房子將建在阿姆斯特朗家的土地上。當時，那位銀行家還親自過來找我協商。我可以肯定一點，阿姆斯特朗先生的女兒將成為那座房子的女主人，因為她是華克醫生的未婚妻。」

後來，休斯敦向我詢問了家中其他人的情況。我們結束談話時，我可以確信露易絲愛的人是哈爾斯，而她卻要跟華克醫生結婚。在很早的時候，她的婚姻協議就已經達成。我想，在這個醞釀已久的婚姻計畫中一定暗藏玄機，可我也猜不出其中的緣由。

當天，我向露易絲一字不漏地轉述了電報的內容。她聽完之後，滿臉凝重，而且看起來很不開心。很顯然，她已經明白了其中的內涵。她那副樣子讓我想起了刑期將近的罪犯，只能眼睜睜地等著行刑之日的到來。

夜闖者

次日，即週五，葛奇爾德把露易絲繼父的死訊告訴她了。她小心翼翼地講述事實，生怕露易絲受太大刺激。誰知，露易絲一反常態，她的反應完全出乎我們的意料。

葛奇爾德告訴我，當她看到露易絲的反應時，確實大為震驚。

「瑞秋姑姑，你真想像不出她當時的眼神。我覺得她一點都不難過，反倒有些開心。我看得出來，她是個不善偽裝的人。也許保羅·阿姆斯特朗不是個好人？」

「是的，葛奇爾德。他是個流氓、無賴。我相信，這一下露易絲不會再拒絕跟哈爾斯見面了，他們會重歸於好的。」

因為見不到露易絲，哈爾斯快要瘋了，一整天時間都坐立不寧。

週五晚上，哈爾斯跟我一起安靜地度過了一段時光。我把被要求解除「陽光居室」租約的事，露易絲的電報以及露易絲和華克醫生結婚的傳言都告訴了哈爾斯。此外，我將前一天跟露易絲會面的情形也告訴了他。

他坐在一張大椅子上，整張臉孔也被陰影遮蓋。他這副樣子真讓我痛心。別看他身材高大，可他看起來仍然像個孩子。聽完我的話，他長長地嘆了口氣。

「無論露易絲怎麼對我，我始終相信她是愛我的。兩個月前，也就是她和家人一起去西部的時候，我還覺得特別快樂，覺得自己是世界上最幸福的男人。接下來一切都變了，我收到她的書信，得知她家人反對我們的婚事。她說，她對我的感情永遠不會變，只是發生了一些事情，讓她無法跟我結婚了。我給她回了信，並告訴她，無論發生什麼事情，都應該往好的地方想。這聽起來很讓人迷惑，對嗎？你也看到了，現在情況絲毫沒有改變，看起來還更加糟糕了。」

「哈爾斯，你知道阿諾．阿姆斯特朗臨死前跟露易絲的談話情況嗎？」

「聽說那次的談話充滿了火藥味，我聽托馬斯說，他好幾次都想衝進房間，因為他擔心露易絲。」

「對了，露易絲跟你提過卡林東這個女人嗎？全名叫妮娜．卡林東。」

「沒有。」他很肯定地回答。

無論我們怎麼努力，最後總會不自覺地把話題扯到那起凶殺案上。我和哈爾斯一致認為，詹姆斯正在緊鑼密鼓地搜集傑克．貝利的罪證，誰也不知道他什麼時候會突然來到「陽光居室」。他一定正在鎮上忙自己的事情呢，要不然，他會再次光臨的。

通過報紙，我們才知道貝利先生病了，正躺在他租來的公寓裡。對事情的整體情況有一定的了解後，出現這種局面也在意料之中。至此，商人銀行已故總裁的犯罪事實已經毋庸置疑，而且刊登公告後，一部分失蹤的債券已經找回，而且每一筆債券都是被當作巨額借貸的抵押。據了解，截止目前，這些有價債券已經兌換了不少於一百五十萬美元的現金。每一個跟銀行有關的人都被收押在案，之後，又都用重金被保釋出來。

目前，商人銀行一案是保羅．阿姆斯特朗個人的罪行，還是與人合謀，尚未定論。他非法得來的錢財也不知去向。據悉，已故總裁所剩資產不多，只留下繁華地段的一處房子——大部分已經被抵押出去的「陽光居室」，一份五萬美元的保險，還有一處私人產業。報紙上還說，投機事業把他絕大部分資產都耗盡了。

另外，報紙上披露了一件對貝利非常不利的事情。傑克．貝利和他的雇主保羅．阿姆斯特朗，在新墨西哥州合開了一家鐵路公司。據說，他們把大部分的資金都投進了那個公司。他們的合作更讓貝利有口難辯，人們只會更加確信他也一同參與了非法活動。此外，貝利在銀行停業的前一天，也就是星期一，中途請假離開一事，也為他招來了更多猜疑。

不過，我不明白貝利為何要回來自投羅網。我認為，他這種做法只是權宜之計，是一個聰明的騙子慣用的一種騙人的伎倆。我無意把矛頭指向葛奇爾德的心上人，我只相信事實，而不會感情用事。

那天晚上，「陽光居室」又開始鬧鬼了。麗蒂每晚都守著露易絲，並躺在她更衣室的長椅上休息。夜晚來臨之後，她就待在露易絲的套房裡，把房間當成自己的庇護所。因為這間房子位於螺旋樓梯的一側，若不是受到極大的刺激，麗蒂說什麼也不敢大晚上在樓梯旁邊走動。說實話，我總覺得那個地方陰森森的，看起來有些晦氣，他們從來不把東廂房那邊的燈關掉。這種情況假如讓不知內情的人看到，恐怕還會因為深夜亮起的燈火，而感到屋內在歡欣鼓舞呢！

那天晚上，我躺在床上以後，很想馬上入睡，但是滿肚子的心事讓我難以入眠。於是，我強迫自己暫時忘記這一切，慢慢地放鬆下來進入了睡夢中。我夢到華克醫生正在我的窗戶外邊建造新房，還清晰地聽到鐵錘敲打東西的聲音。後來，我感覺那敲擊聲越來越響，最後發現是有人在敲打我的房門！

我馬上從床上起身，也許敲門者聽到我走動的聲音，就停了下來。接著，鑰匙孔裡傳來低低的呼喊聲：「瑞秋小姐！快開門啊！」

「是你嗎，麗蒂？」我問道，同時握住門把手。

「發發慈悲吧，小姐！求你讓我進去。」她在門外苦苦哀求。

我想，她應該整個人都緊貼在門上了。我把門打開時，她險些摔倒。當時，她臉色鐵青，肩膀上還胡亂披著一條法蘭絨褶裙，那條裙子還帶著紅黑相間的條紋。

她用冰涼的雙手抓住我，帶著哭腔，說道：「瑞秋小姐，那個死人回來了，他正從外面衝進來！」

她確實沒有說錯，我也聽到了離奇而鬼魅的聲音，那聲音像是故意被壓得很低。你分明能感覺到聲音的存在，卻無法得知它的源頭所在。那聲音響起三聲後，總會停頓一下，時而聽起來像是在樓底下，時而又像是在牆壁裡。

我用篤定的語氣說道：「那不是鬼魂。鬼魂是不會發出聲響的，它會直接從鑰匙孔裡鑽進屋子。」

麗蒂滿是緊張地瞥了一眼鑰匙孔，說道：「可是，瑞秋小姐，你聽這聲音確實是有人想硬闖進來。」

她渾身止不住地顫抖。我叫她幫我把拖鞋拿來，她卻把我的羊皮手套遞過來了。我只好親自去拿我需要的東西，然後去把哈爾斯叫醒。

這次的緊急事件又發生在斷電以後，跟以往的幾次完全一樣。大廳裡黑乎乎的，只亮了一盞煤氣燈。穿過大廳，我一路小跑來到哈爾斯房門前，他居然沒有鎖門！

「快醒醒，哈爾斯！」我一邊輕搖他的身體，一邊喊道。

他將身子翻動一下。這時，麗蒂在門口站著。這次跟往常的情形一樣，她非常害怕自己落單，但是又不敢擅自闖進房間。不過，她的顧慮似乎一下子消失了，發出一聲低沈的叫喊，快步走進房間，站立到床尾。哈爾斯終於從睡夢中清醒。

「樓下大廳裡有個穿白衣服的女人。」麗蒂哭著說。

我沒有理會她，拍拍哈爾斯說：「小夥子，趕快起來。有人要闖進屋子！」

他哈欠連天地回答：「這又不是我們的房子。」

儘管如此，他還是起身了。「好吧，瑞秋姑姑。如果我處理完這些事，能讓你安穩睡覺的話，我願意去。」

現在，我只需要做一件事情，那就是把麗蒂趕出哈爾斯的房間。此時，留她在這裡除了添亂，毫無別的用處。她喋喋不休地在那裡說自己看見了鬼魂，一步也不願意跨出大廳。我才不管她那麼多，不由分說地將她拽進我的房間，並把她按在床上躺下。

那聲音終於停止了。誰知，過了一會兒又重新響起，但這一次聲音微弱多了。幾分鐘過後，哈爾斯從外面走進我的房間。他站在那裡一動不動，仔細地辨別聲音來源。

「它還真是個難纏的惡魔啊！瑞秋姑姑，我的槍在哪兒？」

我急忙取出槍，遞給哈爾斯。我在找槍的時候，他發現了同在房間裡的麗蒂，這才意識到露易絲一個人待在房間。

「瑞秋姑姑，把這個惱人的傢伙交給我處理吧！勞煩你去東廂房看看露易絲，我怕她醒了之後，病情再一次發作。」

因此，我全然不顧麗蒂的反對，把她一個人留在房間裡，向東廂房的方向走去。在走上黑乎乎的螺旋樓梯時，我下意識地就加快了腳步。

這時，敲打聲已經停下了。屋子裡死一般的寧靜，這種靜寂讓人窒息。就在這時，我的正下方傳來一聲女人的尖叫。那聲音聽起來像是受到驚嚇而引起的哭喊，隨後又戛然而止了。我一下子怔住了，感覺自己身上每一滴血液都在往心臟匯集。

接下來，四周又是一片死寂。我感覺自己的心跳得劇烈極了，好像隨時都有可能爆裂。我邁著大步，踉踉蹌蹌地來到露易絲的房間。

她的房間竟空無一人！

驚魂不定

我看著空蕩蕩的床鋪，一時之間傻了眼。床罩被掀起來了，露易絲的睡袍也不見了。儘管煤氣燈的光線很暗，可辨別有人無人還相當容易。我原本準備拿起煤氣燈，但手抖動得厲害，怎麼也拿不穩，只好將燈放下了。我都不記得自己是怎麼來到門外的。房間外已經一片嘈雜，葛奇爾德焦急地向我跑來。

「瑞秋姑姑，發生了什麼事？露易絲哪兒去了？」

「她不在房間，我懷疑剛才是她在尖叫。」

說實話，我當時有些神志不清。

這時，麗蒂端著一盞燈，走到我們跟前。我們三個人緊緊地湊在一起，向下俯視螺旋樓梯。不過，我們什麼也沒有看見，樓梯上已經安靜下來。不一會兒，哈爾斯就穿過樓上的大廳來到我們跟前。

「我沒發現有誰要闖進來，倒是聽見一聲慘叫，那是誰的聲音？」

「是的，那尖叫是樓底下發出的。還有，露易絲不在房裡。」即使不用語言，我們臉上的驚愕表情也說明了一切。

哈爾斯猛地奪過麗蒂手中的燈火，沿著螺旋樓梯快速往下跑。我尾隨其後。可是我覺得自己的腿像灌了鉛一樣，怎麼也邁不開腳步。哈爾斯突然在樓梯口停住了，他大叫一聲：「瑞秋姑姑！」然後，把手中的燈火放下。

原來露易絲正在樓梯口上躺著。她的頭靠在最後一階樓梯上，整個人蜷縮成一團。她面無血色，看起來柔弱無力。她的睡袍也鬆開了，睡衣的半邊衣袖都露在外面，濃密而烏黑的頭髮凌亂極了，在身上披散開來，整個人好像是從樓梯上跌落下來。

幸運的是，她還能呼吸。哈爾斯把她平放到地上，握著她冰冷的雙手來回揉搓。見狀，葛奇爾德和麗蒂連忙回屋去拿醒神劑。而我此時已經沒有半點力氣，癱軟在那個恐怖的螺旋樓梯上。什麼時候事情才能結束呢？我想。露易絲的意識依舊沒有恢復，不過，她的呼吸已經順暢多了。在我的建議下，我們大家小心翼翼地將她抬回房間。

她躺在地上的姿態與之前死去的哥哥一樣，更不可思議的是她躺的地方正是她哥哥死亡的地點，這個情形讓我覺得毛骨悚然。就在這時，遠處大廳響起了三下微弱的鐘聲，又一次印證了這種巧合。

凌晨四點的時候，露易絲終於能開口說話了。在她的窗戶東面投射進來第一縷晨光時，她的意識已經完全恢復了。於是，她將發生的事情一五一十地告訴了我們。我記下了她的話，並且一字不漏。她將身子倚靠在床頭，半躺在床上。她說話的時候，哈爾斯一直在她身旁坐著，把她的雙手握得緊緊的。

「那時候，我躺在床上翻來覆去睡不著。也許是因為我下午一直在睡覺的緣故吧。晚上十點時，麗蒂幫我拿來一杯熱牛奶，我喝完後一覺睡到十二點。醒過來以後，我心裡開始胡思亂想，越想越焦慮，怎麼也睡不著了。

「當時，我一直在為哥哥阿諾感到擔心，自從上回在小木屋裡見過他一次後，他一直音訊全無。我想，他是不是生病了？要不然，就算我請他辦的事情沒有辦好，他也沒必要躲著不見我啊！凌晨三點左右，樓下響起了敲門聲，我坐起身，只聽那敲門聲一直持續不斷，並且敲得非常小心謹慎。我正準備叫麗蒂前去應門，突然覺得這聲音異常熟悉。因為阿諾外出晚歸之時，經常從東面的側門和螺旋樓梯回到房間。他忘記帶鑰匙的時候，我就會下樓給他開門。

「我以為這次敲門的還是他，以為他是專程回來見我的。因為他的作息時間很不規律，我完全沒有考慮到時間問題。可我的身體太虛弱，我怕自己沒有力氣下樓。敲門聲一直響個不停，我想請麗蒂代勞。誰知，我的話還沒出口，她就飛快地跑出房間，去了大廳那邊。當時，我感覺頭暈暈的，渾身也沒有力氣，不過，我還是穿上睡袍，硬撐著下樓去了。因為如果來的人真的是哥哥阿姆斯特朗的話，我必須自己去跟他見面。

「儘管外面很黑，可這些難不住我。我扶著樓梯欄杆，快速下了樓。這時候敲門聲已經停止了，我生怕自己去晚了，繼續往東廂房的側門那邊走。我心裡也沒想別的，一心只想著哥哥。走到門前時，我竟發現門是開著的，還留了一個一英尺寬窄的縫隙。那時候，我站在黑暗裡，覺得既驚奇又害怕。不過，我依然以為是阿諾。因為他喝醉酒之後，經常會做一些奇怪的事情。也許，他這一次又拿著鑰匙進屋了。想到這裡，我就轉身準備回屋。

「當我接近樓梯口時，隱約聽到一陣腳步聲。頓時，我被嚇得丟了魂，險些摔倒在地。之後，我邁上三、四個台階，突然發現樓梯上有個人影正向我走來。緊接著，那人『嗖』地一下從我身邊過去了，並碰到了我扶著樓梯欄杆的手。我嚇得大聲尖叫起來，之後，就什麼也不知道了。」

——以上就是露易絲向我們描述的經歷。

我絲毫不懷疑這件事情的真實性，只是想到一點——露易絲下樓的動機是受到已經不需要她幫忙的哥哥的召喚，這讓我覺得莫名的恐懼。現在，我們確信：有人兩次從東廂房側門夜闖進來，在屋子裡暢通無阻地走過一遍後，又輕鬆自如地離開。我不知道這個神祕的夜訪者是否在發生命案的晚上來過主屋，或者，在詹姆斯把一個人困在洗衣間的滑道裡時，再一次成功地來到主屋。

看來，我們注定要度過一個不眠之夜了。最後，我們各自回房梳洗更衣，好讓露易絲平靜一下心情。不過，我已經決定將事實真相跟她說明。此外，我也決定在早餐後派人把東廂房小迴廊後面的空房間打掃乾淨，請新來的園丁馬上搬進去。儘管讓一個大男人住在閣樓裡不太合適，可現在主屋裡連連發生怪事，我顧不了那麼多了。亞歷斯的反應也出乎我的意料，他並沒有像其他人一樣表示反對，而是很爽快地同意了。

次日一早，我和哈爾斯兩人仔細地逐一檢查了螺旋樓梯、樓梯口邊的側門以及側門正對面的棋牌室。最後，我們一無所獲，所有的一切都保持原樣，若不是我們親耳聽到敲擊聲，一定會懷疑露易絲的一番言語純屬瞎編亂造。主屋的大門也鎖得牢牢的，我們抬眼看了看頭頂的螺旋樓梯，也並未看到有任何異狀。

一直以來，哈爾斯都不肯相信我跟麗蒂獨處那晚發生的怪事。看得出來，他現在的態度已經有所轉變。我忽然想起詹姆斯提到的紙片一事，那是在死去的小阿姆斯特朗身上找到的。我盡可能詳細地跟哈爾斯複述上面的內容，他認真地聽著，並將內容記錄在本子上。

「你應該早點告訴我這些。」他一邊說，一邊收起本子。

我們在主屋裡搜索完畢後，準備再去門外和草地上看看。說實話，我並沒有抱太大的希望。可我們打開主屋外面的大門時，撞球室裡的球桿居然從門外掉進屋子。

「是誰這樣粗心！肯定是哪個傭人在偷偷玩球！」哈爾斯彎腰拾起球桿，大聲嚷道。

我壓根不贊成哈爾斯的解釋。我知道除非迫不得已，那些傭人絕不會在晚上踏進那間廂房。再說，這僅僅是一隻球桿，用它來做武器未免有些荒唐。但一些人和麗蒂的想法一致，他們認為這是鬼魂作祟。不過正如哈爾斯所說，一個年代久遠的鬼魂，根本就沒見過撞球這玩意。

週六下午，我和葛奇爾德、哈爾斯兄妹兩人一起去鎮上出席檢察官偵訊。同時被傳訊的還有史都華醫生。我們從別人口中得知，史都華醫生在週日一早曾被請去檢查屍體。當時，我和葛奇爾德已經回到了樓上的房間。為了躲開半數卡薩洛瓦鎮民的注視，我們四個人情願擠在一輛汽車上，沿著崎嶇不平的道路前往鎮上，也不願像耍猴戲似的乘坐火車。我們決定隻字不提小阿姆斯特朗在臨死前見過露易絲的事，這個女孩子要面臨的問題已經夠多了。

偵訊

我準備詳細地說明偵訊的內容，因為我想讓讀者回憶一下凶殺案當晚的具體情形。在偵訊的過程中，很多發生的事情沒有被提及，而我也聽到了一些從不知道的事情。整個偵訊過程的氣氛沈悶極了，六個陪審員在角落裡坐著，看起來像是完全被檢察官操控的木偶。

我和葛奇爾德選擇兩個後排的座位，在場的許多人我都認識。芭芭拉．費茲女士從頭到腳都穿著黑顏色的服飾，像是參加葬禮一樣，不過，她一定認為自己的穿著很時尚吧？綠林俱樂部的賈維斯先生因為在命案當晚就出現了，所以也被請到了偵訊現場。接著，我們在席位上看到了哈頓先生，冗長的偵訊使他非常厭煩，不過，每一條證詞他都一清二楚。詹姆斯坐在一個角落裡，他神情專注地觀看整場偵訊。

第一個接受審訊的是史都華醫生。他的證詞很簡短，有以下主要內容：

週日清晨，四時三刻，他接到了賈維斯先生的電話，要求他立即前往「陽光居室」，因為小阿姆斯特朗先生發生了意外，身上中了一槍。於是，他匆匆穿戴整齊，攜帶一些醫療用品，驅車來到「陽光居室」。

賈維斯先生打開門以後，馬上引領他來到東廂房。他看到小阿姆斯特朗的屍體正躺在那裡，尚未移動。此刻，他知道自己的醫療器械已經沒有用武之地了。他告訴檢察官，屍體只是被翻轉了一下，並沒有做別的移動，依舊在螺旋樓梯口旁邊躺著。他還指出，死者是當場死亡，屍體當時還有一點溫度，並沒有變得完全僵硬。就一般情況而言，突發死亡的人身體不會馬上變僵。他還否定了死者自殺的可能性，因為在他看來，死者在自己身上製造那樣的傷口難度很大，而且案發現場並沒有找到兇器。

醫生把檢驗的內容陳述完畢後，遲疑了一下，清了清嗓子說道：「檢察官先生，請允許我再佔用一些時間，我還有一件事情想說。也許這件事情對案件有一定幫助。」

「請講吧，醫生。」檢察官說。

「我家在茵格伍德鎮，距離卡薩洛瓦只有兩英里。華克醫生去西部的這段日子，許多卡薩洛瓦的村民就跑過來找我看病。五個星期之前，我的診所接待了一位奇怪的女士。她身上穿著喪服，整個面龐被黑面紗遮著。她帶著一個六歲的小男孩前來看病，那個孩子看樣子是感染風寒了，可把他的媽媽急壞了。因為我是兒童醫院的醫生，所以她請求我開一張許可證以便送孩子住院。我當時也沒有多想，誰知，後來才發現事有蹊蹺。就在小阿姆斯特朗先生被槍殺前兩天，因為有人被高爾夫球打傷了，我去綠林俱樂部應診。我動身的時候天色已晚，走到距離俱樂部還有一英里的克萊斯堡時，看見兩個人正在吵架，而且爭吵得非常激烈。由於我當時是徒步前行，我看得非常真切，其中的一個人是小阿姆斯特朗先生，而另一位正是那位戴著黑面紗的女士。」

聽到這些，我在座位上挪動一下，將身子坐直。詹姆斯滿臉狐疑，而檢察官低著頭，忙著記錄一些東西。

「醫生，你剛才提起的是兒童醫院，沒錯吧？」

「沒錯。不過，那個登記薄上名叫瓦雷斯的孩子，在兩個星期之前被媽媽領走了。我去找的時候，他們已經不見了。」

我的腦子裡立刻浮現出給露易絲電報上的那個署名——F. L. W.。我想，這個縮寫大概就是華克醫生，而那個一身黑衣的神祕女士也許就是電報裡提到的妮娜·卡林東。不過，這些僅僅是我的猜測，無憑無據。偵訊依然在繼續。

下一個出庭應訊的是法醫。

屍檢結果表明：子彈是從左側第四根肋骨處射入的，接著向下穿透心臟和肺部，並且致使左肺碎裂。最後，子彈停留在脊柱左後方的肌肉裡。顯而易見，一個人不可能在自己身上弄出這樣的傷口。並且，子彈是向下歪斜射出的，這說明子彈是從上方穿透死者身體的。也就是說，很可能是一個站在樓梯上的人發現了死者，並且是站在高處將死者射死。另外，兇殺現場並沒有留下任何火藥粉末的痕跡，點三八口徑的彈殼也是從死者的衣服上找到的。陪審員們逐一查看了那顆彈殼。

接下來，輪到賈維斯先生接受審訊。他的證詞非常精煉。

他聲稱，自己接到電話後，就同一個服務生和溫索普先生趕往「陽光居室」。但今天溫索普先生沒來參加偵訊。他們趕到的時候，是管家去開的門。他們發現橫陳在樓梯口的屍體後，試圖在現場找到兇器。不過，他們什麼也沒有找到，反倒發現東廂房的側門被人打開了，還露出一道一英寸寬的裂縫。

聽著偵訊的內容，我不由得緊張起來，而且越來越強烈。

當傑克．貝利被傳訊上庭時，大廳輕微地騷動起來。這時，詹姆斯上前在檢察官旁邊耳語幾句，檢察官點了點頭，然後就輪到了哈爾斯。

「哈爾斯先生，請描述一下當晚案發前，你見到小阿姆斯特朗先生的情形。」

「當時，我的車子沒油了，去俱樂部加油。當時人們正在玩紙牌，我看到了小阿姆斯特朗先生剛好從棋牌室裡走出來，正在跟傑克．貝利談話。」儘管哈爾斯的臉色近乎蒼白，但是他答話的語氣卻非常平靜。

「他們看起來融洽嗎？」

哈爾斯面露猶豫之色，回答道：「事實上，兩個人在吵架。之後，貝利先生和我一起離開了俱樂部，在我的邀請下去了『陽光居室』過週末。」

「哈爾斯先生，我們是不是可以這麼理解，你是不是因為害怕兩個人會打起來，所以就把貝利先生帶走了？」

「當時的情形確實讓人不愉快。」哈爾斯含糊其辭地回答。

「那個時候，你是否稍有耳聞商人銀行的重大危機？」

「我一無所知。」

「接下來又發生了什麼事？」

「我和貝利先生在撞球室交談，一直到兩點半。」

「你們正在談話的時候，小阿姆斯特朗先生也過來了？」

「是的，他來的時候，還不到兩點半。我聽見他在敲擊東廂房那邊的側門，就開門請他進來了。」

整個大廳裡一片寂靜。詹姆斯目不轉睛地看著哈爾斯，一刻也沒有離開。

「能告訴我們他這次前來的原因嗎？」

「他從俱樂部帶來一份貝利先生的電報。」

「他的神智是否清醒？」

「非常清醒，不過，此前一段時間不太清醒。」

「他對貝利先生也友善了許多，不像起初那麼惡劣了，是嗎？」

「是的，我也弄不清楚原因。」

「他在那裡逗留了多久？」

「五分鐘左右吧，接著，他就從東面側門離開了。」

「下面又有什麼事情發生嗎？」

「我和貝利又談論了幾分鐘他心中的一個計畫。之後，我去車庫，把汽車開了出來。」

「當時，只有貝利先生一個人在撞球室？」

哈爾斯再次遲疑，回答道：「不，我妹妹也在。」

聽到這話，費茲太太別過臉，仔細地看了葛奇爾德一眼。

「之後呢？」

「為了避免把屋子裡的人吵醒，我將汽車駛向較為低平的路面。貝利先生從屋子裡出來後，越過草坪，翻過籬笆，就來到了車子裡。」

「也就是說，你對小阿姆斯特朗先生離開主屋後的情形一概不知？」

「是的，我通過星期一的晚報，才知道他已經過世了。」

「在穿過草坪的時候，貝利先生也沒有看見他嗎？」

「應該沒有。假如他看見了，一定會告訴我的。」

「好了，問話完畢，謝謝你的配合！下面請葛奇爾德小姐。」

跟哈爾斯的一樣，葛奇爾德的回答也相當精簡。她全身上下的裝束被費茲太太統統打量了一遍，那目光嚴厲而又挑剔。不過，我敢保證一點，葛奇爾德的服飾和儀態不會讓她挑出一點毛病。可是，葛奇爾德的證詞卻沒有如此的完美，她的話讓我覺得惴惴不安。

她告訴檢察官，她在小阿姆斯特朗先生離開後，被哥哥叫到了撞球室的外面。那段時間，她一直跟貝利先生在一起，直到他離開屋子。之後，她鎖好螺旋樓梯旁邊的側門，拎著煤氣燈跟貝利先生一起走向主屋正門，並看著他穿越草坪。接下來她沒有立刻回房，而是回撞球室裡取回遺忘的東西。那時候，棋牌室外和撞球室全是漆黑一片。

於是，她只好伸手摸索。當她找到東西準備回房間的時候，聽到有人在擺弄東面的側門，她誤以為來的人是哥哥，準備上前開門。誰知，門卻被打開了，與此同時，她聽到一聲槍響。她嚇壞了，飛快地跑到會客室，並把一屋子的人全部叫醒。

「你還聽到別的聲音了嗎？你看到有什麼人和小阿姆斯特朗先生一同進屋了嗎？」檢察官問道。

「沒有，當時屋子裡特別黑，還特別安靜。除了開門聲、射擊聲和有人摔倒的聲音，我什麼也沒有聽見。」

「你認為你跑向會客廳，又跑到樓上叫醒所有人的時候，兇手有可能從東面的側門逃走嗎？當然，我們現在先不去猜測兇手是誰。」

「是的，有這種可能性。」

「好的，非常感謝你。」

接下來輪到我了。我敢打包票，從我嘴裡檢察官別想套出什麼話來。我注意到詹姆斯在角落裡暗暗發笑。沒過多久，檢察官的問話就結束了。我坦言自己發現了屍體，並告訴檢察官，直到賈維斯到場，我才知道死者的身分。最後，我抬頭看著費茲太太說道，租下這棟房子時，怎麼也沒想到會被牽扯到一起家庭醜聞裡。聽到我的話，她的臉一下子變綠了。

最後，陪審團作出判定：小阿姆斯特朗是被一名或者數名身分不明的人殺死的。審訊結束後，我們正打算起身離去，費茲太太沒有跟我們打招呼，憤然離去。而哈頓先生也不出所料，正朝我們走來。

「瑞秋小姐，你願意中止租賃合同嗎？我又收到了阿姆斯特朗太太催促的電報。」

我依舊拒絕道：「我是不會搬走的。等我把困擾在心裡的謎團全部解開，兇手被繩之以法之後，我自然會走。」

「據我得到的情況來看，過不了多久，你就可以看到答案了。」

我明白，他在懷疑擔任商人銀行出納員的貝利。此刻，這位可憐的先生已經名譽掃地。

就在我準備離開時，詹姆斯跑到我面前。

「家裡的病人還好嗎？」他說著，臉上顯露出一絲奇怪的笑意。

「我這裡沒有病人。」我滿是驚訝地回答。

「看來，我需要換一種方式詢問，阿姆斯特朗小姐好些了嗎？」

「哦，你說她呀，她很好！」我有些結巴地說。

「那就好。屋子裡最近太平一點了嗎？還鬧鬼嗎？」他微笑著問。

「詹姆斯先生，我想請求你一件事——希望你能夠在『陽光居室』小住幾日。屋子裡沒有什麼鬼魂。我想，你最好能抽出一晚上的時間去觀察一下螺旋樓梯。我感覺，小阿姆斯特朗的死亡僅僅是個開端，事情絕對沒有結束。」

他聽了臉上的表情變得嚴肅起來，說道：「也許我可以過去。不過，我正在忙別的事情……這樣吧，我今天晚上過去。」

返回「陽光居室」的時候，誰都沒有開口說話。我疼惜地看了葛奇爾德一眼，那目光裡一定還夾雜著些許哀傷吧。我從葛奇爾德的說辭中發現了一個明顯的漏洞，不過，別人似乎沒有覺察到。她說小阿姆斯特朗身上沒帶鑰匙，同時也還說自己把東面的側門鎖上了。也就是說，小阿姆斯特朗要想進到屋內，需要屋子裡有人接應才行。一路上，我反覆不斷地想著這件事情。

當晚，我跟露易絲提及了她繼兄的死訊，我盡可能讓自己的口氣聽起來溫和一些。她安靜地坐在一把放滿枕頭的椅子上聽我說話。很顯然，她實在是太震驚了，以至於一句話也說不出來。我壓根別想從她的反應中看出什麼訊息，因為她同我們一樣，對於事情的真相一無所知。

別有洞天

我沒想到，葛奇爾德和哈爾斯非常反對我邀請詹姆斯到「陽光居室」小住的決定。對此，我沒作任何心理準備，實在不知道怎樣才能跟兩個孩子解釋清楚。在我看來，這位刑警待在城裡只能肆意扭曲事實真相。他總是喜歡用一些神祕的手段來了解「陽光居室」的動向，與其這樣，不如讓他出現在我眼前，那樣的話，我至少知道他預備做些什麼。當一些怪事紛至沓來時，我很樂意讓這座屋子裡入住一名刑警。

等到下週一，最遲到週二的時候，整個事件將發生轉機。因為屆時，華克醫生將抵達他鎮上那套坐落於綠蔭中的白房子。那時候，也許露易絲會改變自己的態度，這關係到哈爾斯未來的幸福。還有一點是毫無疑問的，露易絲的母親也會回來，這也意味著露易絲將會從我們這裡離開。可我已經習慣有她相伴的日子了。

自從詹姆斯住進「陽光居室」，葛奇爾德看到我的時候，態度發生了輕微的變化。儘管這種轉變讓我難以理解，不好分析原因，不過，我能夠感覺得到，我也知道，她不曾動搖對我的感情，只是我們不像以前那樣坦誠相對了。那時候，我認為她如此的轉變是因為我反對她與傑克．貝利來往，並且否認她與貝利私定終身的事實。

大部分時間，葛奇爾德都在庭院裡四處溜達，要不然的話，就去鄉間散步。她通常會走得很遠。

哈爾斯則天天去綠林俱樂部，在那裡打高爾夫。因此，露易絲離開以後，我經常跟詹姆斯在一起。他玩橋牌的水平很高，不過，他在玩單人牌的時候，會做一些小手腳。

週六晚上，詹姆斯到達以後，我把前一晚上露易絲在螺旋樓梯上的經歷，以及蘿茜在車道上遇到一個男子，並被嚇得半死的事情都跟他說了。他很重視這些消息。不過，我告訴他，我決定在東邊側門多加一把鎖時，他極力反對。

「在我看來，那個神祕的客人很可能再次光顧這裡，我們最好讓這裡保持原樣，免得讓他起疑心。之後，我每晚都抽出一點時間在這裡巡視，也許，哈爾斯也願意幫助我調查。我盡可能不讓托馬斯知道這些，這個老人家知道許多事情，就是不願意說出來。」

我又想起新來的園丁亞歷斯也能幫上忙，就跟詹姆斯提及了。不過，他決定親自安排一切，並單獨在那裡守夜。很顯然，他沒有發現任何事情。事後，他告訴我，他在那天夜裡偶爾也合眼瞇上一會兒。但只要有人從他身邊上樓或者下樓，他一定能察覺得到。次日一早，側門依然鎖得嚴嚴實實的，和前一天晚上一樣。但那一晚上又發生一樁怪事，這件事情恐怕是那段時間裡最讓人難以琢磨的了。

週日一早，麗蒂就出現在我的房間，她的臉色陰沈極了。她一如既往地幫我擺好早上要用的東西，倒是不再像平日裡那樣嘮叨個沒完。我反而有些不適應。這段時間，我從不奢望能安安靜靜地吃上一頓飯。她時常抱怨新來的廚娘浪費雞蛋。甚至，她不許別人提起詹姆斯。她也非常反對詹姆斯的到來，但也只能冷眼旁觀。

「麗蒂，發生了什麼事情？你一晚上都沒有休息嗎？」我還是忍不住開口詢問了。

「沒有，夫人。」她用非常生硬的語氣回答。

「昨天晚餐時，你一連喝了兩杯咖啡嗎？」我繼續問道。

「也沒有，夫人。」她的語氣聽起來比剛才還糟糕。

我從床上坐起來，險些把熱水杯都打翻了。我習慣在起床之前喝一杯淡鹽水，以便促進胃腸的蠕動。「麗蒂，有話你就直說，你到底怎麼了？不要浪費時間。」

麗蒂嘆了口氣，說道：「從小女孩的時候，我就跟在你身邊了。現在已經二十五年了。可是，瑞秋小姐，不管是在你脾氣好的時候，還是不好的時候——」真不知道她說的是什麼話！每次我生氣的時候，她又做過什麼？

「我實在無法忍受了！行李已經收拾好了。」

「誰幫你收拾的？」

我之所以這樣問，是想聽到她說鬼魂幫助她收拾行李之類的話。

「是我自己。瑞秋小姐，我跟你說過很多次這個房子有鬼，你就是不肯相信我。你想想看，到底是什麼人困在洗衣間的滑道裡還能逃脫？又是誰把露易絲小姐嚇成那樣？」

「我正在努力找出事實真相。你究竟想說什麼？」

「行李室裡出現了一個大洞，肯定是昨晚打穿的。洞口很大，人的頭部都可以放進去，遍地都是泥灰。」她深吸了一口氣說道。

「淨知道胡說八道，就算掉幾塊泥灰也是正常的！」

麗蒂理直氣壯地回答：「你要是不相信的話，可以去問問亞歷斯。昨天晚上，他幫助新廚娘把行李箱搬進去的時候，那個房間的牆壁還是好好的，還非常光滑。今天早上，那裡就出現了一個大洞，一些泥灰還落在廚娘的行李箱上呢。瑞秋小姐，就算你請上一大批警察，讓他們守候在每一個樓梯上，還是誰也抓不到。因為有些東西是無法用手銬銬住的。」

麗蒂的話一點不假。我穿戴整齊之後，立刻走向我臥室上方的行李室。這一層樓的格局跟第二層基本一致。但是，這裡的工程顯得有些粗糙，這裡原本是要建成交際舞廳的。另外，樓上有許多儲藏室，這些房間建造的時候，都面朝著走廊，這一點也跟二樓一樣。我走進了行李室，看見灰泥牆上赫然出現一個新開的大洞。

這個洞口雖然開在牆面上，但是連牆內的板條也一併穿透了。這個洞的深度大約有三英尺，我伸手進去還摸到了牆磚。我不明白，當初建造這座房子的建築師是作何打算，為什麼要留下一處沒有用途的空間。我被自己的意外發現嚇了一跳。

「你確定昨天沒有出現這個洞？」我問麗蒂。

麗蒂露出了得意的神情，那種神情裡還夾雜著警覺。她拿手指了指新廚娘的行李箱算是對我的回答。行李箱上頭滿是白色灰泥粉末，地上也是一樣。不過，我在周圍並沒有發現大塊的灰泥塊，也沒有看到板條碎片。我跟麗蒂說起這些發現，她只是聳了聳肩膀回應我。因為她深信一點，常人無法製造出這樣的洞口來，她覺得關心灰泥片和板條碎片一類的細節問題，純粹是無用的。說不定這些東西正整齊地堆放在卡薩洛瓦墓園的石碑上呢。

早餐過後，我帶著帶詹姆斯去三樓查看那個洞口。他看到那個洞時，臉上滿是奇怪的神情。之後，他準備找出鑿洞的工具。他把洞口挖得更大一些，然後拿著蠟燭檢查洞裡的情況。誰知，什麼也沒有發現。雖然行李室和屋子的其他地方一樣，房間內的溫度是依靠蒸氣來增加的，但是屋內還設有壁爐和壁爐架，煙道和屋子外牆之間是壁爐的開口。但是，經過一番查看，我們才發現壁爐的一面是煙囪的磚塊，另一面才是屋子的外牆。下面一直通到樓層的地板，上端距離地板大約四英尺。我們還在壁爐洞內看見了失蹤的灰泥碎塊。看來，這個鬼魂很喜歡乾淨！

這些發現讓我們大失所望。我原以為，我們這次會發現一間密室呢。我猜想，詹姆斯一定對這次的搜索抱了很大的希望，想從這裡找到重要線索吧。只可惜，一切全化成了泡影。

麗蒂告訴我們，傭人那邊很安靜，誰也沒有被半夜鑿洞的聲音吵醒。不過，一想到這位夜闖者可能還有別的進屋方式，確實讓人惱火。於是，我們決定從當晚開始嚴加看守，派人守在各個門口，還有窗口。

整件事情在哈爾斯眼中無足輕重。他認為，很可能幾個月之前牆上的洞口就出現了，只是先前沒有人去留意罷了。至於那些灰泥，很可能是前一天才收拾起來的。我們草草結束這些爭論，但這個週日，我們依然過得很不順利。

週日早上，葛奇爾德去了教堂，而哈爾斯出去散步了。露易絲的身體已經好轉了許多，已經可以自已坐起來了。於是，中午過後，哈爾斯和葛奇爾德就攙扶她下樓了。東廂房的走廊旁邊長滿爬藤和綠樹，綠意盎然的景象讓人不由得感到涼爽。另外，帶坐墊的休息椅更為這景致增添幾分情趣。露易絲被我們攙扶到一個暖和的椅子上坐下。她靜靜地坐在那裡，緊握的雙手放在腿上。

我們一直很沈默，沒人說一句話。哈爾斯嘴裡叼著煙斗，在扶手上坐著，一直目不轉睛地看著露易絲。他的心上人則望著遠處的山丘沈思，臉上寫滿了迷惑。哈爾斯再一次看她時，露易絲臉上稚嫩的孩子氣已經褪去，變成了嚴肅而成熟的神情。此刻，我從他身上看到了他父親的影子。

我們在外面一直坐到傍晚臨近。哈爾斯的表情變得越來越深沈。將近六點的時候，他走進了屋子。沒過幾分鐘，又出來喊我去接電話。

電話是鎮上的安娜打來的。通話的二十分鐘裡，她一直在跟我說一些瑣事，比如她的孩子得了麻疹，斯韋妮夫人非常笨手笨腳，居然把她的新袍子都給糟蹋了。當然，她的原話不是「糟蹋」，而是說「暴殄天物」。

我掛斷電話後，看見了站在我身後的麗蒂，她的嘴唇緊緊抿在一起，快變成了一條線。

「麗蒂，別總拉著一張臉，行嗎？我都能從你的臉上擰出水來了。」

麗蒂依然對我的嘲弄不作任何反應。她的嘴巴似乎抿得更緊了。過了一會兒，她鄭重其事地說：「是哈爾斯先打的電話。他請求安娜把你留在電話機旁邊，那樣的話，你就不會妨礙他和露易絲小姐說話了。這孩子真不知道感恩，他比毒蛇還可怕。」

「整天就會瞎說！」我望著麗蒂說，「給他們一點時間，讓他們單獨相處是應該的。麗蒂，我們早已過了談戀愛的年紀。我們恐怕都忘記那是什麼滋味了吧？」

「哼，反正我是不會被人捉弄的！」麗蒂趾高氣揚地回答。

「可你確實被一件事捉弄了。」我不客氣地回敬道。

命赴黃泉

那天吃過晚飯後，我找到一個與詹姆斯單獨相處的機會開始談論案情。

「詹姆斯先生，依我看來，昨天的偵訊沒什麼意義，只是把已知的事實寫成了摘要。不過，史都華醫生的說辭應該除外。但他自己若是不說，偵訊壓根就問不出來。」我說。

「瑞秋小姐，偵訊只是一種必須要履行的程序而已。要知道所有的案件都不可能是公開進行的，因此案情尚未查清的時候，偵訊的作用僅限於蒐集目擊者的證據。過不了多久，警方就會插手此事。我們都很明白一點，許多重要的事情還處於不明朗的狀態。比如，死者之前是如何進門的問題。他身上明明沒有鑰匙，可葛奇爾德小姐堅持說自己聽到了門鎖轉動的聲音，門接下來就打開了。還有史都華醫生提供的證據，這些都需要我們小心謹慎地處理。醫生口中所說的那個穿著喪服不肯以真面目示人的女子，無疑是個神祕人物。之後，這位好心腸的醫生在路上碰到一向以流氓、無賴著稱的小阿姆斯特朗正在跟一個女子吵架。還十分肯定地說，這個女子就是之前的神祕女子，因為她身上還穿著喪服。」

「這次偵訊上為何沒有見到貝利先生？」

「他的醫生證明他身患重病，起不了床。」他說話時，臉上的表情都變了。

「身患重病？我從來沒有聽哈爾斯和葛奇爾德提起過。」

「瑞秋小姐，恐怕有些事情比這個還要令人費解。貝利先生的做法給人留下了這樣的印象——他從晚報上得知銀行將要破產的消息後，決定馬上回去投案自首。說實話，我很不相信他。而且我從商人銀行的守衛約內斯那裡聽來了新的說法。在命案發生之前，也就是週四晚上八點半左右，貝利先生回了銀行一趟，還是約內斯給他開的門。他看到貝利先生的狀態糟糕透了，而且一直工作到很晚才鎖上保險庫的門離開。門衛還說，因為覺得這件事情有些古怪，他還琢磨了很長時間。」

「下面，我們可以猜想一下貝利從銀行回來的事情。他原打算整理好行李就馬上離開，但因為什麼原因被耽誤了。在我看來，他一定是想在走之前見葛奇爾德小姐一面。之後，當他開槍殺死小阿姆斯特朗時，他知道自己必須遮掩一種罪行。經過再三衡量，他決定以無辜者的身分回來自首。他很聰明，這會撇清那項較重的罪行。」

夜色越來越深。我正準備上床休息時，華生太太來尋找碘酒。當時，她的手已經腫得不成樣子了，一道很長的紅色疤痕延伸到手肘的位置。她告訴我，她的手還是命案發生的那晚弄傷的。之後的一個星期，她沒有睡過一個安穩覺。我看見她的傷勢相當嚴重，就建議她去找史都華醫生。

次日中午，她乘坐十二點的火車去鎮上看病。誰知，檢查的結果居然是敗血症。之後，她住進了醫院的急診處。我原打算親自去鎮上看望她，可是，之後的事情實在是太多了，我居然把這件事給忘記了。我在次日給醫院打去了電話，要求院方為她安排一間舒適的病房。

星期一晚上，阿姆斯特朗太太帶著丈夫遺體回到了小鎮上。死者的追悼儀式定於第二天。他們回來的時候，住進了鎮上的那套房子裡。星期二早上，露易絲就回家了。臨走之前，她來跟我告別，眼淚不斷地往下掉。

「瑞秋小姐，勞煩你照顧我這麼長時間，我都不知道怎麼感謝你。你一直很信任我，也從不詢問我任何問題。過一段時間，我會把事實真相全告訴你。到那時候，你和哈爾斯一定會很看不起我。」

我準備告訴她，自己非常喜歡她，很樂意有她陪伴在身邊，可我看得出，她的話沒有說完，欲言又止。她跟哈爾斯道別的時候很拘謹。汽車在門口停下時，她總算開口了：「瑞秋小姐，」她刻意壓低了聲音，「假如他們——假如你感到住在這座房子裡壓力很大，請按照他們的意願辦，我很擔心你在這裡會有事。」

我很不喜歡聽她這番話。我覺得，她在警告我。倘若她真的了解事實真相，她應該告訴我實情。哈爾斯是否清白無辜？我在心裡暗暗地想。可我現在也是無能為力。

葛奇爾德陪同露易絲一起回到鎮上，並一路護送她到家。我們從葛奇爾德口中得知，露易絲和母親見面的時候，母女二人都很冷淡。另外，葛奇爾德還見到了華克醫生，次日的葬禮也是由他負責籌辦。

露易絲走了以後，哈爾斯也跑得無影無蹤，一直到晚上九點左右，精疲力竭地回來了，他全身上下都弄得很髒。老托馬斯滿臉沮喪地在屋子裡走來走去。吃晚餐的時候，我發現他居然在嚴密監視詹姆斯！看到這種情況，我也不由得開始懷疑托馬斯，他一定知道什麼內情，而且正在為一件什麼事情憂慮。

一切家務事忙完後，已經是晚上十點。麗蒂接管了華生太太的工作。她檢查完冰箱裡的擱架角落後，就回房間休息了。這時，園丁亞歷斯也邁著沈重的步子，從螺旋樓梯那邊走回了房間。詹姆斯則在認真地查看窗戶上的鎖。

哈爾斯在起居室的椅子上坐著，他滿臉陰沈地看著前方。有一次，他把頭抬起來說道：「葛奇爾德，你描述一下那個華克的長相。」

「他個子很高，皮膚有些黑，鬍子刮得很乾淨。公正地說，他長得不醜。」葛奇爾德放下伴裝拿起的書本回答道。

哈爾斯聽了，非常惱火地踹了幾腳茶几。

「這個村子的冬天一定很美。一個女孩將在這裡被活埋。」他前言不搭後語地說。

他的話音剛落，前門傳來了重重地叩擊聲。哈爾斯起身前去開門，他的動作慢慢悠悠的。來人是司機瓦拉。他進來的時候還在大口喘氣，而且整張臉上寫滿了不安。

「實在不好意思，這麼晚還過來打擾你們。可我真不知道怎麼辦了，托馬斯出事了。」

「他怎麼了？」我連忙問道。

聞聲，詹姆斯也趕緊來到大廳，所有人的目光都注視著瓦拉。

「他的舉動非常奇怪，一動不動地坐在走廊上，嘴裡還念叨著自己看見鬼魂了。他的情況看起來糟透了。」

「他很迷信，腦子裡裝的全是這種東西。哈爾斯，你去拿一瓶威士忌，我們一起過去看看他。」我說。

他走到餐具室取酒，葛奇爾德找了一件披肩給我加上。之後，我們一起朝小木屋走去。由於我夜晚經常在附近走動，所以我非常了解路況。我們趕到的時候，並沒有在走廊裡看到托馬斯，在屋子裡也沒有見到人。我們相互交換了一下眼神，那眼神顯得意味深長。接著，瓦拉拿了一盞油燈過來。

「他走不遠的。我離開的時候，他全身一直在顫抖，站也站不穩。」瓦拉說。

詹姆斯和哈爾斯去小木屋周圍四處尋找，還一直大聲呼喊托馬斯的名字。可托馬斯的身影一直沒有出現。那個彎腰屈膝，露出兩排白牙的老頭未作任何回應。我的內心裡升騰起一種隱約的不安。葛奇爾德一向不害怕深夜的戶外活動。因此，她獨自一個人走到大門口，並站在那裡四下張望。而我留守在木屋的走廊上。

瓦拉杵在階梯旁邊，若有所思地望著前面的階梯，似乎想從這些階梯上看出事情的原委。「也許，他慢慢地挪著步子進屋了。不過，他肯定不會在樓上。他究竟去哪裡了呢？屋裡屋外都沒有見到他。」

尋找托馬斯的人都回來了，還是沒有發現他的蹤影。他的煙斗在扶手旁邊擺放著，還是熱乎乎地。他的帽子也放在桌子上，這些跡象都表明托馬斯不可能走遠。

意識到這一點，我沿著桌子開始環視房間，之後把目光停留在一扇櫥門上。當時，也不知道受到什麼力量的驅使，我徑直走了過去，並伸手扭動門把。由於受到一個重物的壓迫，門猛地一下彈開了，接著一個縮成一團的東西從裡面掉了出來。

那正是托馬斯！他身上並沒有一處傷口，但卻已命喪黃泉。

線索

見狀，瓦拉馬上跪在地上，準備伸手解開托馬斯的衣領。

哈爾斯捉住他的手，說道：「別做這些無意義的，他已經不在了，讓他去吧！」

我們每個人都在站在原地，誰也不敢抬眼看別人的眼睛。在死者面前，我們儘量讓自己說話的口吻低沈而充滿尊敬，並且誰也不願意在這個時候提及自己心裡的疑問。

詹姆斯粗略地檢查一遍屍體，拍拍膝蓋上的灰塵，而後說道：「他身上沒有傷口。」

我長出了一口氣，如釋重負地說：「依據瓦拉描述的情況以及從櫃子裡找到他的情況來看，我敢斷定他是被嚇死的，因為極度恐懼而造成心臟衰竭。」

「可是什麼事情會把他嚇成這樣？他在吃完飯的時候，還好好的呢。瓦拉，他那時候在走廊都說什麼了？」葛奇爾德問道。

瓦拉渾身發抖，一張誠實的娃娃臉，慘白慘白的。

「就像我已經跟你們提到的情形一樣。剛開始，他一直在樓底下看報。我正準備上樓的時候，他放下手中的報紙，拿著煙斗去了屋外的走廊。之後，我聽到他尖叫的聲音。」

「他到底說了什麼？」詹姆斯再次追問。

「我也沒聽清楚。可他的聲音奇怪極了，應該是受到了很大震驚。我原以為他會繼續發出聲音，誰知他沒有。我這才意識到情況不對，就快速跑到樓下。當時，他愣愣地坐在走廊上，目光一直看著前方。看樣子像是在樹林裡看到了什麼東西，還說自己見到了鬼。他的舉止奇怪極了。我想把他扶進屋子，可他坐在那裡，怎麼也不肯起身。所以，我只好跑去主屋找你們。」

「那他還說了什麼嗎？」我問道。

「他說什麼他不會死之類的話。」

詹姆斯開始搜查托馬斯的衣服口袋。葛奇爾德輕輕地把托馬斯的手臂放下來，並將它們交疊放於托馬斯的胸前，這位老人的白色襯衣依然如此潔白無瑕。

這時，詹姆斯抬頭看著我說：「瑞秋小姐，你的預言果真沒錯。主屋裡的凶殺案只是一個開始，而不是結束！」

詹姆斯搜尋的時候，在托馬斯的外套內袋裡發現了一些東西。他饒有興趣地看著用紅繩串起來的小鑰匙和一個白色的小紙片。這個紙片上是托馬斯的筆跡，那些文字讓人很難看懂。詹姆斯將紙條的內容念了一遍，之後就把紙條遞給了我。紙片上用黑墨寫著一個地址：

魯西．瓦雷斯，瑞斯菲爾德，榆樹街14號

當紙條在大家手中傳閱時，我和詹姆斯站在一旁觀察其他人的反應。可我在所有人臉上只看到了困惑。

「瑞斯菲爾德！」葛奇爾德突然高叫起來，「哈爾斯，你瞧，原來榆樹街是條大街呢！你還記得嗎？」

「偵訊的時候，史都華提到的那個孩子就叫魯西．瓦雷斯。」哈爾斯回答。

瓦拉憑藉自己的機械專長，一邊伸手取出鑰匙給大家看，一邊分析到：「這是一把耶魯鎖的鑰匙，極有可能可以打開東廂房的側門。」

我對他這番說辭毫不吃驚。儘管西廂房是專供傭人出入的房門，但托馬斯是一位很值得信任的老僕人，就算他身上帶有開啟東面側門的鑰匙，也完全符合情理。不過，這把鑰匙的出現也為我們的推理拓開了新思路。此刻，還有一大堆事情等待我們去處理。我們留瓦拉在小木屋看守屍體，其餘的人都返回主屋去了。

回去的時候，我和詹姆斯走在前面，哈爾斯和葛奇爾德在後面尾隨。

「我應該把托馬斯的死訊告訴阿姆斯特朗家的人。他們肯定知道托馬斯的家人的情況，並且知道怎麼聯繫他們。我想，我需要先支付他的葬禮開銷，不過，他的家人必須要找到。對了，詹姆斯先生，你覺得是什麼把他嚇成這樣？」

他不緊不慢地回答：「我也很難說明。不過，有一點很肯定，他是因為恐懼致死，而且臨死前在躲避什麼東西。他的死讓我覺得非常遺憾，因為我一直認為托馬斯了解一些情況，不論是已經知道或者是正在懷疑的，他怎麼也不願意透露。還有一點，我在他的舊皮夾子裡發現了大約一百美元的現金。那可是他將近兩個月的薪水！一般情況下，黑人很少隨身攜帶大量現金，甚至他們身上的錢很少超過一毛。算了，我們只能讓托馬斯知道的事情跟他一起埋在墳墓裡面了。」

哈爾斯提出讓我們做地毯式搜尋的建議，但詹姆斯拒絕了：「什麼也不會發現的。我一直守在樓下，他照樣闖進了房間，而且還在牆上挖出一個大窟窿。這個人一定絕頂聰明，他不會拿著油燈在樹林裡閒逛，那樣只能招來別人的懷疑。」

在我看來，「陽光居室」發生的一連串怪事隨著托馬斯死亡被推向最高峰。次日晚上，一切基本正常。哈爾斯去樓梯口負責看守，其他房門上也安裝了複雜但實用的門閂。

半夜，我又醒了一次。我以為屋外又傳來的敲打的聲音，誰知是自己的幻覺。屋子裡一片寂靜。我發現自己快達到了安之若素的境界。

阿姆斯特朗家得知托馬斯的死訊後，我有了第一次和華克醫生當面談話的機會。次日一早，我們剛用完早餐，他就坐著汽車趕過來了。我走進起居室的時候，他正在裡面來回踱步。儘管我對他存在偏見，可我必須承認一點——他的長相非常體面。正如葛奇爾德的描述，他是身材魁梧的人，皮膚黝黑，沒留鬍子，身體站得筆直，整個臉龐也是棱角分明。說實話，他出類拔萃的外表讓我心裡很不舒服。他說話的時候也非常有禮貌，那種謙卑的神情像是在跟人道歉，這樣的舉止在我看來礙眼極了。

他在椅子上坐下，同時說道：「瑞秋小姐，真是非常抱歉，這麼早就來打擾你。」看樣子椅子比他的想像矮上一截，他坐穩以後，重新把自己的衣服整理了一下，又接上了剛才的話：「我已經休息很久了，現在需要盡快重拾自己的責任。所以，我盡早趕來處理僕役長的遺體。」

「是的。我只需要托馬斯親人的地址就行了。其實，要是你忙的話，打電話過來也是一樣的。還勞煩你親自跑一趟。」我說著，順勢坐在帶扶手的椅子上。

他微微一笑，說道：「實不相瞞，我來這裡還有別的事情。托馬斯的事情，我已經告訴阿姆斯特朗太太了，她希望由她來支付所有費用。托馬斯在村子裡還有一個弟弟，我也通知過了。他大概是死於心臟衰竭吧，托馬斯的心臟一直不好。」

「是因為恐懼導致的心臟衰竭。」我補充道。

此時，我還半坐在椅子上，而華克醫生絲毫沒有告辭的意思。

「我聽說這座房子鬧鬼，你還特意請刑警前來捉鬼。」他臉上的笑意似有似無。當時，就像哈爾斯說的那樣，我覺得他在從我嘴裡套話。

於是，我簡短地回答道：「你聽錯了。」

「是這樣啊！這裡沒有鬼魂，也沒有刑警！那樣的話，村子裡的許多人可會失望的。」他說著，那一絲微笑還掛在臉上。

我一點也不喜歡他這種黑色幽默，因為對我們而言，這件事情絕非玩笑。

我的言辭變得犀利起來：「華克醫生，坦白地說，在這件事情上，我看不出絲毫樂趣。從我搬進這座房子後，兩條性命接連丟失，一個被別人殺死了，一個被嚇死了。屋子總有身分不明的人闖入，還不時地發出一些奇怪的聲響。假如你認為這些非常有趣的話，很抱歉，我實在無法認同這種幽默。」

他笑容可掬地回答：「我想，你誤會我的意思了。我覺得有趣的是，處於如此的情形，你依然決定在這裡住下去。我不明白是什麼吸引著你堅持住在這裡。」

「看來你確實不理解。這裡發生的事情越多，我住在這裡等待謎底揭開的決心，也會越加地堅定。」

「瑞秋小姐，我給你帶來了阿姆斯特朗太太的口信。」他說著，終於站起身來，「她要我替她謝謝你對露易絲的照顧。你也知道，她一路從西部折騰回來，還遇到了一大堆麻煩。

現在，她對這件事情非常敏感。她希望你能夠用平常心看待她，還請我幫忙詢問你是否願意改變租住這座房子的決定。因為『陽光居室』是她的家，發生了這麼多事情，她很想回到這裡尋求一種安寧。」

「她的心意可真容易改變。我曾聽露易絲提過，她母親對這個地方非常反感。此外，這個地方不會給她帶來一點安寧。跟你說實話吧，醫生，就算是對簿公堂，我也不會改變自己的主意。我決定留在此地，至少還要在這裡住上一段時間。」我很不客氣地回答道。

「那會有多久？」

「租賃合同上簽訂的是半年。不管怎麼說，我會等到一些事情有了合理的解釋之後再搬走。現在，我的家人也被牽扯到案件中了。我希望揭開小阿姆斯特朗死亡的謎底。」

華克醫生在原地站著，他陷入了沈思，同時用手套拍打著另一隻手掌。

「瑞秋小姐，你剛才提到有人夜闖主屋，確有其事嗎？」

「是的。」

「從哪裡進去的？」

「東廂房。」

「那可否告知是從什麼時候開始的？擅闖者有什麼目的？他是搶劫嗎？」

「不是！時間我記得很清楚，三次都是在深夜，第一次是一星期前的週五；第二次是週六，小阿姆斯特朗就是那天晚上遇害的；第三次在是上個星期，還是週五。」我用很篤定的口氣回答。

華克醫生滿臉凝重，看起來像是在思考什麼問題，最終他開口了：「瑞秋小姐，恕我冒昧。儘管我很理解你的心情，但我認為，你這個決定是不明智的。自從你住進這處房子，你和家人的生活就一直受到威脅。當然，我也希望這種情況就此結束，可我覺得你們搬回城裡會更安全一些。所以，在令人遺憾的事情發生之前，你最好還是搬離此地。」

「謝謝你的勸告！我願意承擔這些後果。」我冷冷地回答。

我想，他當時一定覺得我很可憐，所以放棄了勸說。之後，他要求去看看小阿姆斯特朗被殺的地方，我就引領他去了東面側門。

他把整個地方很仔細地檢查一遍，同時還查看了螺旋樓梯和門鎖。最後，他跟我正式道別。就在那時，我確定了一件事情——華克醫生將想出一切辦法使我搬出「陽光居室」。

轉機

托馬斯的屍體是在星期一晚上發現的，之後，屋子裡一切正常，沒有再發生什麼事故。由於托馬斯死前的情況特殊，我們儘量不向底下的傭人透露實情。接下來，僕役長的職務由蘿茜接任，由她來負責晚餐室和餐具室的一切事宜。

我們的生活似乎變得平和起來，當然，不包括華克醫生的那些警告。

商人銀行的後續工作處理得極其緩慢。一些小股東因為銀行的停業，蒙受了巨大的損失。其中，卡薩洛瓦鎮的衛理公會小教堂牧師就是一名受害者。他手中的股份是從過世的叔叔那裡繼承過來的，然而，這些遺產此刻只能給他帶來痛苦。因為，他需要捨棄現在擁有的一切。我想，他對已經過世的保羅．阿姆斯特朗一定反感透了，這種情感絕對讓他銘心刻骨。已故的銀行家將在卡薩洛瓦墓園舉行下葬儀式，這位好好先生應邀前去主持。幸運的是，他在葬禮當天感冒了，所以另一位牧師代替了他。

葬禮後，又過了幾日，牧師前來「陽光居室」拜訪。他是一個體型矮小的男人，相貌看起來很和善，可衣著寒酸，脖子上繫的領帶已經很舊了。我想，起初他無法斷定我跟這座房子主人之間的關係，所以說起話來很有顧忌。不過，他在很短時間裡就打消了疑慮。

我對這個小個子男人很有好感。他與托馬斯很熟，他同意在簡陋的非洲教堂裡為托馬斯舉行葬禮。另外，我從他口中得知了許多事情，這些事情我之前一無所知。就在他臨走的時候，我作出了一個讓我們兩個人都很吃驚的決定——我許諾給他的教堂送去一條新地毯。我從他感動至極的表情中看出他對那座殘破教堂的感情。我想，他對那座教堂的喜愛絕對不亞於一個母親對自己衣衫襤褸的孩子的疼愛。

「瑞秋小姐，你放心吧。把財產放在那裡不會長青苔，不會生鏽，也不會有小偷前來竊取的。」他激動得有些語不成聲。

「是的，那裡絕對比『陽光居室』安全。」我承認道。

可能是想到了即將得到的地毯，他露出了會心的微笑。他剛好站在主屋門口，屋內的豪華裝飾和屋外的美麗風景盡收眼底。

他艷羨地說道：「富人應該有一顆善良的心。他們可以得到很多美好的東西。美能讓人變得高貴。在我眼裡，這個地方漂亮得無可挑剔。可在他眼中，這些樹木和草坪只不過是一份財產，他體會不到上帝的恩賜。瑞秋小姐，你都想像不到他多麼愛財，他甚至可以犧牲所有東西去謀取錢財。他喜歡的不是權勢，不是抱負，而是金錢！」

「他人已經沒有了，再多的錢財也拿不走了。」我挖苦道。

我把他送上車，並採了一束溫室玫瑰讓他給他太太帶回去。他樂壞了，高高興興地離開了。而我也從中獲得了極大的滿足。以前，我曾經給聖巴娜・伯斯教堂送去一套全新的銀製組件，但那時也沒有感受到這樣的滿足，也沒有接收到這樣的謝意。

那段日子，我需要考慮許多事情。於是，我將自己的疑問和可能性的答案在紙上羅列下來。可我感覺自己在繞圈子，到最後問題又回到開始的地方。我羅列的內容如下：

誰在命案的前一晚上闖進屋子？

托馬斯堅持認爲闖入者是貝利。原因有二：其一、他曾在小路上看見貝利；其二、那顆珍珠袖釦確實是貝利的東西。

小阿姆斯特朗被射殺前，爲何離開主屋後卻又折返回來？

答案未知。也許，他去辦理露易絲交代的事情？

第二次是誰給他開的門？

根據葛奇爾德的說法，東邊側門已經被她鎖上了。因爲死者的身上和鎖孔裡沒有鑰匙，究竟誰開門讓他進去的呢？是住在這裡的人，還是提前闖入屋子的人？

困在洗衣間滑道裡的人是誰？

此人並不熟悉主屋構造。當時，屋子裡只有蘿茜和葛奇爾德。蘿茜去小木屋照顧露易絲，所以那個人會是葛奇爾德嗎？那個闖進屋子的神祕人也有嫌疑。

蘿茜在車道裡遇到的男人是誰？

是那位深夜的擅闖者嗎？也許這個人已經發現了小木屋的祕密？也許有人在暗中監視露易絲？

半夜，從露易絲身邊經過螺旋樓梯的人是誰？

有可能是托馬斯嗎？他身上有側門的鑰匙，不排除這種嫌疑。假如眞的是他，他爲何半夜出現在那裡？

在行李室的牆上鑿個大洞的又是誰？

這個洞口看起來不是衝動所致，而是蓄意而爲。假如我知道那個缺口的眞實用途，也不至於如此焦躁不安。

露易絲爲什麼獨自從西部離開，回來以後還躲在小木屋裡？

這個問題和下面的幾個問題一樣，我想不出答案。

她和華克醫生都知道些什麼？爲何都勸我搬離這個屋子？

誰是魯西．瓦雷斯？

托馬斯去世的那個晚上，究竟從樹叢裡看到了什麼？

葛奇爾德態度的細微轉變，說明了什麼？

傑克．貝利在商人銀行停業事件中扮演了什麼角色？是共犯還是受害者？

露易絲究竟是因爲什麼不可抗拒的原因，一定要嫁給自己並不喜歡的華克醫生？

商人銀行的帳冊仍在接受檢察官的審查。至少還有幾星期的時間，一切才會水落石出。大約兩個月之前，也就在這些帳冊剛拿去被檢查的時候，銀行總裁由於糟糕的身體狀況前去加州度假。現在，傑克．貝利也臥病不起。關於這一點，葛奇爾德的一些行為讓我很難理解。她的態度有些冷漠，絕口不提銀行方面的事情。另外，據我所知，她沒有給貝利寫過信，也沒有去探望過他。

時間一長，我甚至可以肯定她跟別人一樣，也懷疑自己的愛人有罪。儘管我自己也是這麼以為的，但是她漠不關心的態度讓我十分氣惱。在我還年輕的時代裡，女孩子是不會盲從大眾對她所愛之人的判斷的。

不過，一件事情的發生讓我發現葛奇爾德平靜的只是外表，她的內心依然藏匿著洶湧的激情。週二一早，經過一番仔細地搜索，詹姆斯沒有在草地裡發現任何異常。接下來一下午的時間，他跑得無影無蹤，回來的時候已經深夜了。他說，次日他有事進城，並請哈爾斯和亞歷斯兩個人繼續負責主屋的巡查工作。

週三清早，穿著絲質圍裙的麗蒂出現在我面前，她瞪著眼睛，眼神裡充滿怒氣。她的圍裙也難看極了，撐開之後像布袋一樣。這一天，托馬斯的遺體將運回村子裡下葬。我和亞歷斯正在溫室裡忙著採摘在托馬斯葬禮上使用的鮮花。我了解麗蒂，要是她把什麼事情搞砸的話，她的臉上絕不會露出笑容。此時，她向下撇著嘴角，眼睛閃爍著勝利的光芒。

「我就知道自己的話沒錯。許多事情都發生在我們眼前，我們卻偏偏看不見。」她說話的時候，仍然用手撐著圍裙。

「我向來不用腳後跟看東西。你在圍裙裡裝了什麼東西？」我故意揶揄道。

麗蒂上前推開幾盆天竺葵，將圍裙裡的東西全部倒在空地上。居然是一堆碎紙片！此時，亞歷斯後退了一步，但我還是注意到他那好奇的目光。

「等等，麗蒂。這又是在圖畫室的紙簍裡翻出來的？」

麗蒂壓根不理睬我，她正專心致志地施展長期練就的技巧，忙著把碎紙拼湊完整。

「也許人家是故意把信件撕毀，以免被別人看到。」我說著，同時將手壓在紙片上。

「瑞秋小姐，除非是什麼無法見人的事情，要不然他們也不會大費周章地處理。」麗蒂這番回答確實有板有眼。她接著說道：「因為每天都有一些事情發生，我覺得我有職責了解這些。假如你不預備看看這些紙片並及時採取行動的話，我還是去找詹姆斯吧。我敢說他一定很感興趣，甚至也不會回城裡了。」

她說的一點沒錯。假如這些紙片確實和神祕事件有關，暫時放下平日的修養又何妨？因此，我聽任麗蒂在一旁拼湊紙片。她滿臉熱切地忙活著，看樣子像在玩拼圖遊戲。拼完以後，她閃到一旁以便我看到內容。

她隨口念了起來：「週三晚上九點，橋——」

後來，我意識到亞歷斯還在一旁站著，轉向麗蒂說：「今晚九點，有人要打橋牌就讓他們打吧！這有什麼好奇怪的？」

麗蒂大概被我的言語傷到了，她正要開口回答時，我撿起紙片，走出溫室。

一走出來，我立刻說道：「你為什麼要當著亞歷斯的面說出祕密呢？你以為他會那麼傻，會相信有人約好了晚上九點打橋牌的謊言嗎？你該不會讓廚房裡的其他人都看過紙片了吧？我想，今天晚上我也用不著去橋邊查看了，全屋子的人應該都會去看熱鬧的。」

「這件事情別人並不知道。這是在葛奇爾德的更衣室裡發現的，你留意一下紙片的背面。」麗蒂的回答有些低聲下氣。

我把一些紙片翻過來，發現這些紙片是商人銀行的空白存單。看來，葛奇爾德當晚要到橋墩旁邊會見傑克·貝利。也許他是在裝病？無論如何，貝利先生選擇晚上並避開別人跟未婚妻見面的舉動，可算不上光明磊落。於是，我決定晚上去探個究竟。

午餐過後，我欣然接受了詹姆斯提議，跟他一道去了瑞斯菲爾德。

「因為紙片是在托馬斯的口袋找到的，我想，我們有理由相信史都華醫生的證詞。這張紙片證明了醫生之前的說法——那位帶孩子看病的女士確實就是與小阿姆斯特朗吵架的那位女士。也許，托馬斯知道死者的一些醜聞，但是出於對主家的忠心，他一直守口如瓶。這樣一來，你在棋牌室外看見女人身影的事情就有些頭緒了。這是最容易想到的一種答案。」

我們乘坐汽車去了瑞斯菲爾德。如果乘坐火車的話，大約有二十五英里的路程。瓦拉載著我們走了幾段路面很差的小道，沒過多久就抵達了目的地。瑞斯菲爾德是一個面積很小的城鎮，依山傍水。我在那裡看到了摩頓的大別墅。命案發生的前一天晚上，哈爾斯和葛奇爾德曾在那裡留宿。

因為榆樹街算得上是鎮上唯一的街道了，所以我們沒花費多少工夫就找到了十四號的門牌。這座白色的屋子已經很破舊了，看起來有些荒涼。房屋的窗戶往外凸出，屋子外面還有一段走廊，小草坪約有一英寸高。一輛嬰兒手推車在小徑上停放著。韆鞦那邊傳來了小孩的爭吵聲，一位年輕女士和顏悅色地上前勸解。不一會兒，她注意到了我們。於是，解下條紋棉布圍裙，繞道來到走廊。

「中午好。」我主動招呼。

一旁的詹姆斯脫帽致意，但未發一言。

「我想了解一下魯西・瓦雷斯的情況。」我說。

「你能過來實在是太好了！雖然有人給他做伴，可我知道這個小傢伙覺得孤單。我原以為，他母親會今天過來。」

「你就是塔特太太吧？」詹姆斯上前問道。

天知道他從哪兒得來的消息！

「是的，先生。」

「是這樣的，塔特太太。我們想從你這裡了解一些情況，最好能進屋——」

「請進來吧！」她殷勤地招呼我們。

我們進入了一個小客廳，裡面的擺設很簡樸，跟一般家庭客廳的擺設相差無幾。塔特太太有些不安地坐了下來，交握的雙手放在腿上。

「魯西是什麼時候來這裡的？」詹姆斯先生問道。

「上週五之前的一個星期，魯西他母親只留下了一週的住宿費就走了，其餘的費用都沒有支付。」

「他過來的時候，病情還嚴重嗎？」

「一點也不，先生。那時候，他的傷寒症快要痊癒了，他的情況正在逐漸好轉。」

「你知道他母親的名字和地址嗎？」

塔特太太擰起眉毛說道：「難題就在這裡。她留的名字很簡單，我知道她是瓦雷斯太太。她也沒有留地址，因為她說還需要去鎮上找公寓。她告訴我，她在一家百貨公司工作，沒有時間照顧自己的孩子，無法給他提供新鮮的牛奶和空氣。而我自己也要照顧兩個孩子，再加一個也不會麻煩到哪裡去。我只是希望她及時把這週的寄宿費交過來。」

「她沒說是哪家百貨公司？」

「她沒有說。不過，這個孩子的所有衣服都是從『國王』買來的。照我說，在鄉下穿這麼好的名牌實在是浪費。」

她的話音剛落，一陣齊聲大喊的聲音和熙攘的吵鬧聲從門外傳了進來。孩子們邁著重重的步子，伴著嘴裡的「呵呵」聲走了過來。一個七歲左右，穿著黃褐色衣服的小孩，興高采烈地拽著晾衣繩充當的繮繩，繩子的另一頭套在一個胖乎乎的男孩子和一個女孩子身上。三個孩子陸續進入屋子。其中，我特別留意了那個充當馬車夫的孩子。他長得眉清目秀，儘管還保留著大病初愈的病容，但肌膚的顏色很健康。

「弗蘭德，你慢一點！馬車快要被你撞碎了！」他一邊跑，一邊大聲叫道。

詹姆斯從口袋裡掏出一根帶著黃藍條紋的鉛筆哄他。

小男孩拿起鉛筆在詹姆斯的袖口畫了起來，看樣子是試一下是否能用。

詹姆斯故意逗他說：「我敢說，你連自己的名字都不知道！」

「胡說！我當然知道！我叫魯西．瓦雷斯。」男孩高揚著頭回答。

「還不錯！小夥子！你知道媽媽的名字嗎？」
「這還用問？當然是叫媽媽呀！你媽媽的名字是什麼呢？」
他居然拿手指著我問。
我發誓，我再也不穿黑色衣服了！那樣的話，會讓我比實際年齡老一倍！
大概是顧忌有大人在場，詹姆斯強忍著沒笑出來。他接著問道：「來這裡之前，你是住在什麼地方呢？」
「在葛洛司馬特。」
詹姆斯挑起雙眉，一副恍然大悟的樣子。
「哦，原來在德國。」他順帶補充了一句：「好了，小夥子，你去玩吧！你對自己的情況不太了解。」
塔特太太插話進去：「一個星期前，我早已經試過了。這孩子會說一兩句德文，但他不知道自己的家庭住址，也不清楚關於自己的事情。」
詹姆斯掏出一張卡片，在上面寫了一些東西後，就把卡片遞給了塔特太太。
「現在，我們需要你幫一個忙。這些錢是留給你打電話的。這個孩子的母親出現時，請你馬上撥通卡片上的號碼，名字我已經留在上面了。最好是到外面的商店裡偷偷地打，只要說一句『那個女士過來了』，我們就會明白。」

「好的，先生。我記下了。我也希望她快點過來！光是鮮奶的帳單就快要比原來多出一倍了。」塔特太太說。

「這個孩子的寄宿費需要多少錢？」我問道。

「清洗費包含在內的話，每週是七美元。」

「好吧，塔特太太。我幫他把上週的寄宿費付清。假如他母親過來的話，千萬別告訴她我們來過。如果你能守住祕密的話，這些多出來的錢，就是給你的酬勞。你可以給自己的孩子添置些東西。」

聽到這話，她那張疲憊不堪的臉上一下子有了光彩。她匆匆地掃視了一下一雙兒女的舊鞋，看樣子是想給他們換一雙新的。生活在貧困的家庭，要想換一雙新鞋是很不容易的。

在我們的歸途中，詹姆斯說出了他的一點意見。他的神情看起來很沈重，而且夾雜著些許失望，像是在費力思索什麼。

「『國王』是不是專賣兒童服飾？」他問道。

「不止這樣。它跟平常的百貨公司一樣。」

他聽到我的回答，就陷入了沈默。不過，我們前腳回到家，他後腳就撥通了國王百貨公司的電話。沒過多久，他開始跟百貨公司總經理通話，並在電話裡聊了一會兒。

掛斷電話後，詹姆斯轉過身說道：「看樣子，劇情越來越緊張了。」他說話的時候，滿臉含笑，看起來自信極了，「國王百貨的總經理告訴我，他的員工裡有四位姓瓦雷斯的女士。不過，全是未婚。也沒有一個超過二十歲的。今天晚上，我需要去一趟城裡，我必須去兒童醫院走一趟。可是瑞秋小姐，在我走之前，希望你能坦誠相待。可以給我看看你從鬱金香花床上撿到的左輪手槍嗎？」

「詹姆斯先生，我確實撿到了一把左輪手槍。現在恐怕沒法拿給你了，因為手槍已經不在我這兒。」遇到這種情形，我只好實話實說。

梯子

這天晚上，詹姆斯提出找人替他巡邏幾天的建議。哈爾斯認為完全沒有必要，因為有他和亞歷斯兩個人在，完全可以解決問題。於是，詹姆斯很早動身去了鎮上。

晚上九點，哈爾斯一反常態，他放棄了以往的消遣方式——玩高爾夫球，卻躺在起居室的貴妃榻上打起瞌睡來。

我一直在旁邊坐著，假裝忙著手裡的編織工作，而絲毫沒有注意葛奇爾德起身並緩慢走出屋外的動作。不過，等到她走遠後，我小心翼翼地跟上前去。事實上，我對他們的談話內容不感興趣，只想確認她是不是去見傑克·貝利，因為葛奇爾德身上已經存在許多疑點。

我穿過草坪，從籬笆那邊繞過去，走向小木屋附近的空地。這時，我自己所處的位置竟是空曠的馬路。距離我左後方一百英尺遠的地方是一條小徑，這條路在山谷裡蜿蜒起伏直通綠林俱樂部。再往那邊走一點，是一大片樹叢，它橫跨整個卡薩洛瓦河岸。就在這時，我看見了葛奇爾德，她正匆忙地朝主屋方向走去。

見狀，我驚訝極了。等她快要進屋時，我打算從樹叢裡出來。之後，我又找到一個樹影躲藏起來。月光底下我看見園丁亞歷斯，他正靠在欄杆上吸煙呢。頓時，我明白了葛奇爾德不遵守約定的原因。我真想把麗蒂勒死，她不長一點頭腦，竟然當著別人的面把紙片上的內容抖出來。而我也非常反感亞歷斯的多事，恨不得把他一併掐死。

可我知道一切都是枉然，事情已經沒有回旋的餘地了。於是，我轉過身，跟在葛奇爾德後面返回主屋。

因為有人總是夜闖主屋，每當夜晚來臨的時候，每個人都不由自主地緊張起來。門閂和窗鎖是我們防範的重點，我們在上面又加上了重重的大鎖。不過，我們聽從詹姆斯的建議，保持東邊側門的原樣，只鎖上一把耶魯鎖。這樣做，一方面是為了給夜闖者留一個入口，另一方面也方便我們守在螺旋樓梯旁邊。在那段時間，我們唯一能做的只有那些了。

詹姆斯離開後，哈爾斯和亞歷斯打算輪番看守。晚上十點之後的時間由哈爾斯負責看守。凌晨兩點到六點，由亞歷斯負責。他們兩個人都隨身帶著槍支。此外，負責守衛的人就在螺旋樓梯旁邊的房間裡休息，並且把房門敞開，以便應對緊急情況。

他們這些行為都是祕密進行的，底下的傭人一概不知。這些傭人夜晚回房後，都把自己的房門關得緊緊的，並且插上門閂，還讓煤氣燈徹夜亮著。

週三，我們度過了一個安靜的夜晚。這個夜晚距離露易絲被嚇暈的晚上，已經有一個星期了。此時，離發現行李室牆上的洞口已經四天了。卡薩洛瓦墓園中，安葬著阿諾・阿姆斯特朗和他父親。最近，這座山丘上又多了一座托馬斯的新墳。

露易絲回到母親身邊後，很少跟我們聯繫。僅僅給我寄來一封表示感謝的卡片。華克醫生繼續忙著他的醫療事業。偶爾，我們能看到他的車子從馬路上急馳而過。小阿姆斯特朗被殺一案的案情依舊進展不大。而我依然堅持自己的主張：等到事情有個結果之後，才搬離「陽光居室」。

也許，週三晚上的寧靜就是風暴來臨的徵兆，一次最為大膽的闖入行為就在那天晚上發生了。週四下午，洗衣女傭傳話說要見我。我在自己更衣室對面的小客廳裡等她。

瑪麗進來的時候，一臉難為情的樣子。她放下捲起的衣袖，一條白色的圍裙在腰間圍著，不時地用被肥皂泡過的手指揉搓自己的裙角。

「別緊張，瑪麗。是不是肥皂用完了？」我用鼓勵的語氣說。

「不是這樣的，瑞秋小姐。」

她還是很緊張，並習慣性地看看我一邊的眼睛，又看看我另一邊的眼睛。她的目光游離不定，眼珠滴溜溜地亂轉。不一會兒，我感覺自己的眼睛也開始跟著她轉圈了。

「我就是想問一下，是不是要繼續把梯子放在洗衣間的滑道裡？」

「什麼？」

我的音調提得很高。話剛出口，我就有些後悔。因為她證實了心中的疑惑，她站在原地，面無血色，眼珠看上去轉得更快了。

「瑞秋小姐，我剛才走進滑道的時候，看見一個梯子放在那裡，而且架得很牢，我一個人根本沒法挪動。我想先過來問一下你，再去請人幫忙。」

我知道，再這樣打啞謎也不是辦法，因為我和她都清楚一點——梯子沒有長腿，不可能自己跑進滑道裡。可處於這種形勢，我只能努力控制局面，不讓她過於驚慌。

「昨晚，你把洗衣間鎖好了嗎？」

「鎖好了。鑰匙還在廚房的釘子上掛著呢！」

「那窗戶呢？是不是沒鎖好？」

瑪麗面帶遲疑。接著回答道：「對不起，夫人。我以為已經關好了，誰知，早上過去的時候，看見一扇窗戶在大開著。」

之後，瑪麗隨我走出房間，去了洗衣間。洗衣滑道裡的房門鎖得好好的，門閂還插著。我們打開門後，果真看到了梯子！這架梯子原本放在馬房，是用來修剪樹枝的。現在居然出現在這裡，梯子的一端倚在兩個樓層間的牆壁上。

我轉向瑪麗說道：「看看你粗心大意造成的後果吧！假如我們就這樣稀哩糊塗地死於非命，你絕對難辭其咎！」

聽到這話，她的全身開始顫抖。

見狀，我緩和了一下語氣說：「好了！什麼也別說了！去叫亞歷斯過來！」

我原本以為亞歷斯過來的時候會表現得怒不可遏，誰知，他的反應並沒有令我滿意。現在回想這些往事時，我竟發現許多事實簡直是太明顯不過，當時居然一而再，再而三地視而不見！我只能說，因為整個事件太令人震驚了，我當時的愚笨是可以理解的。

亞歷斯的身子倚靠著滑道，非常仔細地查看梯子。

他冷笑一聲，說道：「它被卡住了。那個人真夠笨的！他居然把這個大件東西留在這裡。瑞秋小姐，我想這下子麻煩了！近期內，他應該不會出現了。」

「我看不出有什麼不好！」我悻悻地說。

那天，哈爾斯和亞歷斯在洗衣間的滑道裡忙了很長一段時間，一直到夜裡很晚的時候，才把梯子從裡面取出來。之後，他們在門上另加一道門，而我一直滿心疑惑地坐著。我真懷疑自己是不是結下了不共戴天的死敵，一直讓我不得安寧。

那段時間，我的警覺性與日俱增。強裝著勇敢的麗蒂又去我臥室的更衣室裡睡覺了，她把自己全副武裝起來，特意在枕頭底下放了一本祈禱書和一把廚房專用的獵刀。

週四晚上，一切都很正常。然而，我已經無法平靜，心中複雜的情愫，使我輾轉難眠。

聲東擊西

這晚九點左右，麗蒂慌裡慌張地走進了起居室，她告訴我們有個傭人在馬房那邊看到了兩個鬼鬼祟祟的人。原本葛奇爾德正坐在椅子上，目光直視著前方，她聽到聲響的時候總會下意識地跳起來。此刻，她轉過身，滿臉憤怒地看著麗蒂。

「老天！你能不能不要這麼神經質，麗蒂！就算愛麗莎在馬房附近看到有人，那又能說明什麼呢？瓦拉和亞歷斯經常去那邊！」

麗蒂傲氣凌人地回答：「瓦拉正在廚房呢！我的小姐！假如你和我經歷相同的話，你也會這樣神經過敏。瑞秋小姐，請你明天給我結算工資。我要離開這裡，到姐姐家去。」

「沒問題。我很快就會幫你結算，到時候，瓦拉會送你去坐中午的那趟班車。」我說。

她滿臉驚愕，臉上的表情有趣極了。

「我相信你在姐姐家一定過得不錯！她有五個孩子了呢！」我繼續搶白。

突然，她哭了起來，說道：「我跟著你這麼多年了，你竟然真讓我走？你的新浴袍還有一半沒做完呢！我走了，連給你放洗澡水的人都沒了。」

「我可以自己學著放洗澡水。」

我說完，一臉得意地編織著手頭的東西。

葛奇爾德起身走向麗蒂，並用雙手抱住麗蒂顫抖的肩膀。她勸解道：「瞧，你們兩個！怎麼像孩子似的，你們兩個誰也離不開誰。不要吵架了，兩個相依為命的老姐妹！麗蒂，上樓去準備瑞秋姑姑睡覺的東西吧，她需要早點休息。」

麗蒂離開之後，我的思緒不由得飄到馬房那邊，越想越覺得坐立不安。哈爾斯正在撞球室裡打發時間。於是，我把他叫進了起居室。

他信步走了過來。

「哈爾斯，卡薩洛瓦有警察嗎？」我問。

「有個保安官。他是個獨臂的退伍老兵，只會在村民出現糾紛的時候才露臉。你怎麼想起問這個？」他說。

「我覺得心裡很不踏實。剛才麗蒂說，有人在馬房看見了兩個行跡可疑的人。你認識什麼可以信賴的人嗎？我想請他幫忙在屋子外面守著。」

他思考了一陣，說道：「這個主意不錯。俱樂部的山姆是個不錯的人選，他是個精明的黑人。黑夜裡，只要他不開口說話，並把自己的襯衫前襟遮上，即使你站在一碼之內也不會發現他。」

經過哈爾斯和亞歷斯的商議，不出一小時，山姆就來到了「陽光居室」。由於主屋多次被人擅闖，我們並不是要把闖入者趕走，而是需要抓住他。因此，我們給山姆的指示非常簡單：如果他在外面發現什麼可疑的事情，就趕緊去敲東面的側門。整個晚上，亞歷斯和哈爾斯兩個人會在那兒輪流看守。

那個晚上，我上床睡覺的時候覺得很舒適，這種安全感真是久違了。我和葛奇爾德把房間之間的隔門打開了。不過，通到大廳的房門被我們鎖得非常牢固。可以說，那道房門的安全性能根本無可挑剔。可麗蒂不這麼看，在她眼裡，有些東西要想進來，區區一道房門是根本擋不住的。

同從前一樣，晚上十點到凌晨兩點的時候是哈爾斯守門。他想守夜的時候舒服一點，就把那張沈重的橡木椅子搬過去了。那晚，我們早早地上了樓，我和葛奇爾德在各自的房間裡對著敞開的隔門聊天。麗蒂幫我梳頭的時候，我看見葛奇爾德也在梳頭，她的手臂看起來年輕而強壯，輕鬆自如地打理著自己的長髮。

「你聽說了嗎？露易絲和她母親正在村子裡住呢！」

「我不知道，你是聽誰說的？」我吃驚地問。

「史都華醫生的大女兒說的。我今天看到她了。她說，葬禮過後，露易絲和母親就搬到華克醫生隔壁的黃色小屋了，再沒有回鎮上。房子都收拾了，看來她們要在那裡過夏天。」

「那裡看起來就像一個紙盒子。我真懷疑阿姆斯特朗太太會去那種地方居住。」

「一點不假。史都華說，她看起來蒼老極了，好像走路都有些困難。」

我靜靜地躺在床上，不知不覺中已經是午夜了。電燈閃爍了幾下就全部熄滅了。又是一個漆黑的夜晚。

幾分鐘後，我適應了黑暗。就在這時，我看見窗戶上有一道微弱的紅色亮光。很顯然，麗蒂也注意到了，因為我聽到了她驚跳起來的響動。接著，山姆在樓下大喊起來：「快來人啊！馬房著火了！」

我隔窗往外望的時候，山姆正在車道上站著。沒過一會兒，哈爾斯跑了出去。園丁亞歷斯也被呼喊聲驚醒了，他馬上下了樓。馬房失火的消息傳出去不到五分鐘，三個女傭收拾好自己的行李走出了主屋，走到車道的時候還提著行李箱回頭張望。我想，她們一定想欣賞一下火光震天的場景吧。

葛奇爾德一向很沈著，幾乎看不到她亂了陣腳的樣子。她跑到電話機跟前求救。等到卡薩洛瓦消防隊來到現場時，馬房已經變成火海了。幸好，停在路邊的汽車安然無恙。不過，車子已經泡上了水。消防隊員正打算滅火的時候，一些汽油罐子突然爆裂了，看著就讓人膽戰心驚。

著了火的馬房正好坐落在山丘頂部，活像一把巨大的火炬。四周的人都被火勢吸引了，還有人傳言說「陽光居室」被燒了。更離譜的是，許多人胡亂抓起一件衣服就衝到外面去看熱鬧了。也許，在卡薩洛瓦發生火災是不常見的，「陽光居室」的大火對他們而言，絕對是一次少有的體驗。

馬房位於西廂房的旁邊。我意識到這個以後，同時馬上想起了螺旋樓梯那邊無人守護的側門。於是，我轉身去找麗蒂。她慌忙地把衣服撕成布條，並預備把它們連接起來用於逃生。她專注於手中的工作，我很難說服她停止。

「麗蒂，跟我出來一下。把蠟燭帶上，順便拿幾條毯子。」

我走出房間，她尾隨於後。當她發現我轉向東廂房時，就放慢了腳步，遠遠地跟著。我們走到螺旋樓梯頂端時，她乾脆停下了腳步。

「我不要下樓。」她非常堅決地說。

「這一會兒，樓下沒人看守。我懷疑是有人故意將我們的注意力引開，乘機從側門進來。」我耐心地解釋道。

我深信自己的判斷，直接說出了事情的要害。或許，我想到這些的時候，已經太晚了！我側耳細聽，隱隱聽到東廂房的走廊上有悉悉索索的腳步聲。不過，外面一片嘈雜，我也無法肯定。這時候，麗蒂又靠不住了，她準備先離開。

「那好吧。我自己下樓。你趕快去哈爾斯的房間裡取他的左輪手槍。不過，你聽到樓下有聲音的話，不要急著開槍。我也在下面呢！」

我將蠟燭固定在最頂端的樓梯上，然後脫掉鞋子，輕手輕腳地向樓下走去。我屏住呼吸，留心每一個細微的聲音。我的緊張大概到了極限，因此我已經絲毫感覺不到恐懼了。如同死刑犯臨刑的前個晚上一樣，索性好好吃飯，好好睡覺。此時，我也做到了超然物外，了無牽掛。

之後，我不小心碰到了哈爾斯搬來的大椅子，疼得我只好單腳站立。但是，我根本不敢喊出聲。接下來，門鎖裡響起了扭動鑰匙的聲音。看來，我的猜測沒錯！可是，不知出了什麼差錯，側門沒有被打開。過了一會兒，鑰匙被從鎖眼兒裡抽了回去。門外有竊竊私語的聲音。我剩下的時間不多，也許再嘗試一次，房門就開了。我抬眼望瞭望螺旋樓梯頂端的燭光，頓時想出了一個辦法。

那個沈重的橡木椅子足夠大，它正好可以放在樓梯扶手支柱和側門中間空著的那個地方。於是，我前去推動椅子，將椅子翻轉過來卡在側門上，並把椅子腳抵在樓梯台階上。這時，麗蒂的尖叫聲傳了過來，她大概被什麼東西碰到了。接著，她雙手握著手槍走到樓下，她的姿勢看起來僵硬極了。

「謝天謝地！你沒事就好，我以為你摔倒了！」她說話的時候，聲音都在發抖。

我指了指側門，她立刻心領神會。

「趕快把哈爾斯或亞歷斯叫來。他們正在屋子那頭呢！動作快點！」我低語道。

我的話音剛落，她兩步併作一步，匆忙地往樓上跑去。她跑到樓梯頂部的時候，肯定把蠟燭撞翻了。我的眼前一片漆黑。

當時，我表現得異常冷靜。我記得自己小心地跨過椅子，並將耳朵緊貼著側門。那種緊張的氣息，我至今還記憶猶新。儘管椅子腳折斷了，但椅子本身還是穩固地夾在那裡。緊接著，棋牌室的玻璃突然碎了，沒有絲毫的徵兆。

我的手指一直握著手槍的扳機，也許，當時太緊張了，居然扣動了扳機，子彈嗖地一下從側門裡穿了出去。門外傳來了咒罵的聲音。這一下，我終於聽見了他們的對話。

「他媽的，我是不想在這裡待了！」

「你受傷了嗎？」

「被擦傷了。」

看來，他們決定離開側門，從棋牌室的窗戶裡進來。他們一邊走，一邊爭辯。不過，我已經聽不清楚內容。於是，我馬上回頭注意棋牌室的動靜。只見一個矮小的男人邁出一隻腳，小心翼翼地翻進屋內。我再次開了一槍。一陣玻璃或瓷器摔碎的聲音傳了過來。我知道，這一槍沒有打中他。他摸索著向我這邊走過來。他手裡一定也拿著槍。

這個時候我必須離開了。我都不記得自己是怎麼回到樓上的，甚至，連自己是否爬過螺旋樓梯也記不得了。不過，我肯定是從那裡上來的。因為我看見了站在頂端的葛奇爾德。我當時的樣子一定怪異極了——光著腳，穿著睡袍，還拿了一把槍。我還沒來得及跟她說話，樓下的大廳裡就響起了腳步聲。看來，有人準備抹黑上樓了。

我大概是急瘋了，連忙倚著欄杆，又發一槍。樓下傳來了哈爾斯的吼聲。

「你在幹嗎！險些打中了我！」

「有人闖進屋子了！他們在棋牌室裡！」我艱難地回答。

剛說完，我就暈倒了。現在想想，覺得自己實在丟臉。我睜開眼的時候，麗蒂在我太陽穴上塗抹了點優奎寧藥水，並幫助我按摩。過了一會兒，我恢復了意識。

男人們都出去了。這個夜晚，馬房被一片大火燒成了灰燼。屋子的每一根椽木掉下來的時候，都會引起圍觀群眾的尖叫。消防隊員不停地用花圃中的水管撲火。亞歷斯和哈爾斯把樓下的每一個角落都找遍了，可是連一個影子也沒有看見。

不過，被打碎的窗戶和被掀倒的椅子證明了我所說的話。據我分析那個矮個子男人是不會上樓的。因為他沒有從主樓梯上樓，東廂房只有螺旋樓梯能通向樓上。而當時，麗蒂也正站在西廂房僕人專用的樓梯前面。

這件事情把我們折騰得全無睡意。山姆和瓦拉也一起加入到搜尋隊伍中。他們細心地搜查屋子，就連櫥櫃也沒有放過。甚至，他們還去了地窖。結果依然一無所獲。但是，東邊側門上被射穿的小洞還在，上面還黏著血跡。洞口向下偏斜，子彈鑽進門前的地板裡。

哈爾斯觀察了一下子彈射出的路徑，說道：「被射到的人肯定跛腳了。子彈飛出的距離不遠，應該射中了那個人的腿部或者腳部。」

從那時候開始，我看到一個陌生人之後，就下意識地注意他走路的姿勢，觀察他是否跛腳。到了今天，那些跛腳的人還會被我懷疑。不過，卡薩洛瓦並沒有跛腳行走的人。只有一個負責看守鐵路的老人走路時有點跛腳。經過問詢之後，我知道他裝著義肢。我們苦苦搜尋的人還是逃竄了。「陽光居室」裡那座規模龐大而價值不菲的馬房一夜之間消失了，只有一堆冒著黑煙的椽木和燒焦的木板留在那裡。瓦拉斷言，這是一起蓄意縱火案。依據有人要硬闖屋子的事實來看，這樣的推斷不無道理。

追蹤

假如哈爾斯願意完全信任我，整件事情就會簡單了許多。假如他能早些毫無保留地坦白傑克．貝利的事，並在火災過後就把他懷疑的事情告訴我的話，我們大家至少可以少過一段悲慘的日子。不過，年輕人不明白這些，他們不願意相信長輩的經驗。很多時候，他們還連累長輩在那裡擔驚受怕。

馬房失火後，我的心力幾乎快要耗盡。在葛奇爾德的堅持下，我答應跟她一起外出，也好呼吸一下新鮮的空氣。不過，我們的汽車暫時不能使用了。於是，葛奇爾德去了卡薩洛瓦馬車出租店，租了一輛兩輪的輕便馬車。

就在我們的馬車從車道拐上馬路的時候，我們與一位女士擦肩而過。她放下手中的小手提箱，駐足環視「陽光居室」的主屋以及屋子前面的草坪。因為她臉上留下了被火燒傷的疤痕，所以她引起了我的注意。

「那張臉太可怕了！我晚上準會做惡夢的！弗蘭德，快點走！」從女子身邊經過時，葛奇爾德不由地叫了出來。

「弗蘭德？這是馬的名字？」

「沒錯！牠叫弗蘭德。」葛奇爾德回答道，同時用馬鞭輕輕彈動了一下馬身上的鬃毛。好一段日子她都沒有駕駛過馬車了。看樣子，此時此刻她已經把駕馬車當成一種樂趣了。

「這匹馬看起來不像是專門用來出租的。店主說，這匹馬是從阿姆斯特朗家裡買過來的。當時，這家人已經有好幾輛汽車了，根本不需要使用馬車了。弗蘭德聽話，快跑！」

「弗蘭德」怎麼聽也不像是馬的名字，但是，我們在瑞斯菲爾德見到的那個孩子也稱馬兒為「弗蘭德」。想到這件事情，我的大腦快速運轉起來。

因為我的要求，哈爾斯派人去找租給我們房子的代理人，並把馬房失火的事情告訴了他。詹姆斯會在晚上回到主屋，並且帶來一個幫手。在我看來，失火的事情完全沒有通知阿姆斯特朗太太的必要，她一定已經得知了此事。此外，從我拒絕搬離「陽光居室」的角度考慮，我和她之間的會面十有八九會很不愉快。不過，馬車從華克醫生的家門口經過時，我突然想起了一件事。

「葛奇爾德，停一下車，我有點事。」

「你想看看露易絲？」

「不是！我想找一下華克醫生。」

我沒有理會她滿臉的困惑，朝那間掛有「診所」字樣的屋子走去。我走進屋子的時候，候診室裡一個人也沒有。不過，兩個人的爭論聲，卻從另一頭的診療室裡傳了出來。

只聽其中一人吼道：「怎麼能這樣！能算出這樣的數字，簡直是沒有天理！」

接下來是華克醫生沈靜的聲音。他顯然沒有爭辯，只是很客觀地解釋某一些事情。不過，我無暇去聽這些有關帳單的爭吵，因此我故意乾咳了一聲。頓時，裡面的談話中斷下來，關門的聲音隨之響起。華克醫生穿過大廳向候診室走來，看見是我，他面露驚訝之色。

「中午好，醫生。我有一件事情想問你，不會耽誤你太長的時間。」

「我們坐下來說吧。」

「哦，不用了。我想問一下，從今天早上到現在，你是否替人治療過槍傷？」

「槍傷？沒有。這真是一件令人震驚的事情。準是『陽光居室』裡又發生什麼動人心魄的大事了。」他微笑著回答。

「我可沒那麼說。不過，這的確是個事實。假如碰到這樣的病人，可否勞煩你通知我們一下？」

「非常樂意。我聽說你那邊失火的事情了。火災和槍擊事件在昨晚一併發生，確實讓人震驚。特別是在那樣一個安靜的地方。」

「是的，那裡安靜得就像蒸氣室。」我邊回答，邊轉身離開。

「你還願意在那裡住下去嗎？」

「我會住到耗盡所有精力為止。」

我走下屋前的台階時，突然轉過了身子，順便提了一個問題。

「醫生，你認識一個名叫魯西．瓦雷斯的小孩嗎？」

儘管他非常聰敏，但他的表情還是有些僵硬。可他立刻加強了戒備。

「魯西．瓦雷斯？」他面露驚訝之色，「沒有，這個名字我沒聽過。這附近居住的人，很多都姓瓦雷斯，不過沒有一個叫魯西的。」

他的反應讓我確信他認識魯西。要想騙過我的眼睛可不是一件容易的事情。很顯然，我眼前這個人想要向我欺瞞什麼。看來，就算我怎麼追問，他也不會告訴我真相。他已經開始防備我。我有些生氣，滿心挫敗地離開了。

接著，我們去拜訪了史都華醫生，這位醫生熱情款待了我們。馬車停在屋外，弗蘭德悠閒地啃著路旁的青草。我和葛奇爾德在屋子喝著接骨木酒，並跟醫生簡單地談論了馬房著火的事情。一些較為關鍵的情節我們沒有提及。就在我們轉向走廊準備離開時，我向正在幫我們解開馬繩的史都華醫生提出了一個問題——我之前問過華克醫生的問題。

「老天！槍傷？我沒有見過。瑞秋小姐，那座房子裡居然出了這麼多事情！」

「馬房著火的時候，有人想趁虛而入。我們出於自衛，用槍射傷了他，他大概受了一點輕傷。」我把情況簡單敘述了一遍後，叮囑道：「請不要把這件事情告訴其他人，我們不想讓那麼多人知道。」

另外，我們還去求證了另外一種可能。我們去了卡薩洛瓦火車站，並見到了站長，向他詢問凌晨一點到天亮前從卡薩洛瓦發出的火車車次。可我們得到的答案是早上六點之前根本沒有發車。我需要問詢的下一個問題恐怕要使用外交手段才能解決。

「六點鐘發車的時候，你是否注意到有乘客——確切的說是個男乘客，走路的時候是個跛腳。勞煩你仔細想一下，這個對我們很重要。因為那個人很可能就是『陽光居室』縱火案的嫌疑人。」

他全神貫注地回憶起來。

過了一會兒，他滔滔不絕地說道：「著火的時候，我也在火災現場。是的，我是消防隊員。自從夏季別墅的高爾夫球場發生了一次大火之後，這裡再沒有發生過火災。前天，我老婆還說，我省下了不少買消防頭盔和衣服的錢呢。結果，昨晚他們人手不夠，就急急地拉著警鈴把我叫走了。當時，我身上的行頭都是草草穿上的。」

他停了下來。葛奇爾德趁著他喘氣的工夫問道：「那麼，你注意到跛腳的人了嗎？」

「火車上的乘客沒有跛腳的。因為我要趕回車站，我沒有和其他消防隊員一起，而是自己乘四點三刻的班車離開。當時，火場也沒剩多少事情了，火勢基本上已經控制住了。」

聽著他的話語越來越偏題，葛奇爾德和我無奈地相視而笑。然而，我們必須耐著性子聽下去。

他接著說道：「因此，我就提前下山了。許多村民也從現場打道回府。我經過通向俱樂部的小路時，遇到了兩個人。一個人身材很矮，他當時背對著我，在一塊大石頭上坐著，還把一個白色的東西拿在手裡，看起來像是要綁腳。我走了好一段，又回頭看了一眼，我發現那個人走路的時候有點跛腳。並且嘴裡罵著一些很難聽的話。」

「他們往俱樂部的方向走了嗎？」葛奇爾德身體前傾，關切地問。

「沒有，小姐。看樣子，他們準備走回村子。我沒有注意到他們的長相。因為這裡的所有的人我都認識，他們也都認識我。當時我還穿著消防服，可他們沒有跟我打招呼，所以我認定他們是外來人。」

至此，這天下午我們得到的探訪結果如下：那個被我射傷的人並沒有乘坐火車從這裡離開，也沒有去診所治療傷口。另外，華克醫生認識魯西．瓦雷斯。他拒絕承認的舉動讓我確信一點：我們在魯西．瓦雷斯這邊一定可以找到線索。

這個晚上，詹姆斯刑警就要從鎮上回到「陽光居室」，這確實是一件令人振奮的事情。這一回，葛奇爾德應該也是滿心歡喜吧。我們下午乘坐馬車回家的時候，我第一次在明朗的陽光下好好打量她。我驚訝極了，她居然這麼削瘦，而且氣色也差極了，全然不見年輕人的朝氣蓬勃。

「葛奇爾德，我覺得自己是一個自私的老女人。今天晚上你就離開這個倒楣的屋子吧。下個星期，你可以和朋友一起去英格蘭散散心。」

可是，我竟發現，她的臉因為痛苦而脹得通紅。

「瑞秋姑姑，我想留在這裡，我不想離開。」

「你應該換一個環境，調整一下你的心情。再待下去，你的健康和氣色就會越來越糟糕！」我語氣堅決地說。

「我不想去任何地方。」她用同樣堅決的語氣回答我。之後，她的語調輕柔了許多，「我需要待在這裡調停你和麗蒂的唇槍舌戰。」

那時候，我真的不知道還能再相信誰，因為我從葛奇爾德的愉快神情中，覺察到偽裝的痕跡。返回「陽光居室」的路上，我不露聲色地觀察她，她蒼白的面孔上隱隱透著兩片紅暈。我也不再堅持送她去英格蘭了，我知道她是不會同意的。

危機四伏

這一天，彷彿注定了讓人不得安寧。我剛剛來到樓上，就看見半躺在大廳椅子上的廚娘愛麗莎。瑪麗將家用醒神劑湊到她的鼻尖，她被嗆得不停咳嗽。麗蒂在一旁反覆揉搓她的手腕。總之，大家把對她有好處的辦法，都逐一試過。

一見到這個陣勢，我明白鬼魂又現身了，它居然在大白天也有恃無恐了！

愛麗莎被嚇得不輕。我來到她身旁時，她一直扯著我的衣袖，語無倫次地講述她的經歷，直到把所有的話都說完，才把自己的手鬆開。

這件事情發生在大火發生以後。當時，屋子裡的所有人都變得惶恐不安。所以，我看見亞歷斯和助手從樓上扛下一件沈重的行李時，絲毫不覺得吃驚。

「瑞秋小姐，我也不希望看到這樣的結果。可是，她情緒已經失控，我害怕她硬拖著行李下樓，就幫她抬下來了。」亞歷斯說。

我一邊拽下帽子，一邊示意女傭們保持安靜。

「愛麗莎，你先去洗一把臉。等到你情緒穩定了，來我房間裡找我。」

麗蒂一聲不響，只顧低頭幫我收拾東西。我從她不停地聳動的雙肩上，已經察覺到她的極度不滿。當時，屋子裡靜謐極了，讓人覺得不安，我打破了沈默，說道：「看樣子，好戲馬上要上演了。」

麗蒂只是長嘆一口氣，依然沒有說話。我接著說道：「假如愛麗莎走了，我去哪裡再找一個廚娘？」

麗蒂依然不發一言。

最後，我又說道：「麗蒂，有一點你別不承認。這會兒，你高興著呢。讓人興奮的事情又出現了，你一貫喜歡幸災樂禍。看樣子，你很享受這種狀態嘛！你麻木的身心已經被這些雞飛狗跳和烏七八糟的事情刺激到了吧？」

我的激將計，終於令她出口反擊了，「我不只為自己想。好吧，就算我的身心是麻木的，但我知道自己還有感情。眼睜睜看著你躲在側門後面開槍——我再不想看到這樣可怕的事情了！」

「你能這麼說，我也很欣慰。不管犧牲什麼，只要能改變現狀就好。」我冷冷地說。

就在這時，蘿茜和瑪麗攙扶著愛麗莎走了進來。

因為敘述的時候不斷抽泣以及另外兩個人的糾正，愛麗莎口中的事情經過時斷時續。她經歷的事實是這樣的：凌晨兩點，愛麗莎去樓上的房間裡取相片給瑪麗看。她從傭人通道爬上樓，接著又沿著走廊走向自己的房間。這段走廊連接著行李室和尚未完成的舞廳。她經過走廊的時候，隱約聽到了像是在搬運家具的聲音，不過，她以為是男士們在行李室裡檢查情況，一點也不覺得害怕。誰知，她後來走進行李室的時候，竟然沒看見一個人。

於是，她輕輕地打開自己的房門，這時候，那個聲音停了下來，周圍一片寂靜。之後，她失神地坐在自己的床邊，還把腦袋靠在枕頭上，想休息一下。

她有些激動地說：「瑞秋小姐，我很難想像自己是怎麼活過來的。我醒過來的時候，竟發現自己的臉被什麼東西砸到了！我連忙起身，這才發現牆上有個小洞，還不時地往下面掉落石灰。接下來，還從那個洞口又掉出來一根長鐵棒，還落在我的床上。假如我要是睡著了，很可能會被那根鐵棒砸死。」

瑪麗插話道：「你沒在現場真是遺憾。當時，她大聲尖叫著，跌跌撞撞地往樓下跑，整張臉慘白，和枕頭套的顏色差不多。」

「愛麗莎，這件事情也許可以用某一種自然科學來解釋。比如，我們可以認為這是一個夢。假如你所說的全是事實，我們現在還可以看到鐵棒和牆上的洞孔。」我說。

愛麗莎的臉上露出一絲難為情的神色。

「瑞秋小姐，牆上的那個洞還在。不過，瑪麗和蘿茜幫我整理行李的時候，卻沒有看見棒子。」

「不僅如此，愛麗莎還說，她看見一雙眼睛正通過洞口俯視著她。那雙眼睛紅紅的，像燃燒的火焰一般。」站在角落裡麗蒂用哀傷的聲音說道。

「據我所知，牆壁的厚度足足有六英尺。這樣的厚度，愛麗莎根本不可能看到偷窺者，除非那個人把眼睛黏在鐵棒上。」我立刻回擊道。

不過，事實是沒辦法改變的。愛麗莎房間裡的情形證明了她的話。我有必要對事實作出補充描述：尚未完工的舞廳被人在牆上打了一個洞，並穿過與之相鄰的房間的牆壁。於是，愛麗莎房間那層很薄的灰泥板在鑿洞的時候也被打透，一個鐵棒還從洞裡面飛了出來，並且落到她的床上。

我獨自一人上樓查看，之後，我在腦子裡畫上了一個大大的問號。牆上出現了兩三個洞口，每一個都不淺。更讓人驚奇的是，根本找不到鑽洞的工具。

突然，我想起了之前看到的一個關於小矮人的故事。這個小矮人的家就位於古老城堡的兩堵牆之間。想到這個故事，一個想法閃現在我腦中——我原來認為房子裡有密室入口的想法可能是正確的，可我不確定這個神出鬼沒的訪客在暗中破壞牆面之餘，是不是還跟我們開玩笑，並偷聽我們的談話。

這天下午，瑪麗和愛麗莎拿著行李離開了，蘿茜還留在「陽光居室」。大約五點鐘的時候，從火車站開過來一輛計程車。我發現車裡面坐著一個人。

計程車司機馬休滿臉驕傲地為我解答了困惑，「瑞秋小姐，她是來做廚娘的。我得到消息要運送兩位女士的行李時，猜想一定有什麼事情發生。恰好這位女士需要找工作，我就順便把她帶過來了。」

我生活的標準，已經完全像是一個鄉下人了。挑選傭人時，最重要的是看他是否忠誠，至於所謂的「完美」的書面保證人，都已經無所謂了。我，瑞秋，對於很多事情已經不在乎了，無論廚娘到我房裡接受指示的時候是否坐得端正，我都不在意了。只要她們在擦拭銀器的時候不使用去污肥皂，我就心滿意足啦。出於以上原因，那天我什麼都沒想，就讓麗蒂去把新來的傭人帶了過來。令我驚奇的是，那個走進來的傭人，竟然是那位臉上有疤的女士，這讓我差一點就尖叫起來。

那位女士站在門口，動作看起來有些笨拙。不過，她臉上那種自信的神情是不容忽視的。是的，她的廚藝相當精湛，而且動作麻利。假如有人幫她準備沙拉，她就能煲出一鍋好湯，並做出美味可口的點心。最後，我決定把她留下。誠如哈爾斯所說，我們需要在意的是廚娘的廚藝，而不是她的長相。

之前，哈爾斯的情緒就很不穩定，這一天尤為嚴重。他很早就出去了，回到主屋的時候已經是午餐過後。我想，他一定去山上等露易絲了，他希望在她駕駛汽車經過的時候能夠見她一面。或許，他們兩個人已經見過面了。不過，根據他的消沈狀況來看，他和露易絲之間的問題依然嚴峻。

下午，我猜哈爾斯會留在房間裡看書，便和葛奇爾德一起出去了。晚餐的時候，哈爾斯看起來有些心煩意亂。他變得不同於往常，像是變了一個人似的，讓人難以接近。之後，每隔五分鐘，他都會神情緊張地看一下時間。

一頓晚餐的時間，他連續問了兩次詹姆斯跟另外一位刑警到達的時間，而且還有些魂不守舍，甚至把自己的叉子叉進綢緞桌布裡。別人跟他講話的時候，他也總是走了神。最後，他還沒把點心吃完，就藉口去找亞歷斯，離開了餐桌。

但我們壓根沒有看見亞歷斯的影子。晚上八點，哈爾斯從瓦拉那裡取走了車鑰匙，並飛一樣地將汽車開下了山。沒過多久，亞歷斯經過我的同意去巡視一遍屋子，為夜晚的守衛工作作準備。八點三刻，山姆也過來了，他繼續留在草地上巡邏。至於我，只是滿心期盼著刑警早點過來，並沒有過多地擔心。

晚上九點半，主屋的車道前響起了瘋狂的汽車引擎聲。汽車熄火以後，走廊裡傳來慌亂的腳步聲。我們的每一根神經都繃得緊緊的。葛奇爾德一改憂心忡忡的樣子，以最快的速度跑到大門旁邊。露易絲從外面衝進屋子，她連帽子都來不及戴，大口地喘著氣。

「哈爾斯在嗎？」她急切地問道。

她身穿一件顏色很素的長袍，一雙大眼睛滿是憂傷。整張臉孔也因為一路開著快車的緣故，白得像紙一般。我起身把自己的椅子拉到她跟前，冷靜地回答：「他出去了，還沒有回來。先坐下來，孩子。你的身體還虛弱，根本承受不了開快車。」

也許，她根本無心聽我上面的話。

「他怎麼還沒有回來？他去了哪裡？怎麼才能找到他呢？」她的目光在我身上停留了一下，又轉向了葛奇爾德。

突然，葛奇爾德開口了：「露易絲，求求你！到底發生了什麼事？快把真相告訴我們！哈爾斯去火車站接詹姆斯先生了。」

「火車站？你可以肯定嗎？」

「是的。火車正在鳴笛呢，說不定他馬上就回來了。」我接著說道。

我們平和的語氣讓她輕鬆了不少，她沈下身子，在椅子裡坐下來。「但願是我錯了。真希望不要出什麼問題，一會兒就能看到他回來。」她鬱鬱寡歡地說。

我們一言不發地坐在那裡，誰也不願意開口。有一點我和葛奇爾德很明白——我們不可能從露易絲那裡得到半點消息。很顯然，她不願意向我們透露。我們每個人都期盼著聽到汽車拐進車道，奮力上坡的聲音。時間一分一秒地過去，我們一直等了二十分鐘，期待的聲音還是沒有響起。露易絲緊握著椅子的雙手看起來有些僵硬。葛奇爾德臉上的明朗神色漸漸也消失了。我覺得自己的心也被一雙大手給緊緊地揪住了。

二十五分鐘過後，終於有聲音傳過來了。不過，不是我們汽車有力的引擎聲，而是計程車悶悶的聲響。葛奇爾德慌忙地把窗簾拉開，把期盼的目光轉向窗外。

「那一定是計程車的聲音！準是我們車子出了問題。按照哈爾斯的開車方法，車子不出問題才奇怪呢！」她說話的時候輕鬆了許多。

過了好一會兒，計程車在主屋前面停靠下來。露易絲從椅子上站起來，緊張地盯著門口。之後，葛奇爾德打開大門，詹姆斯帶著一位健壯的中年男子走了進來。露易絲注意到哈爾斯沒有一起回來時，臉色一下子變了。短短的一會兒工夫，她的情緒經歷了幾番轉變，由原來的緊張到放鬆戒備，再到現在的完全絕望。

此刻，我也不顧及什麼得體不得體，急切地詢問道：「怎麼沒有見到哈爾斯？他沒有去車站接你們嗎？」

「沒有。」詹姆斯面露吃驚之色，「雖然我們很願意坐專車上山，不過，搭車過來也很方便。」

「也就是說，你們根本沒有碰面？」露易絲喘著氣問道。

先前，露易絲生病住在「陽光居室」時，她一直在自己房間裡，詹姆斯壓根沒有見過她，但他還是很快猜出了露易絲的身分。

「是的，阿姆斯特朗小姐。我沒有看到他，發生了什麼事嗎？」

「我必須馬上找到他。雖然我不知道他將處於什麼樣的境地，但我知道他很危險。我們必須盡快找到他，一分鐘也不要耽擱。」她當機立斷。

與詹姆斯同行的中年男子快速跑向門口，同時說道：「我出去攔計程車，讓司機在外面等著。你說的那位先生是去鎮上了嗎？」

「詹姆斯先生，你用我的車吧！它就在外面停著，它比計程車快多了。你要是再開快一點，興許很容易找到哈爾斯。」露易絲神色衝動地說。

那個中年刑警走了之後，沒過一會兒，詹姆斯也開著汽車從車道上飛馳而下。露易絲站在那裡目送著兩位刑警離開，身後正站著臉上略帶悲憤的葛奇爾德。她一轉身，兩個女孩子正好四目相對。

「露易絲，你一定知道哈爾斯遇到了什麼事情，對嗎？你知道他正在經歷一件可怕的事情，你也知道我們正在尋找事情的答案。假如哈爾斯遇到了什麼意外，我一定不會原諒你的！」葛奇爾德的語氣像是在指控。

露易絲滿臉絕望，她將自己雙手舉起來，而後又頹然無力地放下說道：「相信我，我也很在乎他，甚至比你更在乎。我已經極力勸說他，可他就是不肯聽。」

「好了，聽我說一句。也許，我們把事情想得太悲觀了。你們都知道，哈爾斯總是遲到。說不定我們很快就能聽到他把汽車開上山的聲音。」我盡可能讓自己的語氣輕鬆一些。只是我沒有如願，哈爾斯遲遲沒有出現。屋子裡的空氣緊張極了。

不出半個小時，沈默的露易絲走到屋外，再也沒有走進來。之後，我聽到計程車啟動的聲音，知道她已經離開了。晚上十一點鐘，詹姆斯打來了電話。

「瑞秋小姐，你們的汽車已經找到了。它與一輛貨運火車在車站撞上了。還好，哈爾斯先生沒有在車裡。我們會盡力找到他。你最好讓瓦拉過來，車子的事情需要處理。」

他們還是沒有找到哈爾斯。一直到次日凌晨四點，我們依然在等消息。此外，亞歷斯和山姆也一直在屋子裡和草地上巡視。黎明來臨的時候，我疲倦極了，不知不覺地睡著了。哈爾斯依然沒有回來，兩位刑警那邊也沒有任何消息。

生死未卜

這一次的情況糟糕透了。如果說對於之前的凶殺案和托馬斯驚嚇而死的事情，我還能超然事外的話，哈爾斯的失蹤確實令我方寸大亂。我和他們兄妹兩人本來是一個不可分割的整體，但現在卻被拆散了。我們的身分也不再是旁觀者，而變成了事件的主角。當然，我那時候根本無暇說起這些。我的腦子被一件事情填滿了。我擔心哈爾斯正身處水深火熱的危險境地，每時每刻都有生命危險。

次日早上八點，詹姆斯回到了「陽光居室」。他回來的時候，全身上下沾滿了泥巴，就連頭上的帽子也不翼而飛了。我們三個都是一臉愁容，眼睜睜地看著豐盛的早餐卻沒有一點食慾。詹姆斯只喝了一杯不加糖的咖啡。他告訴我們，他從別人口中得知了哈爾斯昨天晚上的行蹤。有一點是可以肯定的，他的車速很快，想要找到他的蹤跡並不困難。那位名叫伯恩斯的刑警一直追著一輛相仿的車子直到黎明，可是最後卻發現他白忙了一場，因為那輛車子裡坐的是有好幾個孩子的一大家人。

「大概在八點十分的時候，他一個人離開了。」詹姆斯說，「八點二十分左右，他去了華克醫生的診所。午夜時分，我去華克醫生那裡拜訪的時候，他出去給人看病了，一直到凌晨四點還沒有回來。據華克醫生的說法，哈爾斯穿過草坪，向著阿姆斯特朗太太母女居住的小木屋走去了。當時，阿姆斯特朗太太已經休息了，也許是哈爾斯先生跟露易絲小姐透露了什麼。儘管她沒有提到談話的內容，不過，她肯定是在懷疑會有什麼事情發生。換句話說，露易絲小姐懷疑有人要使用什麼卑劣的手段傷害哈爾斯。之後的事實就很明顯了。哈爾斯驅車駛向火車站。由於車速很快，平交道的看守員就特別留意了一下，他還說自己認出了車子的主人。因為卡洛街和火車站這段路程太黑了，全速行進的車子就從直行道上偏離出去，跟旁邊一輛貨運火車相撞了。我們在鐵軌旁邊找到了汽車，可是車子已經被撞得粉碎。」

「可哈爾斯哪兒去了？」我感覺自己的嘴巴都要僵住了。

「我們壓根沒有發現他的蹤跡。事故現場也沒有任何受傷的痕跡。這一點確實奇怪，假如他當時就在車裡——」

葛奇爾德不由得打了一個趔趄。

「之後我們仔細檢查過鐵軌，並沒有發現損傷的痕跡。」

「可他不可能憑空消失了吧？泥巴地上也沒有留下足跡嗎？什麼都沒有發現嗎？」我激動地大喊起來。

「那邊沒有泥巴，只有塵土。因為最近一直沒有降雨，就連附近的人行道也有許多煤渣。瑞秋小姐，我想，哈爾斯先生應該是遇到了什麼麻煩，但還活著。」

聽到這兒，我禁不住打了一個哆嗦。

「現在，我的同事伯恩斯已經去了鄉下，並竭力從藥房夜班職員那裡得到更多的線索。我已經拍了一封電報，中午的時候會有兩個刑警過來幫忙。假如他沒有離開這個地方，我們一定會找到他的。」

「你們留意河裡了嗎？要是他被打暈了，很可能——」葛奇爾德說話的時候，嘴巴都僵硬了。

詹姆斯領悟了她話裡的意思，說道：「不用擔心這個。這個地方已經很久沒有下雨了，河水很淺。瑞秋小姐，我有幾個問題想問你。你知道哈爾斯先生這樣一聲不吭就離家出走的原因嗎？」

「我不知道。」

「之前，他出現過這樣的情況嗎？當時，你一直對他充滿信心。」他追問到。

「可他從沒有出現過把車子撞在火車上的時候。」

「是的，確實沒有。不過先前，他把車子開到很偏遠的汽修廠去修理。他會不會有什麼仇敵？或者會有人想把他置於死地？」

「這個我不清楚，我實在想不出來。」

「他喜歡外出的時候帶著大量現金嗎？」

他站起身來，開始在屋子裡不停地踱步。

「好吧。這件事情我們先擱置不提。他這番出走，對他非常不利。假如他受了傷，我們又找不到他留下的蹤跡，那他很有可能是遭遇了綁架。還有那個華克醫生，哈爾斯先生臨走之前為什麼要去他那裡，你們知道嗎？」

「我也不太明白。我想，他和華克醫生壓根就沒有見過面。無論如何，從現在的形勢來看，他們的關係絕對談不上友善。」葛奇爾德若有所思地回答。

詹姆斯側耳細聽，試圖從我們口中儘量多了解一些哈爾斯的戀情。此外，他對露易絲將要嫁給華克醫生的事情也很感興趣。

他沈思了一下，說道：「現在，事情發生了有意思的變化。魯西·瓦雷斯的母親還沒有現身，你的侄子卻突然不見了。此外，有人多次想闖進屋子，他們每一次都成功了。現在，我要告訴你們除去廚娘經歷的事情以外的另一件怪事。」他說著，把臉轉向一邊，謹慎地說：「我發現，貝利先生並不在他的公寓裡。我也不知道他去了哪裡。這簡直匪夷所思。也許，他和你侄子一起——」

此時，葛奇爾德的反應，讓我大為吃驚。

「他們沒有打算做任何事情。我知道貝利先生待在哪裡。不過，我可以明確地告訴你，他並沒有跟我哥哥在一起。」她激動地說。

詹姆斯突然轉過身盯著她，他的目光銳利極了。

「葛奇爾德小姐，假如你願意把你和露易絲小姐知道的任何細節都告訴我的話，我可以及早處理很多事情。我一定可以幫你找到哥哥，當然，也可以做許多別的事情。」

葛奇爾德固執己見：「我想，哈爾斯從你這裡不會得到一點幫助。事實上，對於他的失蹤，我和你一樣一無所知。我只能說，我對那個華克醫生心存懷疑。他一定恨透了哈爾斯，如果可能的話，他會想辦法殺了他。」

「也許，你的想法沒錯。其實，我也有過這樣的猜想。不過，華克醫生昨晚確實去出急診了。伯恩斯按照線索，當場找到了他。我們也去綠林俱樂部和村子都問過了，並沒有什麼怪事發生。此外，我們見到了在鐵路邊的土堤上居住的一戶人家，那個地方距離車子被撞的地方不遠。那戶人家只有母女二人，女兒還嚴重跛腳。她們說，確實在昨天晚上聽見了撞擊的聲音，並且還跑到自家的花園邊上去一探究竟。當時，車子就停在底下，她們看到車燈亮著，還以為有人受傷了。儘管天色很暗，她們還是看見了兩個站在一起的人影。因為心生好奇，她們就打開籬笆，繞過許多環形道，準備去土堤下面看看到底發生了什麼。可是，等她們接近現場時，除了一輛車燈和車頭都被撞壞的汽車，她們什麼也沒有看到。」

詹姆斯說完這些之後，沒過多久就離開了，我和葛奇爾德留在家裡。午飯時分，依然沒有消息，我簡直快要急瘋了。後來，我起身來到樓上，走進哈爾斯的房間。我實在無法與葛奇爾德那樣面對面地坐下去了，我害怕看到她那雙充滿恐懼的眼睛。

接著，我在自己更衣室裡看到了紅著眼眶的麗蒂，看樣子她準備把我的新襯衫右邊的衣袖穿進左邊的袖孔裡。我心裡煩透了，連罵她的心情都沒有。

「新來的廚娘叫什麼名字？」她邊將一隻衣袖抽出來，邊問道。

「瑪蒂・布利斯。」

「布利斯？名字的縮寫應該是M. B.。這就怪了，我在她行李箱看到的名字是N. C.。」

我不想再去計較諸如新廚娘名字縮寫一致不一致的問題。於是，我把帽子戴好，並租叫了一輛大轎車。我決定採取一些行動了，我一旦決定做什麼，很少會再作更改。瓦拉的開車技術真讓我頭疼，他還是使用駕駛以前汽車的方式，我總覺得自己很有可能會被甩下車。不過，瓦拉也保留了一些想法，當破舊的汽車拐彎進入了馬路之後，他把自己的想法告訴了我。

他扭過頭說道：「瑞秋小姐，我昨天無意中聽到了一些對話。我也不太明白是什麼意思，我原本也覺得自己沒必要懂。可是，過了一整天後，我還是覺得應該告訴你。事情是這樣的，就在你和葛奇爾德小姐出去的時候，我就把汽車修理了一下。之後，我準備去書房告訴哈爾斯先生汽車好了。因為聽麗蒂小姐說他去了起居室，我就往起居室的方向走。我從書房的斜對面經過時，聽到哈爾斯先生在跟一個人談話。他像是有些不安，來回地踱著步，好像極其惱火。」

「他還說了什麼？」

「他最先是說——啊！真是不好意思，瑞秋小姐。我就照他的原話說，他說——『這個混蛋！真該死！我讓他先下地獄！』接著，是一個女人的聲音，她說：『我事先也警告過他們，可他們以為我會退縮。』」

「女人？你看到她是誰了嗎？」

「瑞秋小姐，畢竟我不能監視哈爾斯先生啊！」他聳聳肩接著說道，「可是，接下來的事情讓我不得不注意——她說：『我覺得，事情一開始就不大對頭。一個男人怎麼可能因為一天不舒服，第二天就不明不白地死掉了。』——當時，我覺得她是在說托馬斯。」

「瓦拉，你竟然不知道要馬上辨認她的身分！你知道嗎，也許你碰到了打開謎團的鑰匙，可你竟然不會使用！」我有點激動地說。

不管怎麼說他，也已經沒有意義了。我決定回家之後再去處理這個問題。我下面要做的事情同樣需要耗費一番精力。下面，我將要去見露易絲．阿姆斯特朗，我想從她那裡得到一些有關哈爾斯失蹤的線索。只是，我這次的嘗試也失敗了。

一位衣著光鮮的女傭打開了門。可她站在門的中央，任何一個有尊嚴和講究禮節的人，都無法從她身旁走進屋子。

「真對不起，阿姆斯特朗小姐的病情很嚴重，她沒法見任何人。」她說。她的話壓根騙不了我，因為她的說謊技巧太低劣了。

「我可以見一下阿姆斯特朗太太嗎？她總不會一起生病了吧？」

「她需要陪在小姐身邊，不方便去打擾。」

「請你轉告她，來訪的是瑞秋小姐，就說我有重要的事情需要跟她面談。」

「實在對不起，瑞秋小姐，我們太太特意吩咐過，什麼人也不見。」

就在這時，一陣沈重的腳步聲從樓梯上傳下來。我從女傭的肩頭望過去，看到了一頭熟悉的灰色頭髮。接著，我看到了站在我面前的史都華醫生。醫生臉上的表情很嚴肅，一貫的愉悅神色看起來略微勉強。

「我正準備找你呢，讓你的司機把車開回去。一會兒，我送你回家。快告訴我你侄子是怎麼回事？」他用很快的語速說道。

「醫生，他失蹤了。更糟糕的是，從每一條線索來看，他要麼被綁架了，要麼——」我不忍心再說下去。醫生一言不發地將我攙扶到他的汽車裡。車子行駛了一段時間，我們一直保持沈默。過了許久，他轉身說道：「請把詳情都告訴我吧。」

我在敘述事情的時候，他始終沒有插話，不過，他臉上一直保持著嚴肅的神情。

等我說完以後，他緩緩地說：「因此，你認為露易絲小姐知道什麼隱情。可坦白地說，我認為恰恰相反。我敢說，她也是一無所知。她請求我前來見你，並請你不要放棄尋找哈爾斯，一定要快點找到他。這就是我需要傳遞的口信。」

我哼了一聲，說道：「她肯定知道什麼，甚至知道的東西比我們任何人都多。她真夠殘忍的，還嫌把哈爾斯害得不夠慘嗎？」

他鄭重其事地說：「現在，她的病情很嚴重。在真相還沒有找到之前，我們不能草率地對她作出任何判斷。況且，發生了這麼多事情，她和她的母親快要無法承受了。已經發生了這麼多事情，真相終會大白於天下的。到了那時，也許我們才會明白，可憐的露易絲在這一連串的事情中也是受害者，也許，就連她的母親也是無辜的。」

我一直沒有注意車子前行的方向，此時，我發現我們正在向鐵路旁邊靠近。距離我們很遠的地方圍了一大群人，我想那地方一定是哈爾斯出事的地方吧？只是那裡除了一堆碎木片，什麼也沒有，絲毫看不出發生車禍的痕跡。

「怎麼沒見到被撞的火車？」史都華醫生向一位路人問道。

「天亮的時候就拉走了，因為後面的火車需要通行。」

我們最終也沒有問出個所以然來。醫生又給我指了指聽到聲音的那家母女的房子。然後，我們就打道回府了。

到達小木屋外面的鐵門時，我請史都華醫生停了車。因為我想步行回到主屋。我路過之前露易絲藏身和托馬斯居住過的小木屋，之後，我又來到把蘿茜嚇個半死的車道，最後回到了讓人費盡心思想闖進去的主屋。

兩星期前，我和麗蒂在屋子的東面側門那邊看到一個陌生的女人；而距離西廂房不遠的地方則剩下一處荒涼的馬房，一場大火已經把它燒得面目全非了。

我外出的時候，家裡又來了兩位刑警。當他們接過看守房子和草地的重任之後，我覺得如釋重負。我從他們口中得知，詹姆斯又調派了許多人前去尋找哈爾斯，他們準備搜尋整個村子。

這個下午，屋子裡的人數又少了。新來的廚娘沒等領到工資就拿著東西離開了，我一回來，麗蒂就迫不及待地將這個消息告訴了我。我再一次陷入了無法解答的謎團裡。

破綻

接下來的四天，也就是從週六到下個星期的週二，我們的不安達到了極限。換句話說，我們的生存狀態就像行屍走肉一般。在吃的方面，屋子裡的人只能依靠麗蒂放在盤子裡的食物充飢，而且每個人就只吃一丁點。當然，報社記者就活躍多了，他們蜂擁來到「陽光居室」。各種各樣不真實的傳聞在鄉間流傳，我們心中升騰起來的希望不斷地被現實摧毀。周邊百英里之內都被搜尋過了，他們沒有放過任何一家停屍間和醫院，可是依然毫無收獲。

這次全面的搜尋是由詹姆斯親自負責。無論他去了什麼地方，都會給我打來長途電話，讓我及時得知搜尋結果。不過，每一次通話的內容都差不多。他都會告訴我，今天搜索沒有結果，他們正在制定新的搜索計畫，並說明天說不定會有好消息。

聽到這些，我們只好懷著沮喪的心情掛掉電話，繼續坐下來等上一整個晚上。最無聊的事情莫過於無事可做。這一整天裡麗蒂一直在哭泣。因為麗蒂知道我很討厭哭哭啼啼，所以她就躲到角落裡抽泣。

「拜託！你能不能表現得高興一點？」我打斷她的哭聲。

於是，她那張鼻子腫脹、兩眼發紅的臉上勉強擠出一絲微笑，這個表情滑稽透了，我忍不住歇斯底里地大笑起來。沒過多久，我們兩個人像個傻瓜一樣，拿著同一塊手帕在那裡哭成一團。

一切仍在繼續。不過，這些都不足以改變我們的處境。史都華醫生接到了去醫院住院治療的華生太太的醫生的電話，說她的生命危在旦夕。有一些人也正在準備採取法律手段來解除我與「陽光居室」簽訂的租賃合同。露易絲已經脫離了危險，可病情依然很重。守護在她身邊的那個護士訓練有素，總是寸步不離。麗蒂還從肉販那邊聽到一個傳言——村子裡的許多人都說露易絲已經和華克醫生舉行了婚禮。這個消息讓我大受刺激，我不得不採取行動了。

週二，我去村子的車行租來車子準備外出。當我在門廊等車的時候，園丁助理正忙著修整屋子旁邊的籬笆。這個灰頭髮的男子並不惹人反感。馬車的平台上坐著一位白天值班的刑警，他正在監視園丁助理。看見我之後，他起身站立，並脫帽打招呼。

「你知道園丁亞歷斯到哪裡去了嗎？」他隨口問道。

「哦，我不知道。他沒在這裡嗎？」

「是的。昨天下午，他就離開了。他在這裡做園丁很久了嗎？」

「他僅僅來了幾個星期。」

「他的技術怎麼樣？你對他還滿意吧？」

「這個我確實不清楚。不過，自從雇用了他們，這裡看起來好多了。說實話，我不太了解種在土裡的玫瑰。」

他拿手指了指園丁助理說道：「這個人說亞歷斯壓根不像園丁。他對園藝一竅不通。」

我竭力回憶道：「這真是怪事！原本，他在布瑞家工作，這家人已經去歐洲了。」

他微微一笑，說：「這就對了。會除草的人不一定全是園丁。瑞秋小姐，我們現在最好先把周圍的每一個人都設想為壞人。」

他剛把話說完，瓦拉就把車子開過來了。我和刑警的談話就此打住。

不過，他把我攙扶上車時，我們又有了一段簡短的對話。

「假如亞歷斯回來了，先不要向他透露什麼，一個字也不能說。」刑警叮囑道。

這次我準備去華克醫生的診所。我不想再拐彎抹角地試探下去，且不論詹姆斯的看法如何，在我看來，要想找到哈爾斯，必須從卡薩洛瓦挖掘線索。

我達到目的地時，華克醫生就在家中，他很快來到診療室門前，臉上那種假意裝出的親切神情已經不見了。

「請進。」他用簡慢的語氣說道。

「不用了，醫生，我在這裡就行。」

他的臉孔和他的態度讓我很不舒服，因為他與從前判若兩人。他已經收起了和善的面具，臉上寫滿了不安和憔悴。

「華克醫生，我想向你詢問幾個問題，希望能從你這裡得到一些答案。誠如你所知，我的侄子失蹤了，至今杳無音訊。」

「我知道的情況也就這些。」他用略微僵硬的語氣說道。

「我能確信一點，假如你有能力的話，一定會盡力幫助我們的。麻煩告訴我，在哈爾斯被襲擊和遭綁架的那個晚上，你們都談了些什麼？」

他裝作吃驚，叫道：「什麼？襲擊？綁架？瑞秋小姐，你不是在開玩笑吧？據我所知，哈爾斯先生以前也失蹤過。」

「醫生，請不要轉移話題。這可不是一件小事，這關係到一條人命啊！你能直接回答我的問題嗎？」

「好吧，當然。他當時說自己覺得心裡急躁，我就給他開了藥方。泄漏病人的情況是有悖於職業操守的！」

我不能證明他在說謊，可我的眼神代替我表示質疑。我決定再冒一次險，哪怕是投石問路也好。

「我還以為，你們在談論妮娜．卡林東的事情呢！」我故意試探道。在說話的時候，我仔細留意他的神色變化。

一眨眼的工夫，他的臉色發青，青筋爆裂。我原以為他要出手打我。誰知，過了一會兒，他發出一陣短促的笑聲，那笑聲聽起來勉強極了。

「誰是妮娜．卡林東？」

「我想，我已經找到答案了。」

聽到這話，他立刻緘口結舌。很明顯，他很害怕這位名叫妮娜．卡林東的女人。之後，我省去了告別之詞，就徑直離開了。實際上，我們坐在擺滿舊雜誌的候診室時，兩人就已經彼此相視不語。

「我們去瑞斯菲爾德。」我走出屋外對瓦拉說道。

這一次在去往這個小鎮的路上，妮娜．卡林東的名字一直在我腦子裡浮現。我突然意識到一個問題，妮娜．卡林東的縮寫是N. C.，而那個臉上有疤的廚娘的行李箱上寫的也正是N. C.。想到這裡，一切都變得顯而易見。沒有領取工資就倉皇離開的廚娘瑪蒂．布利斯就是妮娜．卡林東，而且在書房跟哈爾斯說話的女人就是她。真不知道她告訴哈爾斯什麼了，他竟然瘋了一般去找華克醫生。或許，他從華克醫生的診所出來後就走向了死亡。假如能找到妮娜．卡林東，一定可以知道哈爾斯的消息。

我們快要抵達瑞斯菲爾德小鎮了，我的思緒還是停不下來。此刻，我沒有去想自己即將開始的任務，卻突然記起了與哈爾斯在一起暢談的那個夜晚。他曾經問過露易絲倉皇從西部回來的原因，而讓露易絲害怕得要命的原因到底是什麼呢？

就在汽車停靠在塔特家門前時，我決定了一件事——從這裡回去以後，就算是持槍硬闖，我也一定要見到露易絲本人。

這一次，我在門前見到的景象跟上次一樣——小徑上停著嬰兒車，塔特太太守在蕩著秋千的孩子們身旁。

她看到我後，走過來招呼我。這次，她看起來年輕了許多，臉上的焦慮神色消失了，就算是誇她變漂亮了，也不算過分。

「很高興能再次見到你，我應該把多出來的錢給你。」

「怎麼了？孩子的母親過來了？」

「沒有。不過，一位女士替他們支付了一個月的住宿費，她和孩子談話談了很久。之後，我專門問過那孩子，他說他也不知道那位女士的名字。」

「她年輕嗎？」

「不，她大概有四十歲了，身材嬌小，一頭金髮，不過已經有些發灰了。她身穿喪服，一副憂傷的樣子。看樣子她原本準備付完費用馬上離開的，但是魯西很喜歡她。所以她就跟這個孩子聊了好久，臨走的時候，情緒也好多了。」

「你覺得這位女士，可能是孩子真正的母親嗎？」

「啊？不會的。她剛來的時候，都不知道哪個孩子是魯西。我還以為，她是你的朋友，不過，我也只是在心裡想想，並沒有開口。」

「她臉上長有疤痕嗎？」我試探著問道。

「沒有！她的皮膚非常光滑，看起來就像嬰兒一樣。也許你對她的名字縮寫感興趣。她把自己的手帕拿給魯西玩，走的時候忘記拿了。那條手帕的材質好極了，還帶著黑色花邊，手帕的一角是兩個字母——F. A.，全是用手工繡上去的。」

「哦，我們不是朋友。」我如實地回答。

顯而易見，范妮·阿姆斯特朗的縮寫就是F. A.。我再次叮囑塔特太太對我的來訪隻字不提，隨後就離開了。范妮·阿姆斯特朗居然也知道魯西·瓦雷斯，還專程跑去看他，並且替他支付生活費。到底誰是孩子的母親呢？她到底去了哪裡？妮娜·卡林東又是什麼人？究竟誰知道哈爾斯的下落，或者知道他發生了什麼事情？

返回「陽光居室」的路上，我們途經安葬托馬斯的小墓園。我不禁想到，假如托馬斯活著，他很可能在尋找哈爾斯的時候可以幫得上忙。接下來，我們又看到一片高貴而富麗堂皇的墓地。阿姆斯特朗父子就在那裡長眠，他們的墳地緊挨著高大的花崗岩柱子。我想，這三位死者中間，恐怕只有托馬斯會讓人真誠地為之默哀吧。

手錶

隨著時間的推移，已故商人銀行的總裁給銀行儲戶帶來的痛苦仍在延續。痛罵聲不僅僅來自於那些因為在他這辦理業務，經濟蒙受損失的人。事實上，他從來就不受歡迎。這件事之後，人們對他有了新的傳言：總裁是個貪得無厭的人。商人銀行原本是最受小商人們歡迎的銀行，就算是數目很小的一筆存款也會受到銀行的禮遇。這些人原本以為自己有了存款就可以成為經濟獨立的個體，誰知到頭來還是竹籃打水一場空，淪落到了進貧民救濟院的下場。不過，每一間銀行停業都會造成這樣的慘劇，這是不可避免的。銀行董事們也竭盡全力減少給儲戶帶來的損失，承諾補償他們百分之二十的存款。

這段時間，銀行停業的事，幾乎被我和葛奇爾德忘光了，就好像遺忘了其他事情一樣。我們也不再去提傑克・貝利這個名字，但我依然無法相信他是無辜的。關於這一點，葛奇爾德再清楚不過了。至於阿諾・阿姆斯特朗被殺一案，我的思緒很複雜：有時候，我認為葛奇爾德知道或者也在懷疑傑克是殺人兇手；有時候，我特別害怕那一晚上葛奇爾德獨自一人待在螺旋樓梯那邊；還有時候，我會懷疑到魯西．瓦雷斯的母親，認為她在作繭自縛，因為所有的證據都對她非常不利。有許多次，我嘗試著將自己的懷疑都先擱置在一旁，把目標鎖定在一個人身上，不管那個人是誰。

追查妮娜．卡林東下落的時候，我的心情跌落到谷底。她壓根沒有留下任何線索，我根本無從查起。回到家以後，我立刻把她的長相告知了一位刑警，可一直到了晚上，還是沒有一點消息。

接下來，我向葛奇爾德提起了那封發給露易絲的電報，還將自己拜訪華克醫生以及懷疑廚娘瑪蒂．布利斯和妮娜．卡林東是同一個人的事情也跟她說了。她的想法跟我一樣，她也認為事情太過蹊蹺。

不過，我沒有把刑警對園丁亞歷斯的懷疑告訴她。當時，我沒有注意到任何細節，可現在我都想了起來。我感覺難受極了。假如亞歷斯真是間諜，那麼，我當初聘請他過來當園丁，還讓他住在主屋，豈不是在引狼入室？

誰知，這晚八點的時候，亞歷斯回來了，還有一個奇怪的傢伙也跟著他一起回來了。總體說來，這兩個人都怪模怪樣的，亞歷斯把自己弄得髒兮兮的，從上到下跟流浪漢沒什麼分別，而那個傢伙的眼窩烏青。

原本無精打采的葛奇爾德正在等待詹姆斯的訊息，但她看見這兩個人的樣子後，也不再顧及什麼禮節了，騰地一下就跳了起來，並直愣愣地盯著他們。這時，負責夜晚看守的刑警溫爾特也來到屋子裡，他一直在打量亞歷斯帶回來的傢伙。想必兩個人經過了搏鬥，要不然也不至於弄得這麼狼狽。

那個被帶回來的傢伙是個瘦高個子，衣著破舊，整個人看起來灰頭土臉的，臉上的神情很複雜，恐懼裡還夾雜著一些難為情。而我們的園丁亞歷斯則神情專注，看不出任何異樣。直到今天，我依然沒有詢問他擅離職守的原因。

突然之間，他開口了：「瑞秋小姐，我們可以從這個人身上找到哈爾斯先生失蹤的線索。他手裡拿著哈爾斯先生的手錶，正準備把它賣掉。」他說著，從那個人的口袋裡掏出一隻錶放在桌上。那隻錶確實是哈爾斯的，那是我送給他的二十一歲生日禮物。認出這隻錶之後，我擔心極了，幾乎說不出話來。

「還有一對袖釦，他說已經賣了。」

「是的，賣了一塊五。」一身狼狽的傢伙看了看刑警，同時用沙啞的聲音插話。

「他還活著嗎？」我忐忑不安地問道。

那人清了清嗓子，說道：「是的，還活著。雖然他的傷勢很重，但是還活著。他醒過來的時候……」他停頓了一下，看著刑警說：「溫爾特先生，我發誓這隻手錶不是我偷來的，是我在路上撿到的。」說到最後，他幾乎是在哀泣。

這位刑警壓根不理睬他，他已經把注意力轉移到亞歷斯身上。

「還是由我來告訴你們事實真相吧！這樣的話，你們會聽得更清楚明白一些。」亞歷斯說，「待會兒，等詹姆斯先生打電話過來時，或許就可以找到正確的方向。溫爾特先生，我在第五街碰到了這個傢伙，他準備以三塊錢的價格賣掉這隻手錶。」

「等等，你怎麼知道這隻手錶是哈爾斯先生的？」溫爾特打岔道。

「我見哈爾斯先生佩戴過。之前，我一直同哈爾斯先生一起在樓梯口守夜。於是，我假意購買這隻手錶，一等我們拐進小巷裡，我趕緊將手錶搶了過來。」

聽到這話，那傢伙不由得顫抖了一下，由此我們可以想像出亞歷斯爭奪這隻手錶時的精彩情形。

亞歷斯接著說道：「我想，這個傢伙一定知道一些事情。果不其然，他說自己看到了整個事件。事故發生的時候，他正好在被撞的那節車廂裡。」

那晚，這個傢伙正在那輛準備西行的火車裡睡覺，火車預計在黎明時分發車。因為他與列車的副駕駛員有些交情，所以空車廂就成了他休息的地方。約莫晚上十點，也許還更早一些，他被撞擊車廂的聲音吵醒了。他原本想把車廂門打開，可門怎麼也開不了。於是，他只好從另外一側下車。就在那時，一陣呻吟聲傳進他的耳朵裡。

因為長年行走江湖，他非常小心謹慎。於是，他先躲到貨車防撞板底下偷偷往外看。他看到一輛被撞壞的汽車停在車廂旁邊。汽車已經受到嚴重損傷，只剩下尾燈還亮著。車子旁邊躺著一個人，還有兩個人正彎腰察看他的傷勢。之後，兩個人中的高個子連忙去尋找空車廂。他發現不遠處的一列四節空車廂後，就跑回來和另外一個人把傷者抬到空車廂裡。他們在車廂裡待了幾分鐘就出來了，出來的時候，還順手關上了車廂門。接著，他們就越過鐵路，從土堤那邊去了鎮上。其中那個身材矮小的人是個跛腳。

這個奇怪的傢伙還算機警。那兩個人走了以後，他又在那裡逗留了十幾分鐘。此間，他看見兩個女人從小徑上走了過來，她們走到馬路上，還特意察看了一下汽車。那個傢伙等女人們離開了以後，就悄悄地來到那節躺著傷者的車廂裡。他關上車門，點燃了一根火柴。藉著火光，他看到了位於車廂另外一端的傷者，看樣子他已經失去知覺了，雙手已經被綁上了，嘴裡也被塞上了東西。於是，這個可惡的傢伙乘機拿走了傷者口袋裡的現金，還有一對值錢的袖釦。之後，他又把傷者嘴裡的東西取了下來。據他描述，那個東西塞得非常緊。接下來，他就出了車廂，把車廂門關上，還在馬路上撿了一隻手錶。隨後，他溜進了開往東邊的貨運火車，進城去了。在他把釦子賣掉後，正準備處理手錶時，卻被亞歷斯逮個正著。

這個冷酷殘暴的故事到此收場了。我自己也說不上來是該為哈爾斯擔心，還是該稍有寬慰。有一點很清楚，那個空車廂裡的受傷的人就是哈爾斯。我們立刻需要做的事情就是：了解他的傷勢，並查明那一列貨運火車的發車地點。至今為止，這是我們得到的第一條確切的信息。我至少可以肯定一點，哈爾斯還活著！可此時，我內心深處那種模糊的擔心和害怕逐漸被真正的恐懼所代替。我生怕他躺在一間陌生的醫院裡，無法受到良好的治療。但不管怎麼說，即使他處於這樣的情形也比喪命要好得多。我在意識稍微清醒一些後才發現，因為哈爾斯的失蹤，我變得極度憂慮，以至於不管遇到什麼事情，我都渾身發冷，並不停顫抖。

溫爾特和亞歷斯警告了那個傢伙之後就把他放走了。顯而易見，他已經將自己知道的情況全都說了出來。一兩天過後，我們才發現，當即放走那個傢伙是一個明智的選擇。

當晚，我把這條線索告訴了打電話過來的詹姆斯。我從他口中也得知了一些從未知曉的事情。另外，他還告訴我，即使有了這條線索，要想找到哈爾斯也不容易。因為三天的時間，這列火車可能在美國的任何一個角落停留。但他還是安慰了我，讓我不要放棄，畢竟我們知道哈爾斯並沒有遇害身亡。此時，屋子的事情並沒有因為我們耗盡精力而停歇。

度過安靜的一天後，麗蒂突然在夜晚生病了。更衣室裡傳出她的呻吟聲，我聞聲走了進去，麗蒂把一個熱水袋敷在自己的臉上，她右側的臉腫得厲害，光滑的就像玻璃一樣。

我沒好氣地說：「是牙痛嗎？真是活該！這麼大年紀了，寧願四處亂跑也不願意去拔牙。看看你，本來一會兒工夫就可以解決的事情！」

「那點時間也夠去上吊了！」麗蒂抗議道。

我忙著給她找棉花和止痛藥。

她依然在一邊唧唧喳喳地說個沒完：「瑞秋小姐，你嘴裡也有蛀牙。我敢打賭，醫生老早就想拔掉你那顆蛀牙啦！」

因為沒有找到止疼藥，我準備用石碳酸。可是，麗蒂堅決反對。我曾經因為在棉花上倒了過量的石碳酸，把她的嘴都燙傷了。不過，我敢肯定，那些傷害都不會變成永久性的。

麗蒂叫個不停，我被吵得無法入睡。於是，我只好下床向通向葛奇爾德房間的隔門走去。門居然上了鎖，這讓我大吃一驚。

我只好穿過大廳，從房門那邊去找葛奇爾德。房間裡沒人！床已經鋪好了，她的睡袍和睡衣還在房間裡擺著，這說明她沒有換衣服。我一下子在原地愣住了，腦海裡閃現出許多恐怖的情形。隔門裡傳過來麗蒂發牢騷的聲音，她還不時地呻吟幾聲。我非常自覺地找到藥品給麗蒂送過去。

半小時後，麗蒂終於停止了呻吟。我不斷地打開房門，朝大廳那邊張望，可是什麼也沒有發現。麗蒂終於睡下了。於是，我壯著膽子跑到螺旋樓梯的頂端。東廂房只能聽見溫爾特平穩的呼吸聲，他已經坐在東側門口睡著了。

就在這個時候，我聽到敲擊東西的聲音。我想，露易絲在兩週以前就是被這個聲音引誘著走下螺旋樓梯的。那個微弱的聲音恰好出現在我的正上方。被壓低的敲打聲響了三、四下以後，就會稍作停頓。不一會兒，又開始繼續反覆著。

唯一讓我覺得欣慰的是溫爾特的存在。我只要大叫一聲，他肯定會馬上過來幫忙。想到這個，我並不急於把他吵醒。我一動不動地在那裡等了一段時間，事實上，我一點也不相信麗蒂口中那些鬼魂的蠢話，我不是一個迷信的人。但是時至半夜，尤其是在一片漆黑又隨時可能發生意外的夜裡，我的腦子裡也開始浮現出可笑的畫面。我能感覺到自己距離洗衣間的滑道不遠。但是，我看不清楚眼前的東西，我只好用耳朵聆聽。一個模糊的聲音在我身邊響起，可是馬上又停住了。不安的移動聲和呼嚕聲從螺旋樓梯口傳過來。接下來，又陷入了靜寂。我站在那裡一動也不動，甚至不敢大聲呼吸。

我的判斷馬上得到了證實。螺旋樓梯頂端確實走過來一個人，他正從黑暗裡朝我靠近。我連忙閃在一旁，並將整個身子貼在牆上，我的雙腿已經無法支撐身體的重量了。腳步聲越來越近了，我覺得那個人應該是葛奇爾德。對，當然應該是葛奇爾德！

於是，我伸手往前試探，可什麼也沒有摸到。我覺得自己幾乎要失語了，但還是掙扎著叫了一聲：「葛奇爾德！」

「天哪！」我身旁響起了一個男人的聲音。

聽到這個聲音，我徹底崩潰了，感覺一陣眩暈。就在這時，我被一個人抓住了，接著眼前一黑，就不省人事了。

我睜開眼睛的時候，天已經大亮。我發現自己正躺在露易絲房間的床上，床頂上是彩繪的天使圖案，而身上蓋著我自己的毯子。儘管感到非常虛弱而且頭暈目眩，我還是勉強支撐著下了床，艱難地走向門口。在螺旋樓梯口守夜的溫爾特還在睡夢裡，我根本站不穩，幾乎是爬著回到自己的房間的。

這時，葛奇爾德房間的隔門已經打開了，只見她沈沈地睡在那，那睡姿就像個孩子一樣。麗蒂依然在我的更衣室裡，那個熱水袋已經冷卻了，可她還是不肯撒手。

突然，她嘴巴裡咕噥起來，說著胡亂的夢話：「你根本抓不住一些東西。」

訪客

二十多年以來，我第一次在大白天裡還躺在床上。這可把麗蒂嚇壞了，剛吃過早飯，她就打電話請史都華醫生過來。一整個早晨，葛奇爾德都陪在我身邊，還念一些東西給我聽。我一直在思考一些事情，根本沒有留意她念誦的內容。有關昨晚的事情，我對兩個刑警隻字未提。倘若是詹姆斯在這裡，我倒是願意告訴他全部事實。可我無法跟兩個相對陌生的人說起這些。因為葛奇爾德三更半夜並不在房中，她根本沒有在床上休息。還因為在我滿屋子去尋找葛奇爾德時，卻遇見了一個陌生的男人。我昏倒之後，還被他抱進露易絲的房間，而且根本不管我是否能醒過來。

這確實是一件讓人匪夷所思的事情。如果說它和這些命案無關的話，那簡直是荒謬透頂。「陽光居室」由兩名刑警負責看守，還有一個幫手一直守在外面的草地上。即便如此，我們的安全依然得不到保障，就像居住在日本人那種紙糊的房子裡一樣。

另外的一件事情更讓我驚訝：黑暗裡那個男人的聲音有些熟悉，他的驚叫聲明顯有些壓抑。葛奇爾德還在大聲地讀著，麗蒂在門口等待著醫生，而我反覆地回憶那個聲音，可怎麼也找不到答案。

當然，事情還遠不止這些。我想，葛奇爾德沒在房間很可能與這件事情有關，不過，我也不敢肯定。我猜，她早就聽見那個敲擊聲了。我覺得自己是個懦夫，根本不敢向她提起這件事。

也許，這是個對我不利的插曲，因為發生了這些事情，我暫時把哈爾斯和前一個晚上聽到的消息擱置一旁。白天，坐在電話機前等消息的滋味真不好，一分一秒都覺得漫長。電話的鈴聲也充滿無盡的可能。

午餐過後，華克醫生專程過來拜訪我。

「葛奇爾德，你下去見他，就跟他說我出去了，千萬不能說我病了，看看他到底想做什麼。另外，你記得跟傭人們說一聲，從今以後絕對不要再開門讓他進來。我很討厭這個傢伙。」我吩咐她說。

沒過一會兒，臉脹得通紅的葛奇爾德回來了。

「他是來催促我們搬走的！」她說著，把自己的書撿了起來，「他說，因為露易絲的病情有所好轉，她想住在這裡。」

「你怎麼說的？」

「我跟他說，實在抱歉，我們暫時不能離開。不過，我們很歡迎露易絲過來同住。他聽了之後，一臉憤怒。他還問，我們是否介意讓愛麗莎過去給他們當廚娘，因為他那裡來了一位鎮上的男病人，他們照顧不過來。」他不知道愛麗莎根本已經離開了「陽光居室」。

「他願意雇用愛麗莎，真是值得恭喜。他問哈爾斯了嗎？」我語氣尖酸地說。

「問了。我告訴他，詹姆斯還在追查。謎底早晚會揭開的。他嘴上說很高興聽到這個消息，不過，他的表情出賣了他。他還警告我，不要過分樂觀！」

「你知道嗎？我一直都堅信一點，華克醫生知道事實的真相。甚至，他要是願意的話，可以明確地告訴我們哈爾斯所處的位置。」

這天，接下來發生的事情讓我分外困惑。

大約下午三點時，我們接到了詹姆斯從卡薩洛瓦車站打來的電話。瓦拉開車去車站接他時，我連忙起身換好衣服，坐在自己房間的客廳裡等他。

他剛進門，我就急切地問道：「有消息嗎？」

他原本想表現得振奮人心一點，遺憾的是，他失敗了。因為我依然從他臉上讀到了疲憊和風塵僕僕，儘管他的外表沒什麼挑剔的地方，可看得出一點，他至少兩天沒刮鬍子了。

「瑞秋小姐，別擔心，很快就能見分曉了！我專程來到這裡，是因為要執行一項特殊任務。之後，我會跟你談一件事。我需要問你一些問題。昨天，有人來這裡修理電話、檢查屋頂的電線了嗎？」

我連忙回答道：「是的，有人來過。他沒有碰電話線，只是看了看那根走火的電線。他說這可能是馬房失火的原因。他去屋頂的時候，我跟著一起上去了，他也只是看看，沒有多說什麼。」

「很好！你做得不錯！在這個時候，不值得信任的人就不能讓他進入屋子，也不能輕易相信任何人。因為戴橡皮手套的人，未必就是電器修理工。」

他沒有作過多的解釋，而是從筆記本裡抽出一個紙條，並小心翼翼地將它展開。

「請注意聽好這些內容，以前你看到這些的時候，還嘲笑過我。不過，依照事情的發展情況來看，我覺得，你有必要重新讀一下這個紙條。瑞秋小姐，你很聰明。事到如今，我們有理由認為這個屋子裡藏匿了某種非常吸引人的東西，從這張紙條裡，可以看出端倪。瑞秋小姐，你認為呢？」

這張紙條是小阿姆斯特朗的遺物之一。當時，他找到了兩張字條，這只是其中的一張。事隔多日，我又仔細地讀了一遍。

「我想，我已經明白了。這個房子裡有一間密室，所以這些人想盡辦法要硬闖屋子。事實上，他已經進來了。樓上還鑿了一個洞呢！」

「等等，你說的『他』是誰？」他興味十足地問道。

「我看見了他們之中的一個人。」

他並沒有發表評論，而是站起來抖了抖他的長褲，一臉凝重地盯著我看。

「瑞秋小姐，我猜想，哦，不，應該說是斷定，這個屋子裡藏了商人銀行的一大筆錢。所以，已故總裁的家人沒有辦法回到這裡，他們並不死心，居然成功地硬闖了兩回。」

「已經第三次了！」我糾正道。

接著，我一五一十地跟他敘述了前一晚上的情形。

我補充說道：「不過，我敢肯定一點，昨晚那個人不是華克，他還有幫手。因為在我昏倒的時候，扶住我的人不是他，我能認出他的聲音。」

詹姆斯點燃一支香煙，開始不停地踱步。

之後，他在我面前站定，若有所思地說：「我還是想不通一件事情。那個名叫妮娜・卡林東的女人到底是誰？她究竟想做什麼？她為什麼化名為瑪蒂・布利斯來當廚娘，她又告訴哈爾斯什麼事情了？以至於他聽完以後那麼激動，竟然發瘋一般地去找華克。之後，還去見了阿姆斯特朗小姐。我們需要盡快找到這個女人。找到她，這個謎團就解開了。」

「詹姆斯先生，你想過一個問題嗎？老阿姆斯特朗也許不是自然死亡。」

他滿是好奇地看了看我，說道：「西岸正在協同我們調查此事。」

我們不得不停止談話，因為葛奇爾德通知說有客人找詹姆斯。

「瑞秋小姐，你最好也參與這次會面。來的人是梅・瑞格，她和華克醫生已經鬧翻了，她想告訴我們一些事情。」

走進房間的時候，瑞格滿臉膽怯。詹姆斯竭力讓她輕鬆一點，而她自始至終很小心地盯著我看。我請她入座，她卻溜到門邊的椅子上坐下。

詹姆斯顯得神采奕奕：「瑞格，你當著這位女士的面，把你知道的事情全部說出來，她是瑞秋小姐，她對你的話一定很感興趣。」

「可是，詹姆斯先生，你事先說過不會聲張的。」看來，瑞格一點也不信任我。她扭頭看我的眼神可沒有絲毫友善之意。

「是的！我們有義務保護你！不過，你把事先承諾的東西帶來了嗎？」

瑞格小心翼翼地從大衣內袋掏出一卷紙，並遞給詹姆斯。

詹姆斯仔細地看過之後，一臉滿意地對我說：「快瞧瞧，這是『陽光居室』的結構圖，我剛才跟你說什麼呢！瑞格，你現在開始講吧！」

「詹姆斯先生，要不是替阿姆斯特朗小姐著想，我實在不願意過來找你。可現在，哈爾斯先生可能被綁架了，露易絲小姐也因為此事大病纏身，我覺得，這下子事情一定是鬧大了。你也知道，我以前是在幫華克醫生做事，可許多事情是見不得光的。後來，我也意識到這種做法不對。」

我身體前傾，急切地問道：「綁架我侄子的事情，你也參與了？」

「不。事先，我一概不知。我是通過第二天的報紙才知道的。不過，我能猜出是誰幹的。請允許我從頭說起。

「華克醫生跟隨阿姆斯特朗一家去加州的時候，鎮上就傳出謠言，說從西部回來之後，他將和阿姆斯特朗小姐舉行婚禮。對此，我們也是萬分欣喜。之後，他從西部給我寄來了一封信，我從信裡都看得出他的興奮，他還在信裡說，阿姆斯特朗小姐決定從西部回去。所以，他給我寄了一些錢，囑咐我等候她回來，並讓我弄清楚她究竟有沒有回『陽光居室』。還說，無論露易絲小姐準備去哪裡，都讓我在他回來之前看好她。我就跟蹤她來到了小木屋。瑞秋小姐，我想，有一個晚上，我站在車道上把你嚇壞了吧？」

原來站在車道上的人影和攔住蘿茜去路的「男人」竟是她！

「我想，蘿茜一定被你嚇得更慘。」我用冷冷的語氣說道。

瑞格微微一笑，看起來非常不好意思。

「當時，我只是想確定露易絲小姐是否在那裡。誰知，我喬裝打扮了一下，卻嚇到了蘿茜。她一看到我，撒腿就跑。原本想攔住她，隨便編一個讓她不害怕的理由。可是，我壓根沒有機會解釋。」

「那麼，堆在籃子裡的碎瓷器片怎麼解釋？」

「哦，瓷器都是讓車輪子壓碎的。說實話，你們住在這裡，我從來沒有抱怨和苦惱過。你的汽車性能真不錯！」

到此為止，蘿茜在路上遇到的那樁怪事，終於有了答案。

「我確定了情況後，就給華克醫生發了一封電報，並留下來繼續監視。在他們從西部回來的一兩天之前，醫生又給我寫了一封信。他吩咐我等一位名叫卡林東的女人，還告訴我，這個女人臉部有燒傷的疤痕。他在信中的語氣強硬極了，讓我一定盯緊有類似特徵的女人，一直到他回來。」

「因為我沒有分身之術，所以實在難以完成華克醫生的要求。還好，醫生回來之前，那個女人一直沒有出現。」

聽到這裡，我突然問道：「瑞格，我剛租下這座房子的前一兩天，你有沒有在夜晚來過這兒？」

「沒有。我從沒有進過這個屋子。就在哈爾斯失蹤的前一天晚上，那個帶著疤痕的女人出現了。她來到診所的時候已經是半夜了，因為華克醫生不在，她就留在診所等他回來。她看起來情緒很不穩定，不停地在屋子裡來回踱步。等了好長一段時間，華克醫生也一直沒有回來。她竟然勃然大怒，還要讓我出去找他。最後，她乾脆大罵起來，說醫生要弄了她。還說快要出人命了，她會親眼看著醫生被處絞刑。」

「她是我見過的非常醜陋的客人。那晚十一點左右，她從診所離開了。接著，她穿過村子，去了阿姆斯特朗家。我一直在後面跟著她。只見她繞著房子走了一圈，走的時候還抬頭望瞭望窗戶。之後，她才敲門。等房門一開，她走向了屋子的大廳。」

「她在裡面逗留了多長時間？」

瑞格滿一臉疑惑地回答：「這也是讓我納悶的地方。那晚，我根本沒看到她出來。我一直等到天亮才上床睡覺。誰知次日，我竟然在火車站看到了她！她在一列火車上躺著，身上裹了一層白布。那也是我最後一次見她。她被火車撞得不成人形，不久就沒命了。後來，我從火車站那邊得知，她正準備穿過鐵軌，搭乘開往鎮上的火車，卻被火車撞了。」

聽到這些，我吃驚不小。又是一起可怕的死亡事件。同時，我們又掉進了另外一個死胡同裡。我特意看了看詹姆斯，他也是滿臉驚異。

「看來，我們又繞回到了最初的位置。」我說。

瑞格安慰道：「也許，還沒有糟糕到那種程度。那個叫卡林東的女人來自保羅·阿姆斯特朗先生去世的那個加州小鎮，我想，她肯定知道什麼事情。我跟隨華克醫生有七個年頭了，對他算很了解。他很少為什麼事情感到害怕，不過，我發現提到卡林東的時候，他就很緊張。我猜想，他是不是趁著在加州的時候，把阿姆斯特朗總裁給殺死了。這也是我的猜想，至於他還做過什麼，我就不清楚了。但是，他解雇了我，還因為我向詹姆斯先生提及哈爾斯先生的事情而大動肝火，甚至還想活活把我掐死。哈爾斯先生失蹤前確實去過診所，他們還大吵了一架。」

詹姆斯面向我問道：「瑞秋小姐，瓦拉在書房聽到卡林東和你侄子說什麼了？」

「她說：『一開始就覺得不太對頭。一個男人怎麼可能頭一天得重病，第二天就無緣無故地死了。』」

原本我們還打算從卡林東身上問出她知道的事情，或者是她懷疑的事情。可現在，她也跟隨著阿姆斯特朗家的兩個男人和可憐的托馬斯，離開了人世。這下子，恐怕只有老天才知道哈爾斯的下落了！

夜探墓園

我們從瑞格口中得知一些從前無法解釋的情況時，已經是週三了。此時，距離哈爾斯失蹤的上週五晚上已經過去一段時間了。自從那時，我對他的回來越來越不抱希望了。當然，我很清楚一點，他可能一直被鎖在沒有水，也沒有食物的車廂裡，然後到了一個遙遠的地方。我知道，西部荒廢支線的車廂內經常會停放一些屍體。想到這個，我的情緒也隨著時間的推移而日漸低沈。

不過，哈爾斯卻奇蹟般地回來了，這如同他失蹤的時候一樣突然。然而，我想把這一切歸功於被亞歷斯逮到的那個流浪漢身上。也許，他非常感謝我們手下留情放過了他！因此，他從自己的兄弟那裡得知哈爾斯的消息時，就第一時間通知了我們。

週三晚上，詹姆斯去了阿姆斯特朗太太在村子裡的住所，他想親自見一見露易絲，但同樣也吃了閉門羹。之後，返回「陽光居室」的時候，他在大門口遇上了一個流浪漢，這個傢伙跟亞歷斯上次抓到的那個人看起來一樣令人討厭，一樣邋遢不堪。他好像認識詹姆斯，一看到他，就把一張髒兮兮的紙條遞給了他。紙條上的內容歪歪扭扭的：「哈爾斯住在傑克斯維爾市立醫院」。這個送信的流浪漢裝作什麼都不知道，只是強調這張紙條非常重要。長途電話再次派上用場，詹姆斯打電話的時候，我們一群人都在他身旁圍著。我們得知哈爾斯確實在那所醫院裡，而且傷勢已無大礙後，一群人又哭又笑地擁抱在一起。我還激動地吻了一下麗蒂。此外，我隱約記得自己在激動之餘還吻了詹姆斯。想想也真夠難為情的。

週三晚上十一點，蘿茜陪同葛奇爾德連夜趕往距離這裡三百八十里的傑克斯維爾。這樣一來，家裡所有的家務都落到瑪麗和麗蒂兩個人身上，園丁助理的妻子每天也會過來幫一下忙。瓦拉和刑警們住在小木屋裡，因為尊重麗蒂，這些男人們每天會自己清洗盤子，而且也會竭盡所能做一些奇怪的食物出來。他們有一項手藝還是值得引以為傲的，可惜我們只能在早餐中品嘗到。不過做完那道菜，他們身上那種熏肉和洋蔥一起煎炒的味道，一整天都不會消散。另外，我還發現烤牛排很受他們的歡迎，偶爾吃一頓，他們會滿心感激。

葛奇爾德和蘿茜離開以後，「陽光居室」的夜間守衛工作也開始了。這個晚上，還是溫爾特看守樓梯口。之後，詹姆斯提出了一個計畫。

「瑞秋小姐，」我正打算上樓回房，他叫住了我，「今天晚上還覺得害怕嗎？」

「我現在什麼也不怕了。只要哈爾斯沒事，我的煩惱也消失了。」我愉悅地回答。

「要是這樣的話，你願意接受一個非同尋常的挑戰嗎？」

「在我看來，平靜的日子就是最不同尋常的事情。假如有什麼事情發生，我想我不希望會錯過的。」

「是的，一點沒錯。確實有事情發生。在我們能夠帶過去的女人中間，你是最合適的人選。」他看了一下時間接著說道：「瑞秋小姐，什麼也不要問。你只需要換上一雙厚實的鞋子，再穿上一件深色的舊外套，作好心理準備，不要被即將發生的任何事情給嚇著就行。」

我走進自己房間時，麗蒂已經沈沈地睡下了。於是，我輕手輕腳地找到自己需要的東西。詹姆斯站在大廳等我。我出來的時候，看到他身旁還站著史都華醫生，這委實嚇了我一跳。兩個男人正在低頭耳語，看到我之後就停了下來。出門前，我們先把準備工作做好。我們檢查過所有門窗，吩咐溫爾特繼續守夜之後，就關上大廳裡電燈，從前門走進茫茫夜色。

一路上，我一句話也沒有多問。我想，他們大概是出於對我的尊重，才讓我一同前往的。所以，我表現得和他們一樣緘默。我們穿過草地之後，又走進一片延伸到馬房廢墟的樹林。一路上有許多柵門和圍籬，要想從那裡經過，我們不得不從上面翻越過去。有一次，史都華醫生大概是被有刺的鐵絲紮到了，發出了一聲清晰的咒罵。

走了五分鐘後，另一個人加入了我們的隊伍。他一言不發地走在醫生身旁，肩上還扛著一個看不清楚形狀的東西。大約二十分鐘過後，我已經分不清東南西北了，只是沈默地跟著他們走過蜿蜒的小徑，也不想作任何設想。我記得自己因為估計有誤，沒有越過水溝，而是一腳跳進了泥漿裡。當時，我開始懷疑自己的生活是否真實，因為我覺得自己在這個夏天之前，根本不知道生活是什麼滋味。由於鞋子進水，我走路的時候啪嘰啪嘰地響個不停。不過，我絲毫不覺得難受，反而還非常愜意！我曾經悄聲告訴詹姆斯，我從來沒有看見過如此美麗的星空。夜晚的天空如此美麗，而人們卻在這段時間進入了夢鄉，實在是可惜！

可史都華醫生不太開心，他在嘴裡嘀咕了一陣。好像是說，假如不法的事情敗露了，他將會如何如何。詹姆斯告訴他，那只是一種可能，而他自己面臨的情況更糟。假如他不能偵破這起案件，史都華醫生的這點損失與警察局的處置比起來，簡直不值得一提。

我們停下腳步的時候，每個人都氣喘吁吁了。說實在的，在那個時候，我覺得那個令人頭疼的「陽光居室」也是相對讓人快樂的處所了。我們駐足在一個平坦而開闊的地方，周圍全是修剪整齊的常青樹。透過樹木之間的縫隙，我看見排列在星光下面的白色墓碑和富麗堂皇的紀念碑，還有一根根高聳的柱子。我這才明白，我們所處的位置是卡薩洛瓦墓園。

那時，我才發現，最後加入我們的居然是亞歷斯，而他肩上抗的東西是兩個長把鏟子。驚訝之餘，我暗自為自己沈著的表現揚揚得意。接著，我們自行排成縱列，走進成排的墓碑群裡。儘管我已經知道自己走在隊伍的最後，還是忍不住回頭張望。當我剛剛克服了心中的不安，夜晚鄉間墓地模糊的樹影和突如其來的聲音又籠罩著我。我沒有說謊，確實有一種聲音。不過，詹姆斯先生把它解釋為貓頭鷹的叫聲。我寧願相信他的解釋。

我們走到阿姆斯特朗父子的墓地時，就停了下來。也許，史都華醫生一開始就不同意我的加入吧？

「真不應該帶女士來這種地方！」他小聲地抗議道。

不過，詹姆斯跟他說了什麼目擊證人的話之後，他就一言不發地向我走來。他測量了一下我的脈搏說道：「好吧！無論如何，你待在這裡總比在屋子裡一直做惡夢好。」

於是，他脫下外套鋪在石柱台階上，並攙扶我過去坐下。

墓園總讓人想到「離別」。人們把泥土灑入墓穴時，難免會想到一切就此結束。不管前生和來世，把靈魂從安息的居所裡挖出來，總讓人覺得非常冒失。不過，我僅僅是在一旁坐著，亞歷斯和詹姆斯在一旁忙個不停。對於他們的舉動，我倒沒有覺得反感，只是很擔心被別人發現。

史都華醫生負責把風。他睜大敏銳的眼睛，不放過任何一點蹤影。他時不時地俯下身子輕拍我的肩膀，並安慰我。

我記得，他在那時說過這樣的話：「真沒想到事情會變成這個樣子。我絕對沒有想過會成為同謀。醫生這個行當更適合把過世的人入土安葬，而不是將他們的屍體刨出來。」

最後，亞歷斯和詹姆斯將鐵鍬丟在草地上，我們迎來了一個神祕的時刻。說實話，那個時候，我用手把自己的臉遮得嚴嚴實實的。接著，我聽見棺木被拉到地面的聲音，這段緊張的時間可真難熬啊！漸漸地，我感覺自己已經沈不住氣了。我試圖想一些別的事情分散自己的注意力，要不然真有可能大聲尖叫起來。

之後，詹姆斯低沈的驚叫聲傳進我的耳朵，醫生那隻抓著我的手臂也加大了力道。只聽他溫和地說道：「瑞秋小姐，也許你願意過來看一下。」

我近乎瘋狂地抓緊他，茫然不解地走上前去，並壯著膽子往下看了一眼：棺蓋銀牌上的名字正是保羅．阿姆斯特朗。但是，藉著燈光，我發現棺木裡躺著的屍體並不是銀行家，那是一張完全陌生的臉孔！

蛛絲馬跡

這個發現讓我的情緒波動極大。加之，拖著濕鞋和濕裙子一路走回家，我整個人都快虛脫了。我在爬樓梯和更換衣服的時候小心極了，這時候如果驚醒了麗蒂，可就別想安寧了。不止這些，最惱人的還是，我不知道怎麼處置弄濕的鞋子，無論我藏在哪裡，麗蒂總能找到。最後，我終於想出一個主意：次日一早，趁著麗蒂不注意把鞋子放在行李室，並藏在「鬼魂」挖出來的洞穴裡。

主意想好後，我就安心地上床睡覺了。可我發現自己根本沒辦法睡個好覺，夜晚經歷的事情一直縈繞在我腦中。我們一群人圍在墳墓旁邊的情形，好像又重新發生了一遍似的。我甚至又聽到了亞歷斯緊張而自鳴得意的聲音：「這下子，我們終於抓到你的把柄了吧！」我有些害怕，總覺得這句話一直在自己的耳邊重複播放。我不得不吃下一片安眠藥，他的聲音終於消失了。

儘管累得夠嗆，早上一睜眼，我又開始思考起來。亞歷斯的真實身分究竟是什麼？他肯定不單單是個園丁。我們半夜挖出的男屍又是誰？真正的保羅．阿姆斯特朗又去了哪裡呢？也許，他正住在一個沒有引渡條例的國家，美美地享受自己騙來的巨額財產吧？對於他這個卑鄙的陰謀，露易絲和她母親知情嗎？托馬斯和華生太太會不會知道什麼呢？妮娜．卡林東又是什麼人物？

我似乎可以為最後一個問題作答。這個女人十有八九早已知道這樁移花接木的醜聞了。不過，她並不想公開，而是想把這件事情作為勒索籌碼，可沒料到自己聰明反被聰明誤，還是把這個祕密帶進了自己的墳墓。不管事情的真相如何，有一點是可以肯定的——就在我和葛奇爾德出外尋找被我射傷的男人的下午，這個名叫卡林東的女人將自己知道的事情，全部都告訴了哈爾斯。

我想，哈爾斯聽到這些事情以後，肯定憤怒不已。露易絲顯然是為了母親，為了守住這個卑鄙的祕密才答應嫁給華克醫生的。所以，哈爾斯像以往一樣行為莽撞，他氣沖沖地跑去質問華克醫生，並把事情鬧大了。之後，哈爾斯就去火車站接詹姆斯，他準備把自己知道的事情全部告訴這位刑警。不過，華克醫生很快就意識到這一點，也許瑞格也從中幫忙——因為據瑞格所說，在她與雇主發生口角之前，她從未懷疑過雇主的行為。於是，手腳麻利的華克醫生迅速趕到火車站。至於以後發生的事情，我就不太清楚了。也許是哈爾斯被他打暈了，才致使汽車撞到了貨運火車上。不過，也有可能是他趁著哈爾斯昏迷的時候，故意將車子撞在火車上，然後在兩車將要相撞之際跳下車去。

我想，我對於這件事情的判斷還沒有偏差太多。這天早上，我收到一封葛奇爾德發來的電報，大致內容是：哈爾斯的意識已開始恢復，情況正在好轉，而且沒有骨折。過不了多久，就可以出院回家了。

因為哈爾斯已經找到，並且他的情況日漸好轉，加之還有事情去做，所以從週四開始，我感覺自己勇氣倍增。誠如詹姆斯所說，謎題很快就會揭曉。可是，一件讓人意想不到的事情居然發生了，我險些在賊人手裡喪命。

這天早上，我一直躺在床上思考，並觀察房屋四周的牆壁，猜想密室會在哪一間屋子後面。等我起床的時候，早上已過去大半。

當然，「陽光居室」在大白天的確名副其實，它寬敞極了，每一個角落都非常明亮清爽。這樣的外觀無疑讓人覺得愉悅和安詳。可誰又知道，它那貼著漂亮壁紙的牆壁後面隱藏著什麼。這所房子裡一定有一個鮮為人知的地方，那裡很可能隱藏著所有事情的答案。我很難相信，一個有道德的建築師在知道房子裡藏有機關暗室之後，還可以保持沈默。我只好跟卡薩洛瓦唯一的承包商通了電話。他告訴我，他從未在這棟房子上動過手腳。不過，一年以前，房主將屋子進行了改造，因為他看到大批工人從城裡搭乘卡車過來。最後他還表示了歉意，因為自己只知道這些。其實，這些消息對我們而言，已經足夠了。

我決定在白天好好觀察一下這棟房子，並研究牆壁裡外兩邊的異同。同時，我盡力回憶小阿姆斯特朗留下的那張紙條，並分析每一個字。

突然，紙條上的「煙囪」兩個字激發了我的靈感，也許這就是唯一的線索。不過，「陽光居室」是一棟很大的房子，煙囪在房屋裡隨處可見。我躺在床上，打量房屋四周。我的更衣室裡有一個壁爐，可臥室沒有。就在這時，我記起了一件事情——處於我房間正上方的行李室有壁爐，還有磚砌的煙囪，但我的房間卻沒有這些設施。於是，我趕緊起身下床，並悉心查看對面的牆壁。有一點是顯而易見的，裡面沒有暖氣管，而且我知道樓下的大廳裡同樣沒有。我之前曾提過，這棟房子是依靠暖氣管供暖的。儘管起居室那邊修建了一個大壁爐，可它位於另外一邊。

由此來看，行李室裡既安裝暖氣，又修建壁爐，委實有些古怪。建築師幾乎不會作出這種設計。

不出一刻鐘，我手裡拿著卷尺急急地爬上樓，我想驗證一下，看自己是否真的像詹姆斯說的那樣聰敏過人。不僅如此，我還下定決心，在找到證據之前，絕對不把自己的任何疑慮向他透露。

行李室牆壁上的那個大洞依然存在，它位於煙囪和外牆之間。我再一次觀察這個大洞，可沒有發現新的情況。不過，我覺察出那個人在磚牆、灰泥板和板條之間留下空隙的用意。

因為從這個洞口只能看到煙囪的一邊，所以，我打算去看看壁爐架另外一邊的狀況。

我立即去作準備。麗蒂去了村子裡的市場。在她看來，只有自己親自去看，店員們送來的東西分量才夠。因為商人銀行停業的事情，我們一定要避免再次吃虧上當。我一定要在她外出的時間裡完成任務。

由於沒有什麼工具，翻箱倒櫃後，我找到了一把園藝用的大剪刀和一把手斧。接著，我帶著工具開始行動了。沒過一會兒，我毫不費力地敲掉了最外層的灰泥板。不過，要想對付那些板條就沒那麼容易了，它被我重重地敲進去後，很快又反彈回來。因為害怕被壞人看出端倪，我不得不小心點，因為這項任務的難度相當大。

後來，我的手掌因為來回摩擦，起了水泡。誰知，板條終於被手斧打穿的時候，我居然把手斧弄掉了，那一記悶響對我而言，就像槍聲一般可怕。我呆呆地坐在行李箱上，等待著麗蒂衝上樓，並在腦子裡想像她把這件事情弄得人盡皆知的情形。然而，我沒有聽到她的腳步聲。

於是，我強忍著內心的不安，將洞口敲得更大一些，可我依舊沒發現什麼。我端起燭台，小心翼翼地往裡面張望。可煙囪裡面看起來跟外面完全一樣，真假牆壁之間有一個空隙，大約七英尺長、三英尺寬。這麼小的空間根本稱不上是密室，並且很明顯可以看出，它在房子建好以後就沒有動過。這個發現，真讓我失望透頂。

依照詹姆斯的觀點，假如真有密室，那密室的位置應該在螺旋樓梯附近。實際上，他曾經檢查過洗衣滑道的各個角落，並希望從那裡找到繩子一類的東西。我打量著跟前的壁爐架和壁爐，一點也不願意承認他的推測是正確的，而自己則是錯誤的。很顯然，壁爐從來沒有用過，並且還被金屬板封著。我嘗試著推了一下金屬板，可根本推不動，而且這塊板子已經被密封住了。我的精神馬上振奮起來。

於是，我趕緊來到隔壁房間。果不其然，這個房間也有相似的壁爐架和壁爐，而且也用同樣的方式封住了。我還發現，這兩個房間的煙囪全都從牆壁裡延伸出去。我抬手拿著尺子準備測量，可手一直抖個不停，根本拿不住尺子。這兩個房間裡，各有兩英尺半煙囪管，而兩個隔牆之間是三英尺寬，也就是說這個煙囪足足八英尺寬！看來，修建在兩個房間中間的煙囪確實碩大無比！

不過，我只確定了密室的位置，並沒有進入其中。我沒有在意壁爐架上的那些雕飾，也沒有找到鬆動的地板，或者是密室的入口。不過，我敢肯定一點：一定有進入密室的方法，而且說不定這種方法還非常簡單。假如我已經進入密室，我會看到什麼呢？也許就像詹姆斯猜想的那樣，我會看到一些商人銀行的債券和鈔票？也許，我們壓根就錯了。保羅・阿姆斯特朗可能去往西部時，就把自己所有的戰利品全部帶走了。就算沒有帶走，假如華克醫生知道內情，他肯定知道如何進入密室。這樣一來，是誰之前在假隔牆上挖掘了一個洞呢？我不打算把自己的發現告訴別人，任何人也不說，除非我進入密室。這天，我面對詹姆斯的時候，強裝出平日裡那種鎮定的神色。可他的情緒看起來倒是有幾分急切和壓抑。

我想，他們已經把屍體重新埋好了。現在，他也正等待著什麼結果的出現。只可惜，我並沒打算把我的發現告訴他。

魯西的身世

午餐時分，我在行李室挖掘的新洞口還是被麗蒂發現了。她尖叫著跑下樓。她說，灰泥板被一隻無形的手挖掉了。就在她進去的時候，那隻手停止了挖掘。還說，洞口吹過來一陣風，濕冷濕冷的。更有趣的是，她為了證明自己沒有撒謊，還把我藏在洞裡的濕鞋子拿了出來，擺在詹姆斯和我的面前。

接著，富有戲劇性的一幕上演了。

「看看，我沒有說錯吧？瑞秋小姐，你看你這雙鞋子，不僅沾上了泥，而且鞋口也被弄濕了。當然，你怎麼嘲笑我都行，但事實擺在眼前，你的鞋子被鬼魂穿過了！是的，一點沒錯！鞋子前面還沾染著墓園的氣味呢！也許，他們昨晚穿著你的鞋子走遍了整個卡薩洛瓦墓園，並還在哪個墳頭坐了一會兒呢！」

聽到這話，詹姆斯好像被嗆到了，不由得打了一個嗝。恢復正常後，他對麗蒂說：「假如他們真的做了這些事情，看起來確實像鬼魂的行徑。」

我猜想，他肯定計畫了一件什麼事情，而且這個計畫相當高明。可是，事情的發展超乎了他的想像，所以他的行動無法實施。第一個情況來自醫院急診處，他們捎口信說，華生太太快不行了，想在臨終之前見我一面。說實話，我不是很想去。我害怕面臨那種生離死別的場面。可麗蒂把適合這種哀傷會面的衣服都準備好了，我還是去了。詹姆斯留在主屋裡同另一位刑警一起巡視螺旋樓梯，他們檢查了那邊的每一寸地方，還不時地敲打和測量。我在心裡暗自得意，因為這天晚上，我預備讓他們大吃一驚。事實上，他們的確吃驚不小，而且險些崩潰！

我乘坐火車到醫院後，立刻被人帶進了華生太太的病房。她躺在高高的鐵床上，一副虛弱的樣子。我輕輕地走到她身旁坐下，她抬起疲憊的眼睛看著我。頓時，我覺得很慚愧，我們一直忙著自己的事情，她病成這個樣子，也沒有前來探望過她，甚至一次也沒有！

打了興奮針不久，她終於能開口說話了，但話語也是時斷時續的。我還是用自己的語言來敘述吧。踏進醫院後的一個小時，我從華生太太口中聽到了一個悲傷的故事，並親眼看著她意識一點一點衰弱，直至昏迷。

她的話大致如下——

今年，她已經年近四十了。年輕的時候，她身兼母職照顧自己的弟弟妹妹們。不幸的是，她的弟弟妹妹們都相繼離開人世。她把他們都埋葬在中西部，葬在父母的旁邊。最後，還是個嬰兒的小妹妹露西活了下來，她把自己所有的感情和愛給了這個妹妹。姐姐安妮三十二歲，露西十九歲時，她們生活的小鎮上來了一個年輕人，之後這個年輕人去了懷俄明州的一座有名的牧場。一般說來，只有放蕩無用的富家公子才會被送到這個地方，因為他們的行為會在這裡受到一段時間的限制，並可以呼吸新鮮的空氣和享受騎馬的生活。可是，過完一個夏天，這個年輕人就會回到東部，兩姐妹對此並不知情，她們只是完全被年輕人的熱情迷住了。總而言之，露西七年前跟一個叫做瓦雷斯的年輕人結婚了，而安妮嫁給鎮上的一個木匠，後來就守了寡。

起初的三個月，所有的事情都令人滿意。新婚的瓦雷斯帶著妻子去了芝加哥，並在一家旅館裡住下來。在懷俄明州時，露西的天真純樸讓他的丈夫著迷，但來了芝加哥之後，瓦雷斯發現他們兩個人並不合適。總而言之，即便是最初的三個月，瓦雷斯也不是一個合格的丈夫。因此，他失蹤以後，安妮反而覺得慶幸。可她妹妹露西並不這麼想，她灰心極了，變得焦躁不安，產下男嬰的時候，她就難產死了。這個孩子被安妮收養，並取名魯西。

因為安妮自己沒有孩子，她在魯西身上傾注了所有的母愛，並作出一個決定——讓孩子的父親瓦雷斯，親自教導自己的孩子，她希望孩子能擁有光明的前途。在她看來，孩子要想有所作為，必須要有好的機會。因此，她到了東部，到處找一些縫紉零工之類的工作，並且不停地為孩子解決住宿問題。最後，她發現自己最擅長的事情就是做家務。她就把男孩送去了聖公會之家，而自己在阿姆斯特朗家裡當起了管家。

在那裡，她見到了魯西的親生父親，原來這個負心男人的真名叫阿諾．阿姆斯特朗。我猜想，那個時候華生太太的心中並沒有多少仇恨，她只是把孩子的事情說出來，並希望孩子的父親可以撫養他，否則就把事情泄漏出去。小阿姆斯特朗起初支付了幾次撫養費。誰知，過了一段時間，這個無情的男人找到孩子的藏身之所，以帶走孩子來威脅華生太太。華生太太因為心疼孩子，形勢發生了反轉。小阿姆斯特朗逼迫華生太太把自己先前支付的撫養費全部拿出來，直到她身無分文。

可小阿姆斯特朗的處境越來越糟糕，他對華生太太提出的要求也愈發苛刻。最後，因為他與家人的徹底決裂，華生太太的境況愈加窘迫。於是，她只好從聖公會之家接走孩子，並把他放在一戶農家照顧。這個地方距離卡薩洛瓦不遠，就在克萊斯堡路上。她會抽出時間看望這個孩子，孩子在那裡染上了熱病。等著孩子長大，長成一個漂亮的男孩是支撐華生太太活下去的唯一理由。

就在阿姆斯特朗一家去加州度假後，孩子狠心的父親就開始了對他們新的折磨。孩子的失蹤讓他大發雷霆，因為害怕自己受傷，華生太太就搬出了主屋，在小木屋裡住下了。後來，我把「陽光居室」租了下來，她覺得小阿姆斯特朗不敢再來騷擾糾纏她，就重新回來當我的管家。

一個星期六晚上，露易絲突然從西部回來了。托馬斯把華生太太請了過來，同時，這個好心的老人還去綠林俱樂部找到了阿諾・阿姆斯特朗。露易絲很受華生太太的喜愛，因為她總讓華生太太想起自己的妹妹露西。對於露易絲遇到的麻煩，她並不知情。不過，她知道露易絲的情緒非常激動。小阿姆斯特朗來到小木屋時，華生太太躲了起來。他在裡面沒待太久，與露易絲大吵一架，然後就氣急敗壞地從小木屋離開了。

她站在窗戶邊，看見小阿姆斯特朗向「陽光居室」走去，有人給他開了門。幾分鐘之後，他就從裡面出來了。

與此同時，華生太太和托馬斯盡力使露易絲放鬆下來。將近凌晨三點，她才返回主屋。托馬斯把東廂房側門的鑰匙交給了她。

就在她穿過草坪的時候，居然碰到了再次返回主屋的小阿姆斯特朗。當時，他握著一根不明來歷的高爾夫球桿。他想進屋卻被華生太太拒絕了，他就用球桿打了她，並將她的一隻手嚴重割傷。因為受到嚴重感染又沒有及時治療，華生太太就得了這個重病。當時，她的情緒很複雜，恐懼而又氣憤地衝進屋子。這時候，前門那邊正站著葛奇爾德和傑克・貝利。於是，她一路小跑到樓上去了，腦子裡根本沒了意識。葛奇爾德的房門是打開的，床邊正放著哈爾斯的左輪手槍。於是，她抓起手槍向螺旋樓梯跑去。

這時候，小阿姆斯特朗還在側門外擺弄門鎖。於是，她輕手輕腳地下了樓，並把房門打開。她還沒走回樓梯，小阿姆斯特朗已經進屋了。儘管屋裡漆黑一片，可他身上穿的白色襯衣還是可以分辨出來。她走上第四個台階時，就向他開槍了。葛奇爾德大概在撞球室裡聽到了聲音，嚇得驚叫起來。她一下子進退兩難。因為大家都已經被驚醒了，她沒法再跑上樓，乾脆就在屋外的草地上等所有人下樓後，再悄悄地溜回樓上。她在樓上把手槍丟下之後，才下了樓。下樓的時候，正好趕上為從綠林俱樂部過來的男士們開門。

其實，托馬斯懷疑過她，但沒有說出來。可她發現自己手上的傷口一天一天惡化，就給托馬斯留下了魯西在瑞斯菲爾德的地址，並給他了差不多一百美金。她是想讓托馬斯幫忙去支付魯西的住宿費用。

現在，她找我過來也是為了這個孩子。她想請我幫忙，想讓阿姆斯特朗家族承認這個孩子。她還告訴我，就在她病情惡化的時候，曾經給阿姆斯特朗太太寫過一封信，並將小魯西的居住地址告訴了她，懇請她承認孩子的身分。因為自己即將不久於人世，可這個孩子是阿姆斯特朗家的人，他有權回到自己的家裡，得到家人的照顧。她放在「陽光居室」的行李箱裡有孩子父親小阿姆斯特朗親自寫下的證明信。

華生太太就要離開人世，世間法律不會再制裁她。也許，她去了另一個世界，露西也會在那裡為她辯護。那天晚上，詹姆斯在螺旋樓梯上聽到的腳步聲就是她的。因為詹姆斯在後面窮追不捨，她慌不擇路就躲進了離她最近的房門裡。之後，她不慎掉在洗衣間的滑道裡，幸好滑道底部的籃子把她接住了。聽到這裡，我如釋重負。原來那個被困在滑道裡的人，並不是葛奇爾德！

——以上就是華生太太的臨終遺言。

儘管這些話讓人悲傷，但她在臨死之前，能把藏在心裡的祕密和多年的痛苦說出來也算一種解脫。她並不知道托馬斯死亡的消息，我也不打算告訴她。我答應了她的請求，同意替她繼續照顧小魯西。我一直在她身邊陪著，她的意識越來越弱，最後徹底消失了。還沒熬過那個夜晚，她就離開了人世。

暗室

在卡薩洛瓦火車站搭乘計程車回家的途中，我正好看見伯恩斯刑警從華克醫生的診所出來。詹姆斯正在向他施加壓力。我敢肯定，這一切都只是個開始，過不了多久，壓力會越來越大。

屋子裡非常安靜。螺旋樓梯的兩個台階已經被撬開了，但從裡面看不出什麼端倪。葛奇爾德發來了第二封電報，她說哈爾斯執意要回家。這天晚上，他們將回到家裡。除此之外，並沒有什麼新鮮事可言。

詹姆斯發現自己找不到密室，就去村子裡另尋門路。之後，我才知道他假裝急性胃炎前去華克醫生的診所就診。離開之前，還特意詢問了進城火車的夜間車次。此外，他還向華克醫生抱怨這個案件的難纏，說自己在這樁案子上花費了很多時間，但是成效不大。華克醫生則說，「陽光居室」日夜都有人守著，製造出這樣大的仗陣，就算沒有人守衛也無妨。詹姆斯的作風一貫如此。

有一點可以肯定，中午之後，詹姆斯和兩位刑警穿過卡薩洛瓦的大街，坐上了一列駛向城裡的火車。

當然，他們又神不知鬼不覺地在下一個站點，悄悄下了車，並趁著夜色步行返回「陽光居室」。我並沒有留意他們這樣的舉動，因為我的注意力完全被別的事情佔據了。

外出回來以後，麗蒂看我正坐著休息，就送來了茶水。還順便在茶盤上放了一本名叫《無形的世界》的書。這本書是從卡薩洛瓦圖書館借來的。封面非常怪異：墳墓周圍站著六個身裹著白床單的人，他們手牽著手，顯得非常快樂。

故事講到這種程度，哈爾斯準會無奈地說：「要是讓女人把兩個二相加，到最後一定能得出『六』來。」當然，這個時候，我也不會忘記反唇相譏：「假如二加二再加個未知數等於六，那世界上最簡單的事情就是找到這個未知數了。可是，屋子裡這麼多刑警也不會發現這個未知數，他們把心思全放在證明二加二等於四上。」

去了一趟醫院後，我的心情沮喪極了，真希望能快些見到哈爾斯。下午五點，麗蒂去準備晚飯，她幫我換好灰色絲質睡袍和拖鞋，讓我在晚飯之前稍事休息。等到聽不見她下樓的聲音時，我連忙向樓上的行李室跑去。這個地方沒有被人動過。於是，我再次開始尋找密室的入口。情況和先前一樣，另一邊的洞裡除了三英尺寬的磚牆，絲毫看不到入口：既沒有把手，也沒有鏈條，看不出一點蛛絲馬跡。於是，我把目光轉向了壁爐架和屋頂。我先在壁爐架上搗鼓了半個小時，並沒有任何收獲。接著，我決定去屋頂檢查一下。

說實話，我有些懼高。以前的幾次爬樓梯的經歷，總讓我頭暈眼花，四肢無力。我想，讓我爬上華盛頓紀念碑頂端的難度，絕對不亞於讓我當上總統的難度。但這一刻，我沒有猶豫，我竟然一下子爬到了「陽光居室」的屋頂。

對我而言，這種追尋行動如同獵犬追尋目標，或者是和身披熊皮，手拿長矛的祖先追捕野豬是一樣的。因為這種追尋本身就能讓人熱血沸騰。我從東廂房頂上尚未完工的舞廳窗戶那邊爬上屋頂，這裡距離地面大約兩層樓高，等我爬上去的時候，身上黏上了許多灰塵。

爬上屋頂後，我看見舞廳的外牆上固定了一道十二英尺高的直立小鐵梯，從這裡爬上主屋中心就容易多了。至少看起來如此。從下面來看，這十二英尺的高度根本不算什麼，可是攀爬起來相當費力。我收攏好自己的衣裙下襬，最終爬到了梯子的頂端。

一到梯子頂端，我累得上氣不接下氣。於是，乾脆坐了下來，雙腳踩在最上面的梯階上，並將自己的髮針插牢一些。就在這時，我的睡袍被風吹起，那個弧度好似船帆。為了讓它不影響我的行動，我只好撕下了一大片布條。後來，我乾脆把整條布都撕了下來，然後綁在了自己的頭上。

各種各樣的聲音從下面傳上來，儘管這些聲音聽起來很細微，但很容易分辨。車道上，報童吹口哨的聲音清晰可辨。此外，還有其他的聲音。突然，一塊石頭從高處掉了下來。因為受到驚嚇，小貓布拉發出很長的一個叫聲。我彷彿一下子忘記了自己的懼高症，大膽地往前邁步，險些走到房檐的邊緣上。

已經是傍晚六點半了，夜色漸暗。

「嗨！你好啊，小鬼！」我大叫道。

報童轉身張望了一下，連個人影都沒有看到。之後，他抬眼向上望望，巡視的一周才看見我。他像是被催眠了一般，在原地愣住了。他顯然是被我嚇到了，只見他猛然丟掉手裡的報紙，尖聲嘶喊著穿過草坪，向馬路那邊飛奔。跑著跑著，他跌了一跤，可能衝力很大的緣故，他竟在毫無意識的時候翻了一個筋斗！爬起身以後，他不曾有任何停歇，便頭也不回地跳過了籬芭繼續向前跑。我敢肯定，在一般情況下，即使是成年男人也很難做出如此乾淨利落且超有難度的動作。

這個小鬼離開後，黃昏的天際出現了一片彩霞。距離晚餐時間越來越近了，我必須加快自己的調查活動。還好屋頂是平的，這樣的話，很方便我一步接著一步向前移動。可結果依然令人失望。屋頂上根本沒有活動板門，也沒有窗子，只有幾根大約兩英寸粗細的導管立在上面。這些導管有十八英寸高，彼此相隔三英尺。管道上方還加有蓋子，既可以防止雨水進入，掀開的時候，又可以方便空氣流通。我撿起一個小石塊，將它從導管上方丟了進去。之後，就將自己的耳朵貼在導管上仔細聽。石子像是撞擊在什麼東西上面，響起了一陣清脆的聲音。可我實在分辨不出石子跌落的位置。

我終於放棄了。為了避免被人看到，我先小心翼翼地爬下梯子，接著又輕手輕腳地從舞廳的窗子爬進屋裡。接下來，我再一次回到行李室，並坐在一個箱子上思考自己目前面臨的問題。假如那些屋頂的導管可以通向密室，活板門又不在樓頂的話，密室的入口應該還在煙囪跨佔的兩個房間裡。除非建造這座房子的時候，密室就修好了，否則密室的入口一定被人用磚和灰泥封住了。

突然，我的目光被壁爐架吸引了。這個架子居然是用雕飾過的木頭製成的。我看的時間越久就越是納悶。這種地方出現這種壁爐架是不合時宜的，甚至你可以說它荒唐可笑。整個爐架上盡是渦卷花紋和嵌板。後來，我隨手推了一下一塊嵌板。我發誓，絕對是無意識的。萬萬沒想的是，嵌板移動了，一個小小的銅製門把手從裡面露了出來。

我想，我根本無需贅述自己由絕望到充滿希望的心理變化吧！我只記得，自己根本顧不上害怕門後面的東西，就立刻扭動門把手。可是，接下來並沒有什麼反應。之後，我終於找到了問題的源頭。我用力地將門推向一邊，整個壁爐架沿著牆壁轉出一個弧度，大約有一英尺寬，一個深凹進去的空間從後面顯現出來。

我做了一個深呼吸，將行李室通向大廳的門掩上——感謝老天，我沒有將房門上鎖。接著，我拉開壁爐架的門，向煙囪裡的密室走去。隱約之間，我眼前呈現出一個小型手提保險箱，一張普通木桌和一把椅子。這時，不幸的事情發生了，壁爐架門突然砰地一下關上了，並且還被上了鎖。

我站在黑暗裡發呆。好長時間過去了，剛剛發生的事情還讓我無法接受。之後，我轉過身，拼命地用手捶門。可是，一切都是徒勞，門依然緊鎖著。我沿著光滑的門板四下摸索，試圖找到門把手，然而，這道密門好像壓根沒有把手。

我氣急了，簡直快要發瘋。這一切都讓我憤怒不已。不過，我從未擔心自己會窒息而死。進來的時候，我注意到兩道光線從屋頂上的小通風管裡傾泄下來。但這兩個通風管道只能為我提供空氣，並沒有別的作用。密室裡一片黑暗。

我摸黑走到木椅跟前，並坐了下來。如果沒有食物，也沒有水，一個人最多能支撐多久呢？我在心裡暗暗合計。此刻，我這番密室探險變得單調而痛苦了。當一個人被關進不知名的黑暗牢籠裡總會四處摸索。很顯然，我也不能例外。我的老天！這個密室實在太小了，我摸索了半天，還是只能摸到表面粗糙的木頭。等我再次艱難地找到椅子時，我感覺到有個東西從我的臉上掠了過去。那個的東西落地時，爆裂聲四散而起。我壯著膽子查看一下，發現它原來是一隻懸在屋頂上的燈泡。倘若不是這個意外，恐怕我遲早會在這個擁有照明設備的墳墓裡餓死。

我大概在裡面小憩了一會兒。我發誓，我並沒有在裡面昏倒。我一生當中，從來沒有什麼時候像那個時候一樣鎮靜。當時，我還在心中盤算誰會繼承我的遺產呢。麗蒂一定會拿走我的淡紫色印花綢，她極其喜歡淡紫色。

其間，我還在隔牆裡聽到了一兩次老鼠的叫聲。這種小動物最讓人害怕了，我嚇得無處躲藏，只好坐在桌子上，雙腳縮在椅子上。我的腦海裡浮現出大家四處尋找我的情形。有一次，我確實聽到了有人走近行李室的腳步聲。

我用盡全身的力氣大聲呼喊。誰知，麗蒂竟然用刺耳的尖叫聲回應我！接著，行李室的房門猛地一下被關上了。

「我在煙囪裡！」

儘管密室裡悶熱的氣息很容易讓人虛脫。不過，麗蒂的到來，讓我心裡踏實了許多。因為大家要想尋找我的話，至少有了正確的方向。沒過多久，我回到椅子上開始打起了瞌睡。

我也不清楚自己睡了多長時間，至少也有幾個小時吧。一天忙下來，真把我累得夠嗆。我想，我當時的睡姿一定很笨拙。因為醒來以後，我覺得自己身體僵硬，腦袋昏沈沈的，幾分鐘後才想起自己身在何處。儘管密室裡有通風設備，可裡面的空氣依然不好。我感覺自己的呼吸越來越重，甚至還有些發喘，臉上也是黏糊糊的。我被困密室很久了吧？那些尋找我的人也許還在屋子外面，他們大概把目標放在河裡或是林地裡了吧。

一兩個小時之後，我就會完全失去知覺了吧？到時候，因為沒辦法開口求救，我很可能會失去獲救的機會。我想。也許是密室的空氣不好，加之有些悶熱，我總覺得通氣管的換氣效果很不明顯。我在狹小的密室裡來回走動，竭力讓自己的意識保持清醒。幾趟走下來，渾身無力的我背靠著牆在椅子裡坐下來。

房間裡還是悄無聲息。有一回，我隱約聽到一陣腳步聲從我的正下方傳過來，那個聲音很可能就來自於我的房間。我摸黑抓起椅子，拼命地用它擊打地板，可我的努力沒有奏效。就算有人聽到這個聲音，他們肯定也以為這聲音是最近我們常聽到的嚇唬我們的敲打聲吧？想到這個，我覺得悲痛極了。

我不知道時間已經過去了多久。於是，我想到了用測試脈搏的方式來計算時間。我把每七十二下算做一分鐘。測量了五分鐘之後，我發現這種做法不僅耗費時間，而且很難數出時間。沒過多久，我覺得自己的腦子很亂。

就在這時，又有聲音從下方傳過來。那個很特別的震動聲是從屋子裡傳過來的。此刻，與其說是聽到的，不如說是感覺到的。我覺得，那聲音很像消防車的鳴叫。有很長一段時間，因為誤以為屋子裡起火了，我被嚇壞了，心臟都快要停止跳動了。後來，我意識到那聲音可能是載哈爾斯回來的汽車引擎發出的聲音。想到這個，我的心頭又萌發出希望：憑藉哈爾斯的清晰頭腦和葛奇爾德的直覺，他們很可能會找到這個難以被人發現的地方。

一段時間過去了，我發現自己的猜測也許是對的。樓下肯定出事了。砰地一聲，房門被關上了，很多腳步聲在大廳裡裡響起。接著是一個刺耳而又激動的叫聲。他們正在慢慢向我這裡靠近呢，我心想。誰知，我又要失望了。一會兒工夫，樓下恢復了平靜，那些嘈雜的人聲又消失了。我繼續與寂靜作伴。密室的悶熱和黑暗讓我覺得窒息，我覺得牆壁彷彿會隨時倒塌。

之後，壁爐架門上的一個動靜引起了我的警覺。有人在偷偷摸摸地擺弄門鎖！我差點大叫起來。但也許是出自本能，也許是因為自己敏銳的直覺，我決定保持沈默。無論扭動門鎖的是誰，我都會坐在那裡紋絲不動。外面的那個人也是不聲不響，他在壁爐架的雕飾上摸索了一會兒，終於找到了嵌板開關。

此時，樓下又響起了比先前更大的騷動聲。接著，樓梯上響起一串不協調的腳步聲。那聲音逐漸在向這邊接近，我甚至聽到了他們的說話聲。

「大家小心樓梯！」這個聲音是詹姆斯的。「見鬼，這裡居然沒有燈！」

過了一會兒，他又大叫了起來。

「我們一起使勁，一——二——三——」

很顯然，行李室的房門被人從裡面鎖上了。他們衝破了房門，隨著房門轟隆倒地的聲音，有人從外面跌進了行李室。就在這時，那個人將壁爐架上的門把適時一推。密室門被推開以後，很快就關上了。此刻，煙囪密室裡已經不是我一個人了。這個黑暗的空間裡還有另一個人。他的呼吸聽起來清晰、急促，我感覺自己一伸手就能觸碰到他。

我簡直被嚇傻了。密室之外的人激動起來，他們發出懷疑的謾罵聲。他們把行李箱拉到一旁，發瘋一般進行搜尋。他們甚至還拉開窗戶，可通過那裡只能看到四十英尺的垂直距離，除此之外什麼也沒有。

密室裡的那個男人將耳朵貼在壁爐架門上仔細傾聽。因為外面追尋者們大受挫折，他長出了一口氣，轉身向前摸索。之後，他碰觸到我那隻冰冷又黏濕、活像死人一般的手。

在本該空空如也的密室裡發現了人手，他倒吸一口涼氣，連忙把自己的手收回去。我猜想，他一定被嚇得不敢開口，甚至不敢大聲喘氣了吧。因為他根本沒有轉身，而是一步一步倒退著遠離我。

後來，我發現那個人和我之間的距離足以讓我心安時，就拼命大叫起來：「在煙囪裡！壁爐架後面！壁爐架！」密室外面的人一定能聽到我這震耳欲聾的聲音。

聞聲，那個男人咒罵起來，並撲向我站著的方向。我又發出一聲尖叫。

密室裡的光線非常暗。那個氣急敗壞的男人根本無法找到我。他準備進攻我的時候，我躲開了。我聽到他撞在牆壁上的聲音。之後，我走回去拿椅子。他站在原地，只能憑藉聲音辨別我的位置。就在他準備再一次向我撲來時，我拿起手中的椅子反擊。誰知，我竟撲空了。他大概也為我的舉動而震驚吧！在我攻擊的間歇裡，我聽到了他緊張的呼吸聲。

「怎麼打開門？我們沒法進去！」密室外的人大喊。

就在這時，與我同處密室的男人轉變了對付我的方式。我覺得到他正在緩慢地靠近我，但是我無法辨別他的方位。之後，他把我捉住了，並緊緊捂住我的嘴，我使勁地咬他的手。

就在我被人掐住脖子無力掙脫時，外面的人正試圖從壁爐架的入口那邊進來。接著，一小道黃色光線從門那邊透射進來，照在對面的牆壁上。見狀，正準備對我下毒手的男人咒罵了一聲，將我丟在一邊。他旋開另一邊的牆壁，又無聲無息地把它關上。此刻，密室只有我一個人。那個男人從旋開的牆壁裡逃走了。

「快去隔壁房間！隔壁房間！」我歇斯底里地大聲叫道。

只可惜我的聲音被敲打壁爐架的聲音淹沒了。過了幾分鐘，他們才聽清楚我在說什麼。之後，他們立即展開了追捕行動。只有亞歷斯還留在行李室中，他準備先救我出來。等從密室裡出來，恢復自由之身時，我還隱約能聽到了樓下漸漸遠去的追逐聲。

亞歷斯急於救我擺脫困境，但他肯定沒有留意到我當時的落魄神情。他從洞口跳進密室，彎腰撿起地上的手提保險箱。

「瑞秋小姐，我需要把這個東西拿到哈爾斯先生的房間裡，並請一位刑警專門看守。」

我並沒有在意他說的話，因為我當時的情緒複雜極了，既想大哭，又想大笑；想坐在床上，喝著茶，順便數落一下麗蒂；想做許多我原本認為自己不能做的事情。這時，清涼的夜風輕拂我的臉頰，實在是愜意極了。

亞歷斯和我走到二樓時，正好碰到了詹姆斯。他臉上表情顯得鎮靜而又嚴肅。他注意到保險箱後，心領神會地朝亞歷斯點點頭。

「瑞秋小姐，麻煩你跟我來一趟。」詹姆斯鄭重其事地說。

於是，我在他的引領下來到了東廂房。樓下的燈火在四處移動。樓上的女傭一個個目瞪口呆。她們一看到我就尖叫起來，隨後讓開路。這段時間的空氣異常靜默。亞歷斯在我身後嘀咕著什麼，但我沒有聽見他說什麼。接著，他極其不禮貌地從我旁邊擠上前去。之後，我才發現螺旋樓梯口上正躺著一個男人，弓著腰，一動不動，亞歷斯俯下身子細細地看著他。

我緩慢地走下樓時，溫爾特向後退了一步。亞歷斯直起身子看著我，他的眼神讓我難以捉摸。同時他手裡還拿著一頂鬆散的灰色假髮。樓梯上躺著的男人正是保羅・阿姆斯特朗！而他的墓碑不久前已經立在卡薩洛瓦墓園裡了。

溫爾特將事情的經過跟我簡單地描述了一下。這位阿姆斯特朗先生看到溫爾特馬上就要追上來，就急衝衝地準備從螺旋樓梯逃走。結果因為下樓的動作太猛，他一頭栽倒在東廂房的側門上，並把自己的脖子也扭斷了。溫爾特趕到時，他已經停止了呼吸。

溫爾特刑警的話音剛落，我看見站在棋牌室門口的哈爾斯，他慘白的臉上寫滿震驚。這個晚上，我第一次失去了自制，衝上前去緊緊抱著自己的侄子。由於我的動作非常猛烈，哈爾斯不得不一直扶著我。沒過多久，掠過哈爾斯的肩頭，我看到了更令我震驚的場景：葛奇爾德和園丁亞歷斯正站在他身後陰暗的棋牌室裡，更讓我吃驚的是——我就直言不諱了——他們正在親吻！

我嘗試了兩次，依然發現自己無法開口說話。後來，我拉著哈爾斯轉過身，並示意他看那兩個人。他們絲毫沒有發覺這些注視，依然渾然不知。正在這時，詹姆斯上前打破了這個充滿戲劇色彩的場面。

他輕輕碰了一下亞歷斯的手臂，用沈著的語調問道：「你準備什麼時候結束這場喜劇表演呢，貝利先生？」

真相

這天晚上，華克醫生連夜逃向南美的事情，引起了軒然大波。另外，各個報章媒體也針對從煙囪密室找出一百萬美元現金和債券的事情大做文章。不過，這些報導中都未曾提及我找到密室的功勞。因此，我認為，他們並沒有揭露這一案件的真正內幕。詹姆斯刑警因為此案獲得了極大的聲譽，從某些方面來講，他受此殊榮也是理所應當。可是，假扮成亞歷斯的傑克・貝利在這起案件的破獲過程中所起的作用也是不容小覷的。多虧他跟蹤了哈爾斯，才使得哈爾斯最終回到我們身邊。因為他一開始就懷疑保羅・阿姆斯特朗死亡的真實性，所以才堅持要挖開他的假墓穴。假如沒有這些有用的線索，詹姆斯根本不可能得到這樣的榮耀！

知道事情的真相後，哈爾斯不顧自己虛弱的身體，執意次日去探望露易絲。那個晚上，露易絲就回到了「陽光居室」，葛奇爾德親自照料她，而她的母親去了費茲太太家。

我不知道哈爾斯跟露易絲的母親說了什麼。不過，我對自己的侄子充滿信心。他對待女人總是既體貼又彬彬有禮。

露易絲來到「陽光居室」的那一晚，哈爾斯才得到跟她暢談一番的機會。葛奇爾德和亞歷斯——也就是傑克，散步去了。晚上九點，天氣有點開始轉涼了。不過，這對甜蜜的人幾乎感覺不到這些。

時間過去了半個小時，我覺得一個人待著有些厭煩，就想下樓找這些年輕人。可我剛走到起居室門前就停下了腳步。葛奇爾德和傑克已經回屋，他們坐在起居室的睡椅上，並且只留下一盞燈亮著。他們顯然沒有注意到我，更沒有聽到我走近的聲音。

於是，我急忙向書房走去。可是，我也沒法去那裡。因為我看到了坐在一張大椅子上的露易絲，她臉上洋溢著幸福的笑容，這種表情是我從來未曾見過的。哈爾斯坐在椅臂上，手裡緊緊握著心上人的雙手。

現在，我這個老處女真的是無處可去了。我只好回到自己的客廳，開始繼續編織著那些淡紫色的拖鞋。我意識到一個悲傷的問題：自己這個養母的責任已經完成了，將會再一次被束之高閣了。

次日，我逐漸了解了所有的事實。

保羅．阿姆斯特朗非常愛錢，他簡直視錢如命。一般說來，愛錢也是一件極其普通的事情，可是他卻並不像我們想像的那樣。他不是因為金錢可以帶來物質利益而喜歡錢，而是單純地愛錢本身。自從貝利擔任出納以後，銀行不再出現不法的呆帳。然而，在此之前，已故的前任出納在負責管理帳目時，帳冊上經常出現奇怪的帳目。因為投資開發新墨西哥州的鐵路，老阿姆斯特朗顯然賠光了他全部的私人財產。所以，他決定從銀行那邊把自己的損失一次性補回來。於是，他想到了一個好辦法——非法佔有銀行的有價債券，把它們賣掉之後，就趕緊消失。

儘管知道法網恢恢，但自作聰敏的保羅·阿姆斯特朗以為自己可以成為漏網之魚。因此，他仔細地研究了具體形勢，並制定了非常具體的策略。他知道，「死亡」是逃避法律制裁的最安全途徑。於是，他決定偽造一次死亡，等到風聲一過，他就可以帶大筆金錢去任何地方享受。

為了保證計畫的順利進行，他接下來需要尋找一個合作者。因為他看出華克醫生對露易絲的愛慕之心，就利用這一點拉攏華克醫生入夥。華克是個卑劣的小人，他不顧露易絲的感受就同意了這次交易。於是，他們制定了一個非常簡單的計畫：去西部小鎮，並假裝心臟病猝死。之後，華克醫生請舊金山一位同事幫忙，從一所醫學院解剖室裡偷運一具屍體出來，並以此來欺騙世人。虧他們能想出這種卑鄙的辦法！

整個計畫中有疏漏的部分恐怕就是那個叫妮娜·卡林東的女人了。我們無法得知她到底懷疑過什麼，又知道些什麼。不過，有一點很明顯，她的臉部被一場大火毀掉了，這大大地降低了她結婚的機會。我們也無從得知她在加州的時候是怎麼發現這場偷天換日的陰謀的。

可她確實希望通過此事勒索華克醫生，也好讓自己過上衣食無憂的日子。無論如何，這個女人把華克醫生逼迫得無法招架。假如他答應了付給這個女人封口費，就等於自我招認。於是，他堅決否認此事。卡林東無奈之下只好找到了哈爾斯。

哈爾斯失蹤前去找華克醫生，就是為了這件事情。他指出醫生欺瞞世人的舉動，並揚言要馬上報警。那個晚上，他還跟露易絲見了面，並且詢問她是否知道這個陰謀。趁著他與露易絲談話的時間，也許是華克，也有可能是保羅·阿姆斯特朗——因為挨了一槍而行動不便，藏在了哈爾斯的汽車後座裡。等他把車子開到鐵路附近時，就將他打暈，並把他抬到貨運火車的空車廂裡。之後，駕駛汽車撞向貨運汽車，製造了一場車禍的假象。

就這樣，被綁著手腳的哈爾斯被困在一節貨運火車車廂裡。整整兩天時間，他滴水未進，並飽受顛沛流離之苦。後來，幸好一位傑克·斯維爾的流浪漢發現了他，他這才撿回了一條性命。

至於保羅·阿姆斯特朗，他怎麼也沒想到自己的計畫到最後出了紕漏。在他毫不知情的情況下，「陽光居室」竟然連同藏在煙囪密室裡的東西一同被租賃出去了！因為無法將我們驅逐出去，他只好硬闖自己的屋子。他曾經試圖通過洗衣間滑道上的梯子進入煙囪。之後，馬房的失火和從棋牌室的窗戶強行進屋，都是因為他急於進入煙囪密室。

起初，露易絲和她母親就是這起陰謀裡的最大的障礙。他們原本打算把露易絲支開，讓她無法插手此事。可是，正當她回到繼父和華克醫生在加州落腳的旅館時，卻無意中得知了事情的真相。

那時候的情形確實危急。他們告訴露易絲，作出這樣的決定也是迫於無奈。因為銀行隨時面臨停業的危險。她的繼父作為總裁，只有兩個選擇：要麼執行這個計畫；要麼自殺，含辱拒捕。露易絲的母親范妮非常軟弱。不過，露易絲就沒有那麼好對付。她不喜歡自己的繼父，但對自己的母親言聽計從，願意犧牲自己的一切。因為母親的苦苦哀求，她只好順從。可這件事情給她帶來了極大的打擊，於是，她一個人傷心地離開了西部。

途徑科羅拉多州時，露易絲給商人銀行的出納傑克・貝利發了一封匿名電報。儘管她已經自身難保，但她不願看到無辜之人受到牽連。貝利星期四收到了電報，當天晚上，他就懷著極其激動的心情去了銀行。

等到露易絲回到「陽光居室」，卻發現房子被租出去了。因為拿不定主意，她就把自己的哥哥小阿姆斯特朗找過來，並將部分事實真相告知了他。她告訴他，商人銀行快要出事了，而他的親生父親就是幕後黑手。不過，對於他們意圖脫罪的事情，她絲毫未曾提及。其實，當天晚上，小阿姆斯特朗已經從貝利那裡聽說了商人銀行的危機。露易絲對那些贓款的處理並不知曉，而他卻懷疑那筆錢就在「陽光居室」裡藏著。因為他身上裝了一張紙條，上面的內容正是密室的地址。

意識到這些以後，他頓時起了吞掉這些贓款的念頭。他想把哈爾斯及傑克．貝利及早從屋子裡趕出去，於是，他走向了東廂房的側門。之後，他去撞球室將貝利早些時候向他索要的東西給了他，那是保羅．阿姆斯特朗在加州的居住地址，還有一封華克醫生發給貝利的電報，電報上聲稱保羅．阿姆斯特朗已經患上重病。

看到這些消息，貝利決定去西部親自見見老阿姆斯特朗，並且迫使他說出事實。只是銀行的滅頂之災來得比他想像的快多了。正當他準備前往西部時，他從報紙上得知了商人銀行停業的消息。於是，他立即返回城裡自首。

貝利很了解保羅．阿姆斯特朗的為人，他認為那筆錢不會一下子消失的。想在一瞬之間取走債券是不可能的。可那筆錢會在哪裡呢？幸運的是，早在幾個月之前，阿諾．阿姆斯特朗醉酒之後說漏了嘴。他說，「陽光居室」裡面修建了一間密室，他想從屋子的建築師那裡打聽消息。但是，建築師同承包商一樣，也拒絕承認房子裡有密室。

正在這一籌莫展的時候，哈爾斯給貝利出了一個主意。因為我和貝利只見過一次面，而且這次見面也是非常偶然的。因此，他建議貝利在容貌上做些變動，刮掉明顯的小鬍子，改變一下髮型，並穿著一些便宜的衣服，以新的身分成為「陽光居室」的雇工。這樣一來，他就可以有很多機會去四處查看了。

「我還跟他說，你眼神不好，耳朵也不太好使。因為我害怕他被你嚇到。」哈爾斯說。

「我看是彼此彼此，是他把我嚇得差點掉了魂吧？」我反唇相譏。

假扮園丁亞歷斯的傑克．貝利實際上就是那個行蹤飄忽的鬼魂。他先是在螺旋樓梯上嚇昏了露易絲──他坦言，自己也被她嚇得夠嗆，接著又在行李室牆上挖掘了一個大洞。後來，把愛麗莎嚇得魂飛魄散的也是他。而麗蒂從葛奇爾德房間的紙簍找到的便條是出自他之手。那天晚上在洗衣間滑道那邊嚇昏我的人還是他。我昏倒之後，葛奇爾德幫助他把我抬進露易絲的房裡。我這才知道，葛奇爾德很擔心我，她憂心忡忡地在床邊守候了一個晚上。

有一點毋庸置疑，可憐的托馬斯看見了他的老主人保羅．阿姆斯特朗，還以為自己活見鬼了。而我和麗蒂在螺旋樓梯聽到怪聲的晚上，托馬斯在俱樂部和「陽光居室」裡看到的那個人確實是貝利。貝利在阿諾．阿姆斯特朗被殺的前一個夜晚，第一次著手尋找密室。他在小阿姆斯特朗俱樂部的房間裡找到鑰匙，並拿著鑰匙開門進屋。他進來的時候，還隨手拎了一根高爾夫球桿，以便用它來敲擊牆壁、尋找密室。可是，他在螺旋樓梯的頂端撞到了大籃子，自己的袖釦落進了籃子裡，高爾夫球桿也順勢摔下了樓梯。他為自己能在無人知曉的情況下離去而感到慶幸。

不過，最讓我疑惑的是，詹姆斯早些時候就知道亞歷斯的真實身分是傑克．貝利。可那天晚上，詹姆斯在棋牌室裡揭穿亞歷斯的身分時，他臉上的表情實在是怪異極了。

事情終於結束了。保羅．阿姆斯特朗也如願，安眠於卡薩洛瓦的墓園了。這一次，絕對不會再出現任何差錯了。因為要確定他真的被埋在墓中，我參加了他的葬禮。

我看著那天晚上自己坐過的台階，一直在心裡懷疑它的真實性。「陽光居室」正準備對外出售，而我是絕對不會購買的。如今，小魯西．阿姆斯特朗跟隨父親的繼母住在一起，這個苦命的女人也正在從第二次失敗的婚姻中逐漸恢復。華生太太的墓碑和在她手下喪生，同時又將她致死的小阿姆斯特朗的墳墓距離得不遠。老托馬斯是這個陰謀中的第四個受害者，他安眠於不遠處的山丘。再加上妮娜．卡林東，五條性命陸續被這個殘酷的計畫奪走了。

不久以後，兩對新人將會喜結連理。麗蒂藉著參加婚禮的名義，把我那條淡紫色印花綢要走了。我知道這是早晚的事情，她惦記這件衣服三年了。假如我不小心在上面灑了咖啡，她臉上就會露出可怕的表情。

假如只有我和麗蒂在的話，我們會很安靜。她依然深信鬼魂的存在，並拿我放進行李室的濕鞋當例子。我得承認一點，我的頭髮變得越發灰白了。不過，這十餘年的時間裡，我從來不曾有一段時間像現在這麼舒暢。我感覺無聊的時候，就喊麗蒂過來聊天。後來，瓦拉和蘿茜也結婚了。對於蘿茜，麗蒂持有不同意見，她哼著鼻子質疑蘿茜對我忠誠。直到今天，我依然忍受著麗蒂的輕慢，因為我把一套銀製刀叉當做結婚禮物送給了瓦拉和蘿茜了。

我和麗蒂經常這樣閒聊長坐。有時候，她還會用出走威脅我，我也時常會請她離開。可吵鬧終歸是吵鬧，我們依舊在一起生活。去年夏天，我準備租一處房子避暑時，麗蒂揶揄道：「只要不會鬧鬼就好了！」

說實話，假如沒有那個夏天的經歷，我覺得自己真的白活了。時至今日，這件事情已經過去很久了。周圍的鄰居又開始張羅著避暑了，麗蒂也開始派人收起遮篷，並將窗框的縫隙塞好。我不管麗蒂是否願意，明天一早，我會前去張貼租賃鄉村別墅的廣告。至於房子裡是否有螺旋樓梯，我是不會介意的！

〈全書終〉

國家圖書館出版品預行編目資料

旋轉樓梯／瑪莉．羅伯茲．萊因哈特 著 -- 初版
-- 新北市：新潮社文化事業有限公司，2022.01
面； 公分
譯自：THE CIRCULAR STAIRCASE
ISBN 978-986-316-816-4（平裝）

874.57 110017793

旋轉樓梯

瑪莉．羅伯茲．萊因哈特／著

【策　劃】林郁
【製　作】天蠍座文創製作
【出　版】新潮社文化事業有限公司
電話 02-8666-5711
傳真 02-8666-5833
E-mail：service@xcsbook.com.tw

【總經銷】創智文化有限公司
新北市土城區忠承路 89 號 6F（永寧科技園區）
電話 02-2268-3489
傳真 02-2269-6560

印刷作業　東豪印刷事業有限公司

初　　版　2022 年 01 月